光文社文庫

長編ハード・サスペンス

第四の射手

鳴《なる》海《み》 章《しよう》

光 文 社

目次

序章《プロローグ》　修道士《モンク》

十七インチのヴィデオディスプレイには、古びたホテルの入口が映しだされていた。開け放たれ、割れたブロックで押さえられている扉には、汚れたガラスがはまっている。

画面が揺れるのはどうしようもない。現地採用の工作員が着けているベルトのバックルに仕込んだ小型カメラの映像を拾っているからだ。ホテルの中に入っていく。ロビーに置かれたテレビの前には、ソファがいくつか並べられていて、男が三人座っていた。三人とも焦点の定まらない目をテレビに向け、色の悪いアニメ番組を見ていた。

アメリカ合衆国連邦麻薬取締局《DEA》特別捜査隊のハワードは口許を歪《ゆが》め、顎《あご》から滴《したた》り落ちようとしていた汗を拭《ぬぐ》った。

午前中だというのに容赦《ようしゃ》なく照りつける太陽が電子機器を満載したワゴン車を焦がしている。天井の開口部はいっぱいに開いてあったが、車内にこもる熱気を十分に逃がしてはくれなかった。ワゴン車には特別製の発電機が取りつけられている。しかし、電子機器をフル稼働させているとエアコンを動かすだけの余力はなかった。

カメラを付けた工作員がフロントの前に立ちどまる。フロント係の貧相な老人がディスプレイに映った。

〝奴《やつ》は部屋か〟

工作員が訊ねるとフロント係が小さくうなずく。哀しげな目でほんの一瞬、工作員を見たが、何もいおうとはしなかった。

ふたたびカメラが動きだし、エレベーターの前で止まった。

「馬鹿が」ハワードは吐き捨てた。「あれほど階段を使えといったのに。横着しやがって、まったく……」

メキシコ人ってのは、とつづくはずの言葉は嚥《の》みこみ、また、汗を拭った。

エレベーターの扉が開き、現地工作員が乗りこむ。扉が閉まると、映像が乱れ、やがて映らなくなった。ハワードはもう一度罵《のの》り、隣りでディスプレイを見ていたフェルナンデスに声をかけた。

「そっちはどうだ」

「今のところ変化はない」

フェルナンデスも現地で採用した工作員の一人で、元警察官で麻薬取り締まりにかけては経験を積んでいる。だが、おそらくカメラを付けてホテルに入れば、階段ではなく、エレベーターを使うだろうとハワードは思った。フェルナンデスは背は短軀、ビア樽のような胴体をしていて、色あせたアロハシャツには汗の染《し》みが広がっている。

フェルナンデスの前には三基のディスプレイが並んでいて街並みを映しだしている。メキシコの地方都市だが、アメリカ国境に近いせいで看板には英語だけが並んでいた。

「そろそろ奴が来るころだろう」

「まだ、姿は見えないな」フェルナンデスが身を乗りだし、ディスプレイの一台に顔を寄せた。「あれ……、この車……」

「どうした？　何か気になることでも？」

「ああ、この車だ。今、停まった」

フェルナンデスがディスプレイを指さした。古い型のフォードセダンが道路脇に停められている。

「その車がどうかしたのか」

「古い知り合いの車によく似ている」

「どこにでもありそうなフォードじゃないか」

「ああ、でもこいつは……」

語尾を濁《にご》すと、フェルナンデスはワゴン車の屋根に取りつけてある高性能カメラを動かすジョイスティックに手をかけた。わずかにスティックを動かすだけで、カメラはフォードをズームアップする。

「おい、奴らが間もなく来るんだ。よけいなことをするな」

「気になるんだ。ちょっと見るだけだよ」

画面いっぱいにフォードのフロントグラスが映しだされる。運転席に座っているのは初老に近い草臥《くたび》れた顔のメキシコ人、助手席には東洋人がいた。

「やっぱり」

画面を見て、つぶやくフェルナンデスの横顔に目をやった。頬《ほお》から顎にかけ、伸びはじめた髭《ひげ》で青黒くなっている。

「何がやっぱりなんだ」

「ラウルだよ。昔はここら一帯を担当していた保安官《シエリフ》だ。今はメキシコシティにいるはずなんだが、何だって舞い戻ってきたんだろう」

右耳に着けたヘッドセットに咳《せき》払いが聞こえ、ハワードは目の前のディスプレイに視線を戻した。エレベーターの扉が開き、工作員が降りようとしている。汚れたカーペットを敷いた廊下が映っていた。

工作員が歩くのに合わせ、上下に揺さぶられる映像を見ながらハワードは元保安官が何をしに戻ってきたのか、と考えていた。ハワードが準備してきた工作が実行に移されようとしている、まさにその現場に現れたのだ。タイミングが良すぎる。だが、すでに始動している作戦を今さら中止するわけにはいかなかった。

ディスプレイに目をやったまま、フェルナンデスに命じる。

「シェリフからも目を離すな。もし、あの店に足を向けたら知らせてくれ」

「了解。だけど、こんなところに車を停めたんだ。ロペスの店以外、ラウルの用がありそうな場所はないがね」

「よけいなことはいい」

カメラを付けた工作員がドアの前で足を止める。ノックする音がヘッドセットに聞こえた。

フェルナンデスが早口でいった。

「来た。コロンビア人たちだ」

「シェリフは？」

「まだ、車の中だ」

「引き続いて見張れ」

「わかってるよ」

部屋の中から返事は聞こえなかったが、工作員はドアを開け、部屋に入った。窓際にベッドが一つ置いてあるだけの狭い部屋だ。エアコンもないだろう。部屋にこもった熱気とかび臭さが容易に想像でき、ハワードは鼻を鳴らした。

ベッドには男が腰かけていた。深い茶色の服を着て、腰に荒縄を巻きつけている。フードをすっぽり被《かぶ》っていた。男は、膝の上に肘《ひじ》を載せ、うなだれたように床を見ていた。

すでにスイッチが入っているのだろう。

〝準備はいいか〟

工作員が声をかける。男は床を見つめたまま、うなずいた。工作員は近づき、ベッドの上に紙袋を置いた。

男は紙袋を手にすると、ひっくり返した。ベッドの上に二挺の拳銃と弾倉が二本転がり出る。同じ型の拳銃で、どちらも銃身に減音器《サプレッサー》がねじこんであった。

フェルナンデスが舌打ちする。

「どうした？」

「ラウルが車を降りた。助手席の男も一緒だ。中国人みたいだが」

フェルナンデスにすれば、東洋系の人間は皆中国人だ。ハワードにしたところで中国人も韓国人も日本人も区別はつかない。もっとも東洋系の連中にすれば、ハワードも黒人というひと言で片づけられるのだろうが。

「どうしてなんだ」フェルナンデスが罵る。「何だって、あんたがロペスの店に行かなくちゃならないんだ。今日じゃなくてもいいだろう」

最悪のタイミングといえた。たった今、コロンビア人たちが到着したのだ。

ハワードは素早くフェルナンデスの横顔を盗み見た。憤怒の形相を浮かべているが、演技に過ぎないのかも知れない。偶然にしてはタイミングが合致しすぎている。ハワードの工作が事前に漏れていたからという可能性があった。現地工作員のなかには情報を切り売りして小遣い稼ぎをしている人間は珍しくない。

違法薬物の取引によって得られる利益は膨大《ぼうだい》だ。多額の金が動けば、それだけ群がってくる人間の数も増える。実際に取引をしている連中のみならず、取り締まる側にも不正、汚職、賄賂《わいろ》がはびこっている。

取り締まる側と取り締まられる側が一体になってビジネスを推し進めているのだから根絶など到底不可能だ。だからこそハワードたちは、麻薬ビジネスを根こそぎにすることを諦《あきら》め、コントロール下に置く方を選択せざるを得なかった。今回の工作にしてもハワードたちが制御している組織に、より安定した地位を獲得させ、勢力を拡大させることを目的としていた。

ヘッドセットにホテルに入った工作員の声が聞こえた。

〝銃には八発装塡《そうてん》されている。予備弾倉は一挺につき、一本ずつだ。それだけで十分か〟

フードを被ったまま、男がうなずいた。

おれの仕事も変わったものだ、とハワードは思った。たとえ麻薬ビジネスにどっぷりと浸り、街角の子供たちを中毒者にしている連中とはいえ、最初から殺すための工作を仕掛けるような真似はしなかった。少し前までは、正当な手続きにしたがい、逮捕することを優先させてきた。たとえ正当な手続きというのがあくまでもアメリカ合衆国にとって、という判断に基づくにしても、だ。

ディスプレイを見つめたまま、ハワードは訊《き》いた。

「シェリフは店に入ったか」

「もう間もなくだろう」

「見張りを続行しろ」

フードを被った男が立ちあがった。カメラを付けた工作員が後ずさりする。男の素性を少しでも知っていれば、近寄りたくないのは当然だろう。

アメリカ合衆国の軍産共同体が作りあげた、最高の殺人マシンだという。

男は工作員に背を向けると、ベッドのわきで跪《ひざまず》き、マットレスに両肘をついてつぶやき始めた。ハワードは音量を最大に上げた。

男の声が聞こえてくる。

主は羊飼い、わたしには何も欠けることがない
主はわたしを青草の原に休ませ
憩《いこ》いの水のほとりに伴い
魂を生き返らせてくださる

祈りが始まった。
もう誰も男を止めることはできない。

第一章　暗殺のプレリュード

1

真っ赤なダイスが二つ並んだ看板はドミノピザ……、黄色の看板はサブウェイサンドイッチ……、通りを挟んだ向かい側ではカーネル・サンダースが頬笑《ほほえ》み、すぐ隣りにはライバル、マクドナルドハンバーガーが並んでいる。

こめかみに指をあてたまま、スズキはフロントウィンドウ越しに通りを眺めていた。国境からわずか五マイルしか離れていないとはいえ、メキシコ領であるはずの街にうるさいほど並んでいる看板はすべて英語で表記されていて、スペイン語は見あたらない。アメリカ中西部の田舎町にいると錯覚しそうだ。

おれはいったいどこにいるんだ？

頭がぼんやりしているのも無理はなかった。成田空港をユナイテッド航空で出発してサンフランシスコに到着、二時間の待ち合わせを挟んでアメリカン航空機に乗り換え、メキシコシティまで飛んだ。メキシコ国際空港から直接、中心街《ダウンタウン》にある連邦麻薬取締局に赴《おもむ》き、そこで捜査官のラウルに紹介された。すでに話はついているといわれ、すぐに出発することになった。古びたフォードセダンは、おそらくラウルの自家用だろう。無線機はついておらず、カーラジオは壊れていて選局ができなかった。

一昼夜走りつづけて、辺境の街までやってきた。

日本からアメリカ、そしてメキシコまで飛ぶ間、ほとんど寝られなかった。車に乗ってからは運転しているラウルに気を遣ってもいたが、元々乗り物の中ではほとんど眠れない。自分の性質《たち》がつくづく恨めしかった。何時間眠っていないのか計算しようにも睡眠不足の脳味噌では、足し算もおぼつかない。

おまけに頭の芯には鈍い痛みが宿っている。

運転席のラウルが顎をしゃくり、前方を指した。

「あの店がそうだ。あんたがいっていた店だよ」

目を凝《こ》らす。目的の場所は酒場のはずだが、バーないしサルーンと書かれた看板はどこにも見あたらない。視線はいたずらにさまよう。車が止まったとたん、眠気が忍び寄ってきて、自分が何を探しているのかすらわからなくなる。

日曜日の昼下がり——。

メインストリートから西へ一本入った道路の片側には車がびっしりと並び、明るい陽の中をTシャツやタンクトップ姿の男女がのんびりと行き交っている。ラウルはハンドルに片手をかけ、顔を向けてきた。

「本気でやるつもりなのか、スズキ」

スズキは顔をしかめて通りに目をやったまま、まったく別のことを訊《たず》ねた。

「どうして看板は英語ばかりなんだ？　メキシコだろ。皆、スペイン語を話すんじゃないのか」

「この町の収入源は観光とドラッグだ。どっちの客も英語を喋る」

巻き舌の強い訛《なま》りはあったが、ラウルはきちんとした英語を話す。睡眠不足と疲労でよれよれになっている自分の言葉の方がはるかに頼りないとスズキは思った。

「外国人がふらりと入っていけるバーじゃない。地元の人間にしたって、常連以外には足を踏みいれたりしない」

「ちょっとのぞいてみるだけでいいんだ。それに私が摑《つか》んでいる情報が本当なら、ここら辺りじゃ日本人なんか珍しくないはずだろ」

「確かに。アメリカにやってきた日本人の観光客がちょっと足を伸ばしてくる。だがな、スズキ、それは土産物《みやげ》のソンブレロやポンチョ、あるいは裏通りでほんのちょっぴりマリファナを買いに来るだけで、危ないバーに出入りして大量のコカインを調達してるわけじゃないんだよ」

ベテランの麻薬捜査官というより辛抱強い教師のような口調だ。

「ちょっとのぞいてみるだけだよ、ほんのちょっとだけ」

英語で話しつづけるのがおっくうになってくる。何年も英語を使っていない。日本から出ることとさえなかった。

大げさに息をつくと、ラウルは上着の裾《すそ》をめくり、腰骨の後ろに着けた拳銃をホルスターごと外した。

「銃を置いていくつもりなのか」

「まさか。常識のある人間なら素っ裸で通りを歩いたりはしない」

スズキには目もくれようとせずラウルは使いこんだ革のホルスターから拳銃を抜いた。回転式拳銃には三インチのヘビーバレルがついていた。グリップこそ黒いラバー製に換装してあったが、銃本体に艶《つや》はなく、いくつも傷がついている。

フレームの大きさからして三八口径だろうとスズキは思った。

サムピースを右手の親指で押して弾倉を横に出す。尻を並べた六発の銃弾を確かめ、ふたたび弾倉を閉じた。ラウルは拳銃をベルトに差した。銃は上着の裾で隠せる。また腹の前に差しておいた方が抜くときには都合が良さそうだ。

ラウルはスズキに目を向けた。

「あんた、銃は?」

両手を上げ、掌《てのひら》を見せた。

「日本の警察官は管轄区を離れるときには拳銃を所持できない規則になっている。それに拳銃を抱いたまま飛行機を乗り継ぐのは手続きが面倒でね」

「カミカゼかよ」

ラウルは小さく首を振るとグローブボックスを指さした。

「命を落とすよりはましだ。そこ、開けろ」

スズキは躰《からだ》を起こすと、グローブボックスに手を伸ばし、開いた。懐中電灯や書類らしきもの、鞘《さや》に収まったナイフなどが無造作に突っこんである。今にも溢《あふ》れだしそうな中身を半ば呆然と見ていると、ラウルが手を伸ばし、書類を床に掻《か》き落とした。懐中電灯は後部座席の床に放り投げ、ナイフは運転席の下に入れた。

「ボロ切れに包んであるだろう」

「ああ」

スズキはグローブボックスの中に手を入れた。布包みを手にする。ずっしりと重く、硬い。手触りで中身が想像できた。案《あん》の定《じょう》布の中からは、黒光りする自動拳銃が出てきた。長年にわたって米軍の制式拳銃だったコルト45オートマチックだが、軍用のものに較べるとはるかに小さく、銃身を覆っているスライドの全長は十センチほどしかない。

コルト45オートに目をつけたデトニクス社が作った小型拳銃だ。小型といっても四五口径弾を発射する点は変わりない。

「拳銃の扱いくらい知ってるだろ」

「まあね」

拳銃を手にしたスズキは銃把《じゅうは》についたボタンを押し、箱形弾倉を抜いた。六発装塡《そうてん》されている。ストッパーを外してわずかにスライドを引き、排莢口《はいきょうこう》をのぞきこんだ。薬室にも一発装塡されていた。

実弾をフルチャージした拳銃をボロ布にくるんでグローブボックスに放りこんでおくなど銃に慣れた国では珍しくない。

薬室を閉じると、安全装置をかけた。

「グリップセイフティは取り除いてある。だから、サムセイフティを下ろしさえすれば、いつでも発射できる」

コルト45オートの安全装置は二重になっていて、親指で上げ下げするレバーで撃針をロックし、同時に引き金がひけなくなるサムセイフティと、銃把を握りこまないかぎり引き金、撃鉄ともに動かなくなるグリップセイフティがついている。とっさに発砲を必要とする人間にはグリップセイフティなどよけいな機構でしかない。

「グローブボックスに予備弾倉《スペアクリップ》も入っているはずだが」

うなずいたスズキはもう一つ弾倉を取った。やはり六発装塡されていた。

「これ、あんたのバックアップガンじゃないのか」

「昔、使ってたよ。自動拳銃は弾詰《ジャム》まりを起こすのが心配でね」

そういうとラウルはズボンの裾をめくって見せた。足首にホルスターが巻きつけてあり、小型の回転式拳銃がのぞいた。

スズキは手にしたデトニクス四五口径をしげしげと眺めた。

「こいつはちゃんとしたアメリカ製だろ」

「ここら辺りじゃ、トラブルのタネはどれもこれも合衆国製《メイド・イン・USA》さ」

それからラウルは最近じゃここら辺りにかぎらないか、とつぶやいた。北欧、アフリカ、アジア、中東——確かにアメリカが介入するほどにトラブルは大がかりで深刻になる。

国際的な保安官と自称するが、もはや疫病神《やくびょうがみ》でしかないのかも知れない。

唇《くちびる》を尖らせてデトニクスを見ていたスズキはわずかにためらったあと、安全装置を解除して撃鉄を起こし、ふたたびセイフティレバーを上げてジャケットのポケットに入れた。暴発したり、ポケットの裏地が撃鉄にまとわりついて不発になる可能性もあったが、一発目の銃弾を放つまでの時間は大幅に短縮できる。

現場で肝心なのはつねに一発目でしかない。二発目を撃つ余裕があれば、映画を見て、優雅に午後の紅茶を楽しむこともできるだろう。予備弾倉はズボンの尻ポケットにねじこんだ。

そのとき傍《かたわ》らを一台のBMWが通りすぎていった。ボディはぴかぴかに磨きあげた黒、窓にも目隠し用のシールが施されているのでどこもかしこも真っ黒に見えた。

BMWは並んでいる車の数台先に車首を突っこんで停まった。ちょうどセブンイレブンの前だ。助手席のドアハンドルに手をかけたスズキの左腕をラウルが摑む。爪《つめ》が食いこんでくるほど強い力がくわえられていた。スズキがふり返ると、ラウルは黒のBMWを睨《にら》み、厳しい顔つきをしていた。

BMWは運転席と助手席のドアが開き、背の高い男が二人降り立った。中天の太陽が容赦なくアスファルトを灼《や》いているというのに二人ともきっちりとダークスーツを着て、ネクタイまで締めている。

次いで後部ドアが開き、白のゆったりとしたジャケットを着た男が降り立った。栗色の巻き毛が風に揺れている。白のジャケット姿の男を先頭に三人は歩道を歩き、一軒の店の前に行った。

スーツ姿の男が素早く木のドアを開き、白いジャケットの男が真っ先に店に入っていく。

二人がつづいた。

典型的だな、とスズキは思った。白いジャケットのボスと、二人のボディガード。二人はスーツとサングラスのおかげで一卵性双生児のようによく似ていたが、ボディガードは世界各国どこへ行っても似たような格好で、無数の卵からかえる昆虫のよう、といった方が良いか。

ラウルはまじろぎもしないでBMWから降りた男たちを見つめていた。スズキが訊いた。

「どうかしたのか」

「コロンビア人《コロンビアンズ》たちだ」

スズキはラウルの手をそっとふり払うと助手席のドアを開けた。

「正気か、スズキ。連中が店に来ている。タイミングは最悪だぞ」

彼らが現れたからこそはるばる日本から来た甲斐《かい》があったんだという言葉は嚥《の》みこみ、スズキは車を降りて歩道を歩きはじめた。ジャケットのポケットが重く垂れさがり、揺れるたびに腰に当たっている。

だが、デトニクスは川崎大師《だいし》のお守りほどにも心安らかにはしてくれなかった。


これじゃどこに酒場があるのかわかるはずないか、とスズキは思った。

店の前に来たものの看板などどこにも見あたらなかった。かつて看板を吊《つ》るしていたらしい金属製のアームが出入口の上に突きだしている。ぼろぼろに錆《さ》びていた。

ストリートに並ぶ店はいずれも二十一世紀の意匠をまとっているというのに目の前にあるドアは一九七〇年代か、それ以前のまま取り残されていた。何度も塗り重ねられたドアのペンキはひび割れ、剝《は》がれている。最後の塗装をしてから最低でも十年は経っているに違いない。

ドアを引き開けた。

間口は小振りなコンビニエンスストア程度しかなかった。分厚い木製のドアだけで窓もない。そのためこぢんまりとした店内を予想していたのだが、見事に裏切られた。奥行きは間口の四、五倍もありそうだ。窓がないため、店内はほの暗く、陽光まばゆい表通りから入ってくると奥まで見通すのが難しかった。

たった一つ、はっきりしていることがあった。スズキに向けられた男たちの目には、女房を寝取った相手を見る程度の敵意がこめられているという点だ。

常連客しか足を踏みいれないような古い酒場には独特の仲間意識があり、ふりの客に対して敵意を抱くのは珍しくない。店主なら商売である以上、少しは愛想が良くなりそうなものだが、客より敵意をたぎらせていたりする。ここも例外ではなかった。

右手に大きなカウンターがあり、左の壁際には丸テーブルが三つ並んでいた。そのうち一つに男たちが三人ずつ座っている。一人も戸口に背中を向けていなかった。男たちの前には飲みかけのビールジョッキやタバコと灰皿が置かれている。カウンターの前にも男が二人立ち、内側に太った男がいた。汚い前掛けをしている。多分、店主なのだろう。

店主もふくめ男たちの服はどれも粗末だ。襟《えり》元や腋《わき》の下が汗の染《し》みで黒っぽくなっている。見ているだけで、異臭が鼻をつきそうな気がする。

錯覚ではなかった。店内に充満する埃《ほこり》とタバコの臭いに混じって、もっと生臭い、獣じみた悪臭がはっきりと感じられた。男たちの何人か、あるいは全員が何日も風呂に入っていないのだろう。

薄暗さに少し目が慣れた。カウンターの前に立ち、店主と相対している男の足下を見てぎょっとした。ポンプ式のショットガンが無造作に立てかけられており、シャツの裾で被《おお》われた男の腰は膨《ふく》らんでいる。大きさからすると四五口径オートマチックかマグナムリボルバーだ。ほかの男たちも携帯電話より拳銃の方がはるかに似合いそうな面構えをしている。

まるで西部劇に出てくる酒場じゃないか。

ポケットの中のデトニクスと合計十三発の四五口径弾がひどく頼りなく思える。十三という数字も不吉だ。

背中を押され、スズキはふり返った。わきを抜けて、ラウルが店の中に入る。

ラウルはそれほど背が高くない。かつてはがっしりとした躰つきだったのだろうが、中年も終わりかけの今となっては顎《あご》の下や腰のまわりに余分な肉がついていた。ラウルにつづいてスズキも店内に足を踏みいれた。

細い板を張った床は一歩踏みだすごとに軋《きし》んだ。床は埃が木の繊維の奥にまで滲《にじ》みこんでいるようで艶がなかった。

入口を入ったラウルはすぐ右に行き、カウンターに肘《ひじ》をついた。テーブルや奥のカウンターにいる男たちからもっとも離れた位置である。

唇の端に爪楊枝《つまようじ》をくわえた店主が近づいてくる。

「ビール《セルベッサ》」

ラウルが告げる。店主は無表情のままラウルを見ていた。スズキが指を二本立て、付けくわえた。

「二つ《ドス》」

腫《は》れぼったい目蓋《まぶた》の下で店主の目が動き、スズキをとらえたが、床に落ちている綿埃を見たほどにも感情はこもっていない。

「日本人《ハポネス》か」

「そうだ」

「何しに来た？」

「ここはイミグレーションかよ。ビールを飲むのにいちいち渡航目的を申告しなきゃならない？」

店主は爪楊枝を嚙《か》みながらスズキを見つめている。無表情に気圧《けお》され、肩をすくめて答えた。

「観光だよ。観光客にはおあつらえ向きの素敵な店があったんで寄らせてもらっただけだ」

店内は静まりかえっている。目をやるまでもなく、テーブルに座っている男たちがスズキとラウルに目を向けているのがわかった。ただし、カウンターの二人だけは顔を寄せ、ぼそぼそ話をしている。

コロンビア人の姿は見あたらなかった。店の奥に別の建物か、裏通りへ抜ける出入口でもあるのだろう。

やがて店主がレジのわきにあるサーバーからガラスのマグにビールを注ぎ、スズキとラウルの前に戻ってきた。マグを置く。ラウルが手を伸ばし、一気に半分ほど飲みくだす。スズキも口をつけたが、ビールは生ぬるく、気が抜けていて、日向水《ひなたみず》のような味がした。

スズキを見下ろしていた店主がいった。

「メキシコのビールは不味《まず》いだろ。なかでもうちの店のはとびきり不味い。馬の小便を集めてきて樽詰めにしてあるんだ」

テーブルに座っていた男たちが笑い声を上げる。店主はにこりともしていない。笑うべきところかも知れなかったが、口許《くちもと》が強張《こわば》ってうまくいかなかった。

店主がつづける。

「お望みの観光客用さ。馬の小便を冷やしておくだけで連中は満足する」

「冷蔵庫は故障中のようだな」

ラウルが割りこむ。

「出張で近くまで来ただけだ、ヘスス。一日中砂漠の中を走ってたんだから咽《のど》も渇く。馴染《なじ》みのバーにちょっと寄らせてもらっただけだ」

「あんたが出ていって何年になる、保安官？　ここは何もかも変わっちまったよ。うちも観光客相手の明るく健康的な店に変身したんだ」

グラスを手にしたまま、ラウルが店の奥に視線を飛ばし、つぶやく。

「健康的……、ね」

たったひと言で店の空気が張りつめる。今にも撃鉄を起こす音が一斉《いっせい》に聞こえそうな雰囲気だ。

だが、ラウルは落ちついた表情でビールを飲んだ。

メキシコシティの麻薬取締局で紹介されたとき、かつてこの町をふくむ一帯を担当していた保安官だと聞いた。頬骨の上には長年陽に晒《さら》された名残《なごり》か、角質化した皮膚がてらてら光っている。目尻や唇の端に刻まれた皺《しわ》は多く、深い。長くふさふさした眉毛の下の目は哀しげに翳《かげ》った。

店主が口を開きかけたとき、電子音が聞こえた。掌を見せて店主を制してからラウルは上着の内側に手を入れる。

カウンターに立っている二人の男たちがラウルに目を向けた。完璧《かんぺき》に表情を消している。

「電話だ。すまんな」

携帯電話を取りだしたラウルは耳にあてた。

「おれだ《シ》」

しばらくの間、ラウルは早口のスペイン語でまくし立てた。スズキに聞きとれたのは、日本《ハポン》というひと言だけで、あとは何を話しているのかわからなくなる。相手のいうことに耳をかたむけていたラウルがスズキをじろじろ見はじめる。スズキは目を逸《そ》らし、ビールをすった。

今まで飲んだことはないが、馬の小便といわれたらなるほどこんな味かと思えた。

ふたたび話を始めたとき、ラウルの会話は英語に切り替わっていた。

「はい、捜査官ラウル……、そちらさんは？　ああ、そうですか。はい。いますよ、隣りにね……、ええ、そうです」

太い眉がぎゅっと寄せられ、眉間《みけん》に深い皺が刻まれた。

「ええ、スズキという名前ですが。そうです……、身分証と捜査協力依頼書……、二点とも確認しました。私と、上司とで……、不備は見あたりませんでしたが……、そうですか。わかりました……、いや、こっちとしては……」

店の奥から重い物を落としたような音が聞こえた。床が振動するほどの凄《すさ》まじい音だ。怒号がつづく。

やがてドアが開くのが見えた。やはり奥に別の出入口があったのだ。

若い男が出てくる。真っ赤なTシャツを着ているのだと思った。

間違っていた。

男は咽を切り裂かれており、噴出した血が胸から腹にかけて染めている。両手を垂らし、ふらふらと店の中へ入ってくる。上向いた眼球はもはや何も見ていない。

スズキは目を凝らした。すっかり暗がりに慣れて、若い男の様子がはっきり見てとれる。それでも男の状態がすぐに理解できなかった。

咽が大きくU字に裂けている。

何かが飛びだしていた。

だらりと垂れさがった舌であることに気がついたとたん、胃袋にたまったビールが逆流してきた。

男は一歩、二歩と足を前に出したが、そのまま前のめりに倒れ、顔面を床に叩《たた》きつけた。

男たちが一斉に拳銃を抜く。カウンターにいた男はショットガンを手にすると前部銃床を動かして銃弾を装塡し、丸テーブルの間に移動すると壁に躰をつけ、銃口を奥のドアに向けた。

2

酒場の奥にあるドアから若い男がよろめき出てきて、崩れるように倒れた。床に突っ伏したときには、すでに息を引き取っていたのだろう。そうでなければ、鼻骨がすっかり扁平《へんぺい》になってしまうほど勢いよく顔面を叩きつけられるはずがない。

大きく切り開かれた顎の下の傷から噴出した血が床に広がっていく。

耳から耳へ、顎の下を通して大きく切り裂き、そこから手を入れて舌を引きだすのは、コロンビア人の麻薬業者が得意とする殺害方法で、コロンビアンズネクタイとも呼ばれる。できるかぎり残酷に人間の躰を損壊するのは、見せしめのためでしかない。

そして今、酒場は恐怖に支配されている。

若い男が出てきたときのまま、開きっぱなしになったドアから白いジャケットの男が出てきた。さっきBMWで乗りつけてきたボス格の男だ。白のジャケットとパンツは、左半分が真っ赤に染まっており、右半分にも大きな返り血の跡がついていた。

赤白まだらになった派手な服など道化師しか着ないだろう。だが、店の中の男たちは笑うどころか呼吸すら忘れ、ひたすら白ジャケットの男を見つめている。

テーブルの間の壁際にショットガンを持った男が立ち、二つのテーブルに六人、カウンター前に一人、そしてカウンターの中には店主がいる。店主以外の全員が銃を手にしていた。店主にしてもレジの下で拳銃を握りしめているだろう。それでいて道化師に向けられる銃口はなかった。

すぐ隣りに立つラウルは右手をカウンターの下にやり、回転式拳銃を握っている。スズキは両手でビアマグを抱いていた。

白いジャケットの男が左手に持ったナイフの刃を閉じた。かすかな、だが、空気を切り裂く鋭い金属音に、男たちは背中を震わせた。倒れている若者を見下ろした白いジャケットの男は優しいともいえる声音《こわね》で語りかけた。

ラウルが英語になおして囁《ささや》いてくれた。

「おれのものを盗もうとした者は誰であれ、ふさわしい裁きを受けるといっている。元々この店はコロンビア人たちがコカインの取引に使っていた店だった。ところが、最近は黒人のグループが入ってきている。黒人といってもほとんどがティーンエイジャーだ。若者同士、コロンビア人の目をかすめて商売を始めた。ほんの小遣い稼ぎなんだぜ。それなのに……、クソッ」

白いジャケットの男は折りたたんだナイフをズボンのポケットに落とすと、血溜まりを踏んで歩きだした。すっかりリラックスした様子は、返り血をたっぷり浴びたジャケットに似合わなかった。

男たちは身じろぎもせず、ただ目を動かしただけで白いジャケットの男を追っている。

そのとき、奥のテーブルにいた髭面《ひげづら》の太った男がテーブルの下から馬鹿でかい自動拳銃を取りだした。ほとんど同時にショットガンを持った男が叫び声をほとばしらせる。

だが、白いジャケットの男は歩調すら変えず店の出入口に向かった。

直後、咳《せ》きこむように連続した銃声が響きわたり、太った男は拳銃を手にしたまま壁に縫いつけられた。瞬時にして顔面が破壊され、大量の血とともに目玉が飛びだすのが見えた。

右手は砕けて指は散らばり、拳銃が床に落ちた。

丸テーブルにいたほかの二人も巻き添えを食い、声もなく椅子から転げ落ちた。太った男の残骸が壁に躰を押しつけ、ずるずる滑りながらへたり込む。

銃声が途切れると、静寂が酒場に満ち、こめかみを締めつけてくる。

店の奥にある開きっぱなしになった戸口から白っぽい煙を噴きあげている短機関銃が突きだされた。

プレス加工の無骨な四角い箱から短い銃身が飛びだしているのは、M10短機関銃だ。スズキがポケットに忍ばせているデトニクスと同じ四五口径弾を使用しているが、M10の方は一秒間に十六発吐きだせる。

短機関銃を構えたまま、黒いスーツの男——ボディガードがゆっくりと出てきた。右手に持ったM10を目の高さに構え、もう一挺を腰だめにしていた。ボスにつづいて、奥から出てきたボディガードは一挺を丸テーブルへ、もう一挺をカウンターに向けていた。

カウンターの下でラウルは拳銃の撃鉄を音がしないようゆっくりと起こした。麻薬捜査官として職務に熱心なのは感心するが、相手は短機関銃を二挺も手にしているのだ。

銃弾がばらまかれれば、スズキまで撃ち殺されかねない。頭を下げようにもスズキはボディガードとラウルを結ぶ射線上に立っており、わずかでも動けば、やはり銃弾が旋風となって襲ってくるだろう。ビアマグを握りしめた手が痺《しび》れ、何を摑んでいるのかさえわからなくなっている。

ラウルに向かって、あきらめろと囁こうとしたとき、奥の部屋からもう一人のボディガードが出てきた。やはり同じように二挺のM10短機関銃を構えている。ラウルの手元でかすかな金属音がした。撃鉄を親指で押さえ、ゆっくりと落としたのだ。見なくともスズキには理解できた。屋内で四挺の短機関銃を相手にするためには軍隊を引き連れてこなければならない。

一人目のボディガードがもう一つの丸テーブルに座っている男たちに向かってM10の銃身を小さく振って見せた。男たちが拳銃を床に捨て、ショットガンを持った男は銃身を握ってそっと壁に立てかけた。

店主はカウンターの内側で両手を上げ、酒瓶《さかびん》の並んだ棚に背を押しあてている。だらしなく垂れさがった頰が震えていた。

カウンターの前にいた男も拳銃を捨て、両手を上げている。男たちが次々銃を捨てている音に紛《まぎ》れ、ラウルは拳銃をベルトに差した。上着の裾を引っ張り、銃把を隠す。

白いジャケットの男が店の出入口にさしかかり、一人目のボディガードは壁際に立って二挺の銃で店内を制圧した。二人目のボディガードがボスのあとを追って足早に酒場を横切ろうとしている。

気配はまるで感じられなかった。気づいたときには、彼はすでに奥の戸口に立ち、銃を目の高さに構えていた。

圧縮空気の漏れるような音が聞こえた。

二度だ。

ボディガードの一人が背中から壁に衝突する。ひたいに黒い穴が現れ、血がたらりと流れだした。足を止めた二人目のボディガードが首をかしげ、相棒の顔を見る。一人目のボディガードが座りこむのと同時に二人目のボディガードは姿勢を低くし、躰を反転させようとした。

彼の銃がふたたび囁く。圧縮空気が漏れるような音は一度しか聞こえなかったが、銃からは二個の薬莢《やっきょう》が弾き飛ばされていた。

二人目のボディガードの後頭部が砕け、赤黒い血と脳漿《のうしょう》とが天井まで噴出する。倒れこみながら最後の力を振りしぼり、指先にこめたのだろう。二挺の短機関銃が同時に発射炎を閃《ひらめ》かせ、糸を引くように薬莢が排出される。撒き散らされた数十発の弾丸は丸テーブルに座っていた男たちをなぎ倒す。ショットガンを持っていた男も太腿《ふともも》を撃たれて昏倒《こんとう》した。

白いジャケットの男が踵《きびす》を返す。口をぽかんと開けていた。

ふたたび店の奥に立った男の手の中で拳銃が二度振動する。銃身に減音器《サプレッサー》をねじこんである自動拳銃だ。

一発目で白いジャケットの男がかけていたサングラスが二つに割れて落ちた。開きかけた口に飛びこんだ二発目は首筋へ抜け、血煙が噴きあがる。

彼は奇妙な恰好をしていた。修道士が着るような焦げ茶色の服をまとい、腰に縄を巻きつけている。頭を被うフードの奥は闇、顔は見えなかった。

修道士の動きは速かった。つづく四発でカウンターの前に立っていた男と、店主を射殺する。拳銃のスライドがいっぱいに後退したところで停止し、銃が空になったのを告げた。右手の銃を宙に放り投げると、左手の銃を右手に移した。

その隙をついてスズキはジャケットのポケットに手を突っこみ、デトニクスを摑もうとする。だが、その前にラウルがスズキの腕を取って強く引き、頭を下げさせた。

直後、銃弾が頭上の空気を切り裂いていった。


床にスズキを引きずり倒したあともラウルは手を放そうとしなかった。ラウルに握りしめられたシャツのカラーが容赦《ようしゃ》なく首に食いこんでくる。

「何者なんだ、貴様は？」

食いしばった歯の間からラウルが言葉を圧《お》しだす。

「何者って、日本の警察官だ。ヤクザがこの辺りでコカインを……」

ラウルが手をひねり、襟《えり》をさらに絞《しぼ》る。声が途切れ、息が詰まった。

「さっきうちの本部に日本大使館の職員が来た。おれの上司が呼んだんだ。あんたの書類について疑問点があったからな。それで警視庁のスズキという捜査官について調べてもらった。そんな奴はいない。書類も偽物だった」

ラウルの胸に手をあて、何とか躰を引き剝がす。シャツのカラーが緩み、ようやく血液が頭にまわった。

「よく調べてみろ。国際捜査協力に関する新しい書式だ。ひょっとしたらその大使館員が知らないだけなんじゃないか」

「黙れ」

ふたたびラウルが声を発しようとしたとき、店の奥で物音がした。二人とも躰を強張らせる。カウンターの隅にいたスズキとラウルが素早く頭を下げたので銃弾が命中していないのはわかるだろう。本当に殺すつもりならカウンターを回りこんでくるはずだ。

「取りあえず話はあとだ。とにかくここから逃げださないと」

ラウルはスペイン語で何かいった。罵《ののし》ったのはわかった。そのあとでようやく手を放した。咽に手をやったスズキは床に寝そべっているラウルを見下ろしていった。

「とにかくありがとう。あんたのおかげで命拾いした」

「あの修道士《モンク》だ。あんた、何か知ってるんだろ？」

「いや」

さきほど物音が聞こえてから店内はしんと静まりかえっていた。漂っているのは、むっとするほど濃密に立ちこめた血《ち》腥《なまぐさ》さと硝煙の匂い。四つん這《ば》いになったスズキはポケットからデトニクスを引っぱり出し、そろそろとカウンターの端に移動する。

白いジャケットを着たボスは俯《うつぶ》せになっており、ボディガードの一人は壁にもたれて足を投げだしている。ひたいから流れだした血が鼻の両側で分かれ、顎まで滴っていて、両手には後生大事にM10を握っていた。

カウンターの角からそっと店の奥をうかがった。男たちが折り重なるようにして倒れているだけで、焦げ茶の服を着た修道士の姿は見あたらなかった。床一面、コールタールをぶちまけたように血溜まりが広がっている。

カウンターの陰から出たスズキは銃を構え、そろそろと前進した。途中、壁に立てかけてあるショットガンにちらりと目をやる。

相手は二挺所持していたとはいえ、武器は減音器付きの拳銃に過ぎず、ショットガンの方がはるかに有利になる。首を振った。ショットガンだろうが、短機関銃だろうが、スイッチが入っているあの男には立ち向かいようはない。長物の銃など邪魔になるだけだ。

躰を低くし、カウンターのそばを通ってコロンビア人たちや修道士が出てきたドアに近づいた。

素早く奥の部屋をのぞき、躰を引く。中から撃ってくる気配はなかった。スズキはもう一度恐る恐る中を見た。

見えたのは靴下を穿《は》いた足だ。脱げたスニーカーがそばに落ちている。靴下もスニーカーもたっぷりと血を吸い、真っ赤に染まっている。

さらに戸口に近づき、倒れている男を見たスズキは思わず咽を鳴らした。仰向けに倒れているのは若い男で天井を見上げる瞳はすでにガラス玉のようにうつろな光を宿している。もはや何も見ていない。

肩を摑まれ、思わず悲鳴を上げかける。

ラウルがスズキのわきから奥の部屋をのぞきこんだ。

「トニー・ロペス、この店のオーナーだよ。まだ二十歳そこそこなんだが、この町じゃちょっとした顔だった」

「知り合いなのか」

「こいつの親父を、ね」

「麻薬の密売人でもやってたのか」

ラウルがスズキを見る。はっとするほど瞳が憂《うれ》いを帯びている。

「警察官さ。かつては一緒に働いていた。真面目《まじめ》すぎるほどくそ真面目な男だったが、男気はあった。同僚をかばって撃たれて……、殉職さ。トニーがまだ二歳のときだ」

トニーの父親がかばった同僚というのがラウルなのかは聞きそびれた。

戸口のわきに躰をぴたりとつけたスズキはまずデトニクスを持った右手を突きだし、それから恐る恐る顔をのぞかせていった。徐々に部屋の中が見えてくる。真ん中に事務用の机を二つ向かい合わせに置いただけの殺風景な部屋だ。机の上には電話機があるだけでほかには何もない。突き当たりが窓になっていて、まばゆいほどの陽光が射しこんでいる。

カーテンが膨らんだ。

銃を向けた。

風をはらんだに過ぎなかった。

デトニクスを下ろしたスズキは部屋に入ると辺りを見まわした。右手にドアがあったが、内側から錠がかけてある。窓のそばに近づこうとして足を止めた。隣りにラウルが立った。二挺の自動拳銃には、直径五センチ、長さ三十センチほどの減音器が取りつけられている。一挺はスライドが後退したままになっている。

「刺客だな」ラウルが二挺の拳銃を見下ろしてつぶやいた。「二挺ともブラジル製だ。出所をたどるのも難しいだろう」

スズキはうなずき、窓に視線を移していった。

「警察へ通報するんだろ。おそらくは修道服も脱ぎ捨てているだろうが、何も手がかりがないよりはましだな」

「お前は？」

「あの男を追いかける。そのために来たんだ」

「奴は日本人なのか」

スズキはラウルをふり返った。垂れさがった長いまつげの下で瞳は相変わらず哀しげに見える。

首を振り、そっと答えた。

「いや、〈毒《ポイズン》〉……、のなれの果てさ」

白く乾いた石畳に点々と足跡が残っていた。窓から酒場の裏へ出た直後は足跡もくっきりしていたが、すぐにかすれ始める。犬でも使えば、嗅覚を頼りに追跡できるかも知れないが、あの男が相手では、まかれるか獰猛《どうもう》な犬たちも皆殺しにあうのが落ちだろう。

酒場の裏にある石畳の路地に降りたスズキはデトニクスの撃鉄を下ろして安全装置をかけなおすとポケットに入れた。殺害現場に凶器を捨てていったとはいえ、相手が丸腰とはかぎらなかった。だが、たとえ素手であってもたった一挺のデトニクスで対峙《たいじ》する自信はなかった。

拳銃の代わりにズボンのポケットからライターを取りだす。見かけは有名ブランドの高級ガスライターだが、中身はICレコーダーに改造してあった。

わずかでも生き残るチャンスがあるとすれば、あの男のスイッチを切るしかない。自分が殺される前に男のスイッチを切れるという保証はどこにもなかったが、一年以上も探しまわっていた相手をようやく見つけたのだ。今さら引き返せるはずはなかった。

足跡をたどって間もなく、道路脇の側溝に丸めた焦げ茶色の修道服とスニーカーが捨てられているのを見つけた。裸足《はだし》になったのか、別の靴を用意してあったのかはわからない。少なくとも足跡は見あたらない。

スズキが頼りとしたのは、高級ライターを模したICレコーダーと、あの男のすべてを知り尽くしているという自負だけでしかなかった。

路地から路地へ、息を切らし、汗を流して走りながらスズキは自分に言い聞かせていた。

あの男になりきれ……、〈毒〉になりきれ……。

特殊部隊の訓練を受けたプロの暗殺者が徒歩で逃亡をはかるとすれば、どこを走るか。車を使うにしても町から離れたところに用意しているだろう。そこまでは自分の足を頼りにするに違いない。車は人目につき、追跡の目安となるし、ヒッチハイクも同様、自分の臭跡を残していくことになる。

あの男が信じているのは、己《おのれ》だけだ。

白昼の路地裏に巣くう闇を選んで走るうち、スズキの胸のうちには確信が兆《きざ》していった。まるで目の前を走っていくあの男の背中が見えるように感じられたほどだ。

煉瓦《れんが》造りのビルの間に挟まれ、ゴミが散乱する隘路《あいろ》を抜けた先に売春婦たちがたむろしそうな街角が見えたとき、スズキは自分の追跡が間違っていないことを確信した。

自然と足が速くなる。

あと一歩でうらぶれた通りに出ようとしたところで首に腕を巻きつけられた。どこに潜《ひそ》んでいたものか想像もつかない。

相手の顔は見えなかった。振りあげられた錐刀《スティレット》が白く光る。

夢中でライターのヤスリを擦《こす》った。

ライターからはラテン語の祈りの言葉が流れだす。錐刀が振りおろされる。

スズキは思わず目蓋を閉じた。

3

主は羊飼い、わたしには何も欠けることがない
主はわたしを青草の原に休ませ
憩いの水のほとりに伴い
魂を生き返らせてくださる

どのような仕掛けになっているのか想像もつかなかったが、漆《うるし》を塗り、金で縁取りをされたライターからは驚くほど明瞭な声が流れていた。

若い声だ。

いくつもの若い声が重なって同じ言葉を唱えるのを耳にしたとたん、野々山治久《ののやまはるひさ》は、全身の力が萎《な》えるのを感じ、呆然とライターを見つめた。

声は耳から滑りこんできて、脳の中で膨れあがり、記憶の奥底に沈んでいた一つのイメージを喚起しはじめる。

声はつづいた。

主は御名にふさわしく
わたしを正しい道に導かれる
死の陰の谷を行くときも
わたしは災いを恐れない

かび臭く、湿った空気に満ちた聖堂に参集した少年、少女が一心に詩編二十三を唱えていた。声が重なり合い、天井にこだまし、ふたたび舞い降りてくる。

ライターから流れだす声は低かった。しかし、声の引き起こす衝撃は凄《すさ》まじかった。まるで脳が肥大し、頭蓋骨《ずがいこつ》の継ぎ目を圧し破ろうとしているようだ。

「手を……、離せ」

しわがれた、弱々しい声の主に目を向けた。自分の左手が男の首にかかり、絞《し》めあげている。強張った指を引き剝がし、野々山はつぶやいた。

「教官」

「良かった。まだ憶《おぼ》えていてくれたんだな」男の目が動く。「できれば、そいつも引っ込めてくれないか」

錐刀を握った右の手首を、野々山が教官と呼びかけた男――黒木が摑んでいる。切っ先は黒木の左目までほんの数センチのところまで迫っていた。野々山は錐刀を引き、黒木の躰の上から降りると立ちあがった。

黒木が躰を起こし、首筋に手を当てた。

「ダンテになっているときもおれのことは憶えていると思ったんだがな。いきなり襲われたのは予想外だった」

「忘れてはいません」野々山は肩をすくめた。「だけど、教官だとわかる前に息の根を止めていたでしょう」

「〈毒《ポイズン》〉恐るべし、だな。起こしてくれ」

差しだされた手を握り、野々山は黒木を起こした。それから錐刀を腰の後ろにつけたケースに収める。

「とにかくここを離れよう。十人以上死んでいる。すでにラウルが警察と連絡を取っているだろう。それに麻薬取締局もお前を探すだろう」

「ラウルって？」

「ああ、おれが連れてきた男だ。いや、逆か。おれの方が連れてきてもらったんだな。お前が現れそうなところまで案内してくれる地元の人間が必要だった。麻薬取締局の捜査官なんだ」

「なるほど。でも、それほど心配しなくても大丈夫ですよ。死んだのは麻薬ディーラーばかりですから。地元の警察もコロンビア人たちには手を焼いていたから感謝されるんじゃないですか」

踏みだした足を止め、黒木はぎょっとしたように野々山を見た。

「憶えているのか」

「ええ」

「ダンテの間に起こったことは、別人格になったときには思い出せないはずだ」

「経年劣化って奴ですかね。時々、二つの人格が混沌《こんとん》としてくるんです。思い出せないというのは理論上の話で、実際のところはキャンプの連中もわかっていなかったんじゃないですか。訓練を終了したばかりの頃でも夢は見てましたよ。夢の中だと自分がどっちなのかよくわからなくなった」

二人は歩きだした。

一九七〇年代、アメリカは歴史上初めての敗戦を喫した。ヴェトナム戦争である。戦争が終わったあともアメリカは様々な後遺症に悩まされていた。なかでも深刻だったのは、戦闘に従事した元兵士たちのストレスから来る精神的なダメージや凄惨《せいさん》な記憶、そして負傷兵の心的外傷後ストレス障害《PTSD》のせいで麻薬中毒や自殺が急増、また麻薬を買う金を手に入れるために犯罪も増えたことだ。

社会問題化した元兵士たちの行動に合衆国政府が対応を迫られるなか、アメリカ国内の軍産共同体の一部では、人を殺してもストレスを感じない最強の兵士を作り出す研究が開始された。

研究者たちは、まず連続殺人者《シリアルキラー》に着目した。人を殺すことにストレスを感じるどころか快感をおぼえ、さらには人を殺さずにはいられない強迫観念を抱くにいたる人間の性癖、来歴、生活環境などを細かく調べあげ、そのデータをもとに恣意《しい》的に連続殺人者を作りあげようとしたのである。

殺しに快感をおぼえる兵士を作るのには、もう一つ目的があった。

ヴェトナム戦争においてアメリカは、共産主義の拡散を防止するため、共産主義勢力と戦うことを標榜《ひょうぼう》していたが、実際に戦った相手は違った。国民がみずから自分の国を治めたいというまっとうな欲求を持つ人々――民族主義者であった。

また一九八〇年代の終わりから九〇年代初頭にかけて世界的な秩序が大きく変わった。冷戦構造の一方の雄、ソ連が消滅したのである。二超大国という重石《おもし》が外れて、大小様々な勢力が自らの思想信条にしたがい、行動を開始した。とくに顕著となったのがイスラム教の熱烈な信奉者たちの活動である。

アメリカはこれをテロと決めつけ、正義の名の下に制圧に乗りだした。

民族主義者であれ、狂信的なイスラム教徒であれ、思想、信条、信教、教育等々によって自らの命を投げだして戦いに殉ずる点に変わりはなかった。一方の米軍兵士は兵役を一種の取引と見なし、任務期間を生き延びることだけに関心を払った。

狂信的大義のために殉ずるなど、自由と平等そして個人の権利を声高らかに謳《うた》いあげるアメリカ合衆国にとっては許し難かった。

自らの命を省《かえり》みない兵士は、死兵と呼ばれ、洋の東西、古今を問わず最強とみなされてきた。だから、いくら兵器やそのほかの装備品でアメリカが圧倒的優位に立っていようと、無数の死兵が相手では勝敗の行方はわからなくなる。連続殺人者、快楽殺人者たちによって編成される軍隊が待たれる理由がここにあった。

研究の結果、殺人に至上の快楽を見る人間を作りあげるためのプログラムが開発され、また、プログラムを実行するには対象者が十歳未満のときから始められなければならないこともわかった。

最初の実験にはアメリカ国内のみならず各国の子供たちが選ばれた。

訓練の第一段階は、座学、日常生活における種々の規制に始まり、やがて催眠術、投薬によって意図的に二重人格を作り出していくことにあった。本人の人格とは別に、連続殺人者としての資質を備えた人格が形成されたところで第二段階に移行し、射撃、体術、サバイバル訓練などを行った。

こうして誕生した殺人者集団に、研究の端緒をつけた科学者は、純粋にして従順《ピュア・オビディエント》、そして無垢な息子たち《イノセント・サンズ》と名付け、頭文字をとってPOISONと呼んだ。野々山も後天的に二重人格に改造され、その後殺人の訓練を受けた一人である。野々山の暗号名《コードネーム》はダンテ、黒木は〈毒〉たちの訓練所——キャンプと呼ばれた——で教官を務めていた。

二大政党制国家アメリカでは、政権が民主党と共和党の間で争われる。そして政権党が交代した直後には、大粛正《しゆくせい》ともいうべき人事機構改革の嵐が吹き荒れることになる。ポイズンプロジェクトは共和党の手によって始められ、民主党に政権が移った直後、研究を破棄され、チームは解散の憂き目にあった。

歩きながら野々山はこめかみを揉《も》んでいた。

「いきなり引き戻されると、ひどく頭痛がするんですよ」

「こっちは頭ごと斬り落とされるところだった」

表通りに出ると、黒木は手を挙げ、タクシーを停めた。まず野々山を乗せ、それから自分が乗りこむ。

「街の北はずれにあるトラックターミナルまで行ってくれ」

メキシコ国内ではあっても通りの看板はどれも英語なのだ。タクシーの運転手も英語ができなければ商売にならない。

運転手はうなずいて車を発進させた。

「ところで、何だって教官がメキシコくんだりまでやってきたんですか」

「アンナだ。アンナ・リャームカニャが日本にやってくる」

「アンナって……、まさか生きていたっていうんですか。教官が射殺したはずでしょう」

「しくじったんだろうな。そうでなければ、やってくるのは亡霊なのか」

黒木が欠伸《あくび》をし、窓の外に目をやる。

「とにかく対抗措置をとらなくちゃならない。対狙撃手《カウンタースナイパー》としてアンナを撃てるのは、ダンテ、お前だけだ。だから、お前の力をおれに貸して欲しい」

それだけいうと黒木は目をつぶってシートに背をあずけた。

街の北はずれにある軽食堂のカウンターで野々山はチリビーンズとタコスを腹に入れ、食後のコーヒーを飲んでいた。

牛を丸ごと一頭食えそうだといってステーキを注文した黒木だったが、脂肪のかたまりのような肉に閉口し、三分の一ほどを口にしただけであとはビールを飲んでいた。

カップを置いた野々山が小さく首を振る。

「あの女が生きていたなんて、やっぱり信じられないです。だって教官が使ったライフルは……」

「バレットだった」

現代戦における遠距離狙撃《そげき》は、観測手と射手の二人がチームを組んで仕事をするのが普通だ。観測手は射手とともに標的周辺の状況――天候、気温、風向、光線の加減など――を見るだけでなく、つねにチームの背後に気を配り、射手の安全を確保する。さらに狙撃決行の是非を判断し、射手に引き金をひくタイミングまで知らせる。

野々山が射手として黒木と一緒に狙撃にのぞんだのは、一年以上前、谷間の教会から出てくる男を撃ったときだ。その男は日本にロシア製の核兵器を持ちこみ、売りさばこうとしていただけでなく、野々山、いや、ダンテにとって忘れられない相手でもあった。

男の護衛役についていたのがアンナ・リャームカニャだ。彼女は教会を挟んで向かい合う位置にいた。ダンテから標的の男までの距離は三百メートルほどだったが、アンナからダンテ、黒木までの距離は七百メートル以上もあった。

谷間の狙撃において黒木はバックアップ用ライフルとしてバレットM82A1を選んだ。対空機関砲用に開発された五〇口径、十二・七ミリの弾丸を使用するため、持ち運ぶことも困難な長大なライフルである。実際、任務終了時点で黒木はライフルに時限爆弾を仕掛け、始末せざるを得なかった。それでもバレットを使うことにしたのは、護衛役であるアンナへの射距離が恐ろしく長くなると予想されたからだ。

対空機関砲用の五〇口径弾は、弾頭部に炸薬《さくやく》がしこんであるが、狙撃用ライフルで使用する弾丸は鉛を主体とし、銅で被甲してあった。それでも走っている自動車のエンジンブロックを一撃で破壊するだけのパワーを持っている。

野々山には、五〇口径弾を撃ちこまれて、なおもアンナが生き残っていたことがまだ信じられなかった。

「命中《ヒット》したんでしょ」

「見損なうな。おれを誰だと思ってるんだ。ばっちり金的《ブルズアイ》のど真ん中を抜いたさ」

ポイズンキャンプで黒木は長距離射撃のインストラクターをしていた。

「それなら、なぜ?」

「あまりに見事にヒットしたからさ。あのあと、ちょっとしたコネを使ってアンナと観測手が潜んでいたところの現場検証の結果をのぞかせてもらった。あの女が使っていたドラグノフSVDが遺棄されてたらしいよ。照準器も銃の機関部も粉砕されてて、ドラグノフ本体も真っ二つに割《さ》けていた」

「だけど、アンナの死体はなかった」

「現場に残っていた肉片を採取した結果、右目と右手の親指、人差し指、中指の一部が見つかった。原型をとどめていなかったから骨のかけらとか、組織のつながり具合から類推したってことらしいが」

ビールが半分ほど入ったマグを黒木は指先でもてあそんでいた。

「観測手を撃つことはできなかったから奴が運んでいったんだと思った。もちろん死体を、ね。五〇口径弾を食らって生きているなんて、誰も思わんだろ」

後ろを通りかかったウェイトレスが声をかけてくる。

「コーヒー？」

「ノー」野々山は手を振った。「サンキュー」

軽食堂には数人の客しかおらず、カウンターの端に並んでいる野々山と黒木の周囲に客や従業員の姿はなかった。その上二人は日本語で話をしている。それでも野々山はウェイトレスが遠ざかるのを待って言葉を継いだ。

「アンナが狙っているのは？」

「暗黒大陸に射しかけた希望の光を吹き消してしまおうってことだ。〈アフリカの曙光《しょこう》〉って聞いたことないか」

「何とかって国の大統領、いや首相でしたっけ」

「そう。だけどアメリカサイドが曙光なんて呼んでるだけでね。実際のところ、その男が本当にアフリカに光をもたらすかどうかはわかったもんじゃない。ようはアメリカにとって都合良く近隣諸国をまとめてくれる存在ってことだ。もう二十一世紀だってのにアメリカはまだ傀儡《かいらい》政権作りに汲々《きゅうきゅう》としている」

「そうするとアンナを雇ったのは……」

「毎度お馴染《なじ》み、オイルマネーをたんまり持ってる中東の連中だ。とくに今回はアフリカが舞台だからな。リビアあたりが主役気取りで画策してるらしい」

「日本にまで来なくたって、地元で何とでもできそうじゃないですか」

黒木はすぐに答えようとせず、ビールをひと口すすって口許を歪《ゆが》めた。

「不味い」

「飲まなきゃいいでしょ。メキシコのビールはひどいんだ。馬の小便だっていってますよ」

「好きなんだ」マグを置き、口許を指で拭う。「お前がいう通り〈アフリカの曙光〉の地元も政情不安定で、おそらくＡＫ47が十挺もあれば、クーデターも不可能じゃないだろう」

旧ソ連で開発されたＡＫ47自動小銃は、堅牢かつ簡素な構造でコストが安く、さらには手入れをほとんどしなくともいつでも撃てる。その手軽さによって世界中に広まった。自分の名前すら書けない子供にでもＡＫ47を撃つのは難しくない。

二〇〇三年イラク戦争のときでさえ、米兵は自分たちのライフルが砂塵にまみれて作動不良を起こすと、躊躇《ちゅうちょ》することなく捕獲したＡＫ47をはじめ、その後継であるＡＫ74やＡＫＭなどを使った。

「〈アフリカの曙光〉が支配下においてる国は小さい。人口にしてもせいぜい八万くらいのもんでね。そこに過去十年間で二十万挺近いＡＫが輸入されている」

「ずいぶん金があるんですね。ＡＫがいくら安いといってもそれだけまとまれば結構な額になるでしょう」

「あの国はダイヤモンドの産地だ。近隣の産地からもダイヤの原石を集めて出荷している。立派な港があるそうだ」

「ダイヤね。欧米じゃ人気だ。曙光ってのも何だか怪しくなってきた」

「表向き、曙光殿は開発援助を惜しまない日本の首相に対して表敬訪問するため来日することになっている。だが、問題はタイミングだ。ちょうど同じ頃、アメリカ合衆国大統領がやってくることになってるんだ」

「メキシコにいると浦島太郎になった気分ですね。日本で何が起こってるか、全然わからない。この時期にアメリカ大統領が日本に何しに来るんです？」

「お財布のところへくるんだ。無心に決まってるだろ。そしてご褒美《ほうび》として、忠犬の頭を撫でてやる」

「ついでに〈アフリカの曙光〉とも会談というわけですか」

「あくまでもついで、ということだが、会談をアレンジしたのはアメリカ政府の忠犬君だ」

「おれに何をしろ、と？」

「アンナを見つけて、狙撃を阻止する」

「阻止ね」野々山がにやりとする。「教官も言葉遣いが何だか日本の官憲じみてきましたね。それじゃ、雇い主は日本政府ってことですか」

「いや、シンジケートだ」

「シンジケートって？」

野々山の問いかけを無視して、黒木が顎をしゃくり、入口を指した。目をやると、ドアを押し開けて白人の巨漢が入ってくるのが見えた。黒い革のベストを着て、テンガロンハットを被《かぶ》っている。短くなった葉巻を唇の端にくわえ、嚙んでいた。

「お迎えだよ。トレーラーのドライバーだ」

「それで国境越えするんですか」

「ああ、グァテマラとの国境だがな」

カウンターの上に金を置くと、黒木はスツールを降りた。

4

外見上は、市販されているメタリックダークグリーンのメルセデスベンツＳ６００と変わりなかった。だが、シャーシは補強され、車室の前後には厚さ四十ミリの鋼板が装備されている。ドア、天井ともに防弾板が入れられており、内装は抗弾ベストとしても使われているケブラー繊維のものに張り替えられていた。

タイヤは二重構造になっており、被弾してもホイールに巻かれた五センチ厚のゴムで走りつづけられる仕組みになっていた。すべての窓は自動小銃の連射を受けても耐えられる抗弾ガラスが入れられている。

防弾装備を施すための費用は車体価格の倍以上といわれていたが、車重も二倍近くになっているためエンジンはパワーアップを余儀なくされていた。

装甲車並みのメルセデスを挟んで前後には、トヨタ製の四輪駆動車ランドクルーザーが停められていた。メルセデスほどではないにしろ、抗弾性能を持たせてあった。メルセデスが襲撃された場合、二台のランドクルーザーは自らが弾よけとなるだけでなく、四名ずつ乗りこんでいる重武装した警視庁公安部の特殊部隊の隊員たちが反撃に出ることになっている。

メルセデスの大仰な抗弾装備とランドクルーザーに乗った隊員たちの目的は、警護対象となる人物を襲撃者の手から逃すことだけにある。

メルセデスと二台のランドクルーザーを、さらに三台のパトカーが挟んでいた。一台は先導役で、二台が後詰《ごづ》めないしはメルセデスの両脇をかためる。パトカーは千葉県警察の車輛で、当然ながら抗弾性能はまったくなかった。自動小銃どころか拳銃で撃たれても乗員の命は危ない。つまり銃弾を食らいやすい外側の壁がもっとも脆弱《ぜいじゃく》なのだ。

千葉県成田市新東京国際空港南ウィングの出入口前に並んだ警備、警察車輛をぼんやりと眺めながら仁王頭《におうがしら》勇斗《ゆうと》はパトカー乗員に同情していた。

メルセデスベンツのわきには、紺色のスーツを着た男が二人立っていた。耳にイヤフォンを差し、腰につけた拳銃を少しでも早く抜くため、上着のボタンは留めていない。さらに車列のそばには抗弾ベストをつけた制服警官たちがずらりと並んでいる。

間もなく〈アフリカの曙光〉と呼ばれる某国首相が到着する予定になっていた。

表向きは開発援助を惜しまなかった日本を表敬するのが目的とされていたが、真の目的は日をおかずに来日するアメリカ合衆国大統領との会談にある。世界各国、とくに先進国の間で彼が〈曙光〉とまで呼ばれるのは人望が厚く、自国のみならず周辺各国の指導層に強い影響力があるため、急速に勢力を拡大しつつあるイスラム過激派勢力を封じこめ、人道主義、民族主義の実現をもたらしそうだと期待されているためだ。

アフリカ某国とアメリカが話し合いをする場所として日本が選ばれたのは、治安の良さも理由に挙げられていたが、同時に日本の総理が両国の橋渡し役として名乗りを上げ、半年ほどの間に両国をはじめ、関係各国を飛びまわり、調整してきたことによる。国内メディアは総理の一連の行動を政権末期における過剰なパフォーマンスと冷ややかに受け止め、海外のVIP来日にともなって発生する凄まじい交通渋滞と不愉快な検問に東京都民からは怨嗟《えんさ》の声が上がっていた。

北海道警察警備部特殊装備隊から派遣されている仁王頭と上平《うえひら》は、しかし、アフリカ某国の首相を警護するために呼ばれたわけではなかった。仁王頭は左右の肩を順に上げ下げし、凝り固まりつつある筋肉の血行をよくしようとしていた。

「落ちつかないか」

相勤者の上平がにやりとして訊ねる。人の好さそうな下ぶくれの顔をしているが、外見と中身は一致しない点で装甲メルセデスに似ていた。

「ショルダーホルスターなんて過去の遺物ですよ」

仁王頭は口許を歪めて答えた。

ゆったりした作りの背広の下には、ショルダーホルスターを吊り、口径九ミリの自動拳銃SIG SAUER／P220を差していた。

特殊装備隊員は通常出動服といわれる制服を着け、拳銃は腰に下げていた。今回は任務の特殊性ゆえ、ショルダーホルスターを使わなくてはならなかった。腰にはトランシーバー、手錠ケースを着けているため拳銃入れまで装着すると異様に腰回りが膨らんでしまう。

耳に差したイヤフォンは沈黙していた。任務が違うため、仰々しい防弾車の列に寄りそうセキュリティポリスたちの交信は聞くことができない。

「何だって邪魔するんだ」

ふいに傍らで大きな声がした。新調したばかりらしい灰色の上着を着て、ループタイをした初老の男が怒鳴っている。横には男の妻らしい女がいる。二人ともキャスターのついた大きなバッグを持っていた。

二人の前にジャンパー姿の男が立ち、両手を広げていた。

「ここから先には行けないんですよ。中央ウィングへ行かれるんでしたら空港の中をお通りください」

「中を通ろうが、外を歩こうがおれの自由だろ。中は何だか知らんけど看板ばかり多いし、全部英語だし、さっぱりわからん。迷子になっちまうんだよ」

「ですが、今はちょっと」

「あんた」背の低い初老の男は精一杯に顔を突きあげる。「何様のつもりだ。何の権利があっておれに指図するんだ」

夫婦の前に立ちふさがっている男はジャンパーの前を開いた。〈警察〉と書かれた腕章が胸元にとめてある。

初老の男が目を剝《む》く。

警察官の腕章さえ隠した警備担当者が何人潜りこんでいるのだろうと仁王頭は思った。

ジャンパーの前を閉じ、警察官が笑みを浮かべた。

「間もなく海外から来賓が到着することになっておりまして、不測の事態に備えているんです。ご不便をおかけしますが、ご協力をお願いします」

妻が夫の袖《そで》に手をかけたが、夫はふり払った。

「どんな偉いさんが来るか知らんが、おれには関係ない。飛行機の出発時間が近いんだよ。

空港ん中なんか歩いてて迷子になったらどうしてくれる。飛行機に乗り遅れたら、あんた、責任とってくれるのか。それともおれがその偉い奴をやっつけに来たように見えるんかね」

「いえ」警察官は首を振った。「我々の第一の職務は市民の生命と財産を守ることにあると心得ております」

「ほれみろ。その市民が困ってるんだ。警察だったら何とかするのが本筋じゃないのかね」

「ですからお止めしてるんですよ。昨今は物騒でしてね。テレビで見たことありませんか。自爆テロというのを。自動車に爆弾を積んで突っこんできたり、洋服の下にダイナマイトを巻きつけて爆発させたり……、そりゃ、ひどいもんです。人間の躰なんてばらばらですよ。もちろん周辺にいる一般の市民もたくさん巻きこまれます」

「ここは日本だ」

「もちろん我々が警備している以上テロリストの侵入は極力阻止しますが、本日来日する人物は世界中のテロリストから目の敵《かたき》にされておりまして、どんなに残酷なテロをしかけてくるかわかったものじゃないんですよ。爆弾が破裂して、手足がふっ飛んだりとか、現場を見るとうんざりします」

確かに警備の私服警官がいう通り、アフリカ某国の首相はテロリストたちの間で流布《るふ》している暗殺者リストの冒頭近く——何年もの間、リストのトップはアメリカ合衆国大統領と決まっていた——に挙げられていた。仁王頭たちが待機しているのも、ひょっとしたらアフリカ某国の首相か、アメリカ合衆国大統領を狙っている暗殺者と疑われる人物が入国する恐れがあると情報がもたらされたためだ。

夫は不満そうにしていたが、妻に手を引かれる恰好《かっこう》でターミナルビルの中へ消えていった。ガラスの自動扉が閉まるのを確認した私服警官もぶらぶらとした足取りでその場を離れる。

ほどなくイヤフォンが咳《せ》きこむように音を立てた。

〝ターゲットは入国審査を済ませた。くり返すターゲットは……〟

仁王頭たちが待機していたのは〈アフリカの曙光〉もしくはアメリカ合衆国大統領殺害を目論む暗殺者が入国するという情報がもたらされたためだ。

ターゲットは、女である。


女はブルーデニムの上下を着ていた。上着の前を開いているので胸元に文字をプリントした白いTシャツがのぞいている。裾をたくしこんだ編み上げ靴がやたらに頑丈そうに見えるのと、右手に季節はずれの手袋をはめている点をのぞけば、ほかの観光客と変わったところはない。大きなサングラスをかけていた。

ターミナルビルを出た女は、メルセデスやパトカーの列に目をやることもなく歩きはじめた。キャリングカートにスーツケースを載せ、引いている。きびきびとした足取りは小気味よいほどだ。

仁王頭と上平は女の後ろを歩いていった。途中、上平は腰に着けたトランシーバーを抜き、口許に当てる。

「上平です。ターゲットは建物を出ました。リムジンバス乗り場に向かっています」

〝了解。監視を続行しろ。ターゲットがバスに乗りこむのを確認したら乗り場付近でそっちを拾う〟

「はい、了解しました」

トランシーバーをベルトに戻すと上平は前を歩く女を顎で指した。

「聞いたろ。あの女がリムジンバスに乗りこんだらリーダーたちと合流する」

「了解」

「髪、染めたのかな」

「え？」

「ターゲットさ。以前日本に来たときは金髪だったと聞いている。今は黒髪のショートカットだろ」

「そうなんですか」

ほっそりとした後ろ姿とカールした髪を見ていると、ローマの休日のオードリー・ヘップバーンに似ているような気もした。

アメリカ中央情報局《CIA》からもたらされたというレポートの内容を仁王頭は脳裏で反芻《はんすう》した。ターゲットの名はアンナ・リャームカニャ。パスポートは別名義になっているし、アンナ・リャームカニャが本当の名前なのかもわかっていない。

ボスニアヘルツェゴビナ生まれで、ボスニア戦争の際には市民義勇軍の狙撃兵として戦った。市街戦のさなか、アンナはアパートの自室にロシア製の自動式狙撃銃ドラグノフＳＶＤを据え、敵兵を殺しつづけた。自分の生まれ育った街が戦場になるなど、まして自分の部屋に武器を持ちこんで人を殺すなど平和な日本に生まれた仁王頭には想像もできなかった。

アンナが来日するという情報、出発地、経由国、パスポートの名義とナンバー、日本到着が予想される日時——五日間の幅があったが——などの情報もＣＩＡから提供された。

戦争後アンナはフリーランスの狙撃手に転じ、一年前日本に来た。そのとき日本人狙撃手と撃ち合って被弾し、右目と右手を半分失う大怪我《けが》をしている。ライフルスコープに弾丸が飛びこんだというが、自分も狙撃手である仁王頭には信じがたかった。射距離がどれくらいなのか、日本人狙撃手がどのような銃を使ったのか、そして日本人狙撃手の正体などすべての情報が封印されていた。

そのアンナが合衆国大統領訪日とタイミングを合わせ、日本に来るとなれば、アメリカの情報機関、捜査当局のみならず日本の警察も色めき立たずにはいられない。しかし、目の前を歩いている女がアンナ・リャームカニャだという確たる証拠はない。また、仮に本人であったとしても国際的に指名手配されているわけでもないので入国と同時に身柄を拘束したり、強制送還することはできなかった。

そこで対抗する手段として考え出されたのが、仁王頭たち公安部第一特殊装備隊――ちょうどアンナが日本に来ていたとされるころ、公安部第一特殊装備隊は日本の警察機構そのものを吹き飛ばしかねない大事件を起こし、解散の憂き目にあっていた――の元隊員を招集し、アンナを常時監視することだった。

特殊装備隊は、全員が狙撃手としての訓練を受けている。同じ狙撃手であれば、アンナの行動を予知しやすいと考えられていた。監視中わずかでも怪しげな行動があれば、即刻身柄を拘束することになっている。

リムジンバスの乗り場に着くと、アンナはバスの前方出入口に立っていた女性職員に声をかけた。

上平がふたたびトランシーバーを取りだしチームリーダーに連絡を入れているのを聞きながら、仁王頭はアンナを見つめつづけていた。

資料によると親指、人差し指、中指を失っただけでなく、右手は神経が麻痺《まひ》してコップを摑むのも難しいという。もし、銃弾がライフルスコープを直撃しなければ、彼女は頭蓋を粉砕され、即死していただろう。精密射撃に使用するスコープには十枚近いレンズが入っている。弾丸はレンズを破壊したことでエネルギーを失い、右目を傷つけるだけで一命を取り留めたのだ。おそらく破裂したスコープの破片が右手をも傷つけたのだろう。

確かにアンナは狙撃兵だったのかも知れない。だが、人並み外れた視力と繊細な指の動きを必要とする狙撃手としては命を絶たれたも同然だ。それなのに何をCIAは警戒しているのか。

今の彼女にドラグノフを持たせたところで左手一本では満足に振りまわすこともかなわず棍棒《こんぼう》ほどの威力すらない。アンナに関する詳細なレポートから立ちのぼってくるアメリカ人たちの恐怖の匂いに面食らっていた。

車体下部のラゲッジスペースにスーツケースを入れてもらったアンナは、女性職員に向かって頰笑み、バスのステップを上がっていった。仁王頭は目で追いつづける。アンナは手にしたチケットを確かめながら車内を進み、後ろから五列目の右側に腰を下ろした。窓際の座席なので外から見張るには都合が良かった。

肘の辺りを軽く叩かれ、目を向ける。携帯電話を折りたたんだ上平が顎をしゃくった。上平が示した方向に目をやると、シルバーの四ドアスカイラインが停まっている。運転席と助手席に背広姿の男が乗っていた。

仁王頭はもう一度リムジンバスに目をやった。アンナは窓にもたれ、ガラスに頭をつけている。彼女の様子を脳裏に刻んだ後、スカイラインに向かった。

アフリカ某国の首相はまだ到着していないらしく列《なら》んだ装甲車輛やパトカー周辺に動きは

ない。

リムジンバスが動きはじめるのに合わせ、スカイラインが発進する。バスは新空港インターチェンジから新空港自動車道に入り、スカイラインがつづいた。成田インターチェンジで左側にある進入路から入ってきた白いクラウンがスカイラインの真後ろにつけ、次いで右の追い越し車線に入るとそのまま加速した。

わずかの間、スカイラインとクラウンが併走する。クラウンにも男ばかり四人が乗っており、助手席の一人が左手で挙手の礼をしていった。

スカイラインとクラウンの二台がリムジンバスを挟む恰好になった。

成田ジャンクションでリムジンバスと二台の警察車輛は東関東自動車道に入り、都心に向かった。バスの行き先がわかっている以上、追跡は難しくない。仁王頭は助手席に座ったアンナ監視チームのリーダー、芝山《しばやま》に目をやった。

芝山は窓枠に肘をかけ、頬杖《ほおづえ》をついていた。運転している松久《まつひさ》と芝山は福岡県警、上平と仁王頭が北海道警から来ていた。四人ともかつては公安特装隊の同僚であった。

とくに芝山とは、ある事件で一緒になったことがある。

右翼団体を名乗る男が拳銃を持って政治家の事務所に押し入り、くだんの政治家を人質に立てこもった。出動した特装隊に、ついに阻止行動が下命される。特装隊にとって阻止行動とは可及的速《すみ》やかな犯人の射殺を意味する。その際、近隣ビルの屋上から政治家事務所の窓越しに犯人を狙撃したのが仁王頭と芝山であった。

今でもあのライフルを使っているのだろうか——後部座席から芝山の横顔を見て仁王頭は思った。

当時、芝山が手にしていたのは今でも仁王頭の記憶に刻みつけられており、芝山の顔は忘れても彼が手にしていたライフルは細部にわたるまで正確に思いだすことができた。

フィンランドの猟銃、軍用銃のメーカー、サコー社が作った狙撃銃の傑作——TRG—42。過酷な条件下の使用に耐えるタフなステンレス鍛造鋼《たんぞうこう》へビーバレル、安定した弾道を生む銃床から銃身を浮かせたフローティングバレル方式など現代狙撃銃に欠かせない要素を備え、さらに操作感とバランスで傑出している。

使用する三三八ラプアマグナム弾は、パワーと弾道性能の両面から現時点における最高の銃弾といわれていた。

政治家事務所の窓越しに犯人を狙撃したとき、仁王頭は陸上自衛隊用に開発され、制式採用された六四式自動小銃を使っていた。もっとも通常タイプではなく、六千挺に一挺の割合で生産される六四式小銃改で、仁王頭の手にすっかり馴染んでいた。様々なミッションを仁王頭は六四式小銃改で成功させてきたし、今でも阻止行動が命令されれば、躊躇なく六四式小銃改を手にする。仁王頭のライフルは改造された特別製というだけでなく、調整に調整を重ねて作りあげた世界にただ一挺しかない、自分の躰の一部なのだ。

それでも浮気心を完璧《かんぺき》に抑えつけるのは不可能である。今でもときどき、TRG—42を手にした芝山と一緒に屋上の縁越しに狙いを定めている夢を見る。

何度同じ夢を見てもサコーライフルを手にしているのは芝山で、仁王頭ではなかった。

「後ろ、来ますよ」

松久が芝山に告げた。助手席で躰を起こした芝山が後方を見やる。上平、仁王頭も同様に右後方——追い越し車線に目をやった。

赤色灯を点滅させたパトカーが猛スピードで追いすがってくる。後方にはランドクルーザー、メルセデスとつづいている。アフリカ某国の首相一行だ。テロ対策の一つとして車輛の高速移動がある。

何キロで走ってるんだろう、と仁王頭は思った。

リムジンバスに合わせて走っているスカイラインにしても時速百キロは出ているのだ。それにみるみる追いすがってくるということは、少なくとも百四、五十キロは出しているに違いない。

日本ではテロリストに襲われるより交通事故の方がはるかに危険性が高い。時速百キロを超えただけでもちょっとした接触が命取りになりかねない。

法定速度遵守《じゅんしゅ》でいいんじゃないのか——仁王頭は装甲メルセデスを見つめながら胸の内

でつぶやいていた。

5

スカイラインのセンターコンソールわきに取りつけられた無線機——おかげで捜査車輛の助手席では両足をすぼめた窮屈な姿勢を強いられる——に赤ランプが灯り、送信スイッチを入れたときに生じる擦過音《さっか》が聞こえた。

〝ジンライ2からジンライ1〟

スピーカーから割れて、聞き取りにくい声が聞こえた。さきほど追い越していった白のクラウンがジンライ二号車で、監視チームリーダー、芝山が乗っているスカイラインがジンライ一号車である。芝山は素早くマイクを取りあげた。

いまだ特装隊に未練があるのかなと仁王頭は思った。〈迅雷《ジンライ》〉は、今はなき第一特殊装備隊が作戦時に使用した呼び出し符丁である。

スカイライン、クラウンとも警視庁から借りた車だが、無線の周波数、コールサインは監視チームが独自に決めている。無線機のデジタル暗号化が進み、警察無線は傍受できないことになっている上、元の特殊装備隊が使用していた周波数は極秘扱いになっているので傍受は心配なかった。

仁王頭は、ふたたび右横を通過し、徐々に遠ざかりつつある装甲メルセデスに目をやった。

すでに後続のランドクルーザーもスカイラインを追い越しており、後尾についたパトカー二台がスカイラインのわきにかかろうとしていた。

センターコンソールの無線機から声が流れた。

〃リムジンバスが加速しているようですが、どうぞ〃

はっとして前方に目をやると、いつの間にかリムジンバスとの車間距離が開き、その間に黒いセダンが割りこんでいる。

「間抜け」芝山が松久を怒鳴りつけた。「どこ見て運転してるんだ」

どこを見て、といわれても松久にしたところで装甲メルセデスを中心とする車列に目をやっていたに違いない。チームに与えられた任務はアンナの監視にあったが、彼女の目的がわからない以上、入国した直後に仕事を果たすことも考えられた。

芝山も同様であろう。

それでも松久がリムジンバスから目を離したのは、ほんのわずかな時間に過ぎなかったはずだ。その間隙をついてリムジンバスは加速し、左側の低速レーンを走っていた黒いセダンがスカイラインの前に割りこんでいた。

バスの加速、スカイラインとバスの間へセダンが割りこんだのがほとんど同時に起こっている。

偶然とは考えられなかった。

芝山は松久の肩を叩き、左を指さした。

「低速レーンだ。そっちに入ってバスに追いつけ。連中、何かたくらんでるぞ」

「はい」

うなずいた松久はクラッチを踏んでギアを一段落とし、アクセルを踏みこんだ。同時にハンドルを切り、左車線に移動する。スカイラインはエンジンを咆吼《ほうこう》させ、シートに背中が押しつけられるほど加速する。

ダッシュボードに手を伸ばして躰を支えた芝山はマイクの送信スイッチを押した。

「ジンライ1から2。気をつけろ。バスはベンツとの併走時間を長くするつもりだ」

身を乗りだした仁王頭は右前方を走っているリムジンバスを見つめた。右側の座席に座っているアンナの姿を見ることはできなかった。バスの運転手が敵方の一味に加わっているのか、それともアンナが運転手を脅して加速させたのかはわからない。

みるみるうちにスカイラインはバスとの距離を詰めていく。低速レーンは前方が開けていてはるか先に荷台に白いコンテナを積んだパネルトラックが走っているだけだ。

スカイラインが割りこみをした黒いセダンと並んだ刹那《せつな》、仁王頭は怒鳴った。

「頭、下げろ」

セダンの後部ドアの窓ガラスが下ろされ、水平に二本並んだ銃身が突きだされていた。芝山は足を縮めて、シートの上で躰を縮め、松久はセンターコンソール側に倒れこむ。それでも高速で走行しているだけにわずかながらでも前方の視覚を確保しておかなければならない。

仁王頭と上平は後部座席に折り重なった。

直後、二度の爆発音が響き、砕けた窓ガラスが降りかかってくる。運転席で悲鳴が上がった。とっさにハンドルに手を伸ばした芝山が怒鳴る。

「ニオウ、阻止しろ」

ショルダーホルスターからSIG SAUER／P220を引き抜いた仁王頭は、まず右手だけを挙げ、砕けた窓から拳銃を突きだすと立てつづけに三発撃った。反撃はない。ちらりと見ただけだが、セダンの窓から突きだされていたのは水平二連の散弾銃だけだ。

思い切って躰を起こし、砕けて白濁した窓越しにセダンを見た。後部ドアの窓は全開になっていて、白っぽい服を着た男が二つ折りにした散弾銃に弾を込めようとしているのが見えた。装塡を終わった男がふたたび銃を向けようとする。

左足を床につき、右足をまげてシートの上に固定させると、仁王頭はP220の銃把を握っている右手を左手で包みこんだ。右手を突きだし、左手を手前に引いて拳銃を安定させるとセダンの開いている窓めがけふたたび三点射した。

一発目がセダンの屋根にあたって火花を散らし、二発目、三発目が飛びこむ。散弾銃を持った男がのけぞった。

直後、セダンは加速レーンに向かって車首を振る。あわてた運転席の男が銃弾を避けようとして急ハンドルを切ったのだろう。左のフロントタイヤが意気地なくひしゃげ、バンパーが地面に触れた瞬間、セダンは横転した。

芝山が怒鳴りつづける。

「アクセルを踏め。ハンドルはおれが握っている。がんばれ」

松久は躰を起こしたものの、傷ついた首筋を手で押さえ、懸命にうなずいている。頭からも出血していた。

ふたたび無線機の赤ランプが灯り、擦過音につづいて切迫した声が流れた。

〝ジンライ2……、リムジンバスが加速をやめない〟

右手でハンドルを握っていた芝山は左手のマイクに声を吹きこんだ。

「赤色灯を点《つ》けろ。ぶつけてでもバスを停めるんだ」

〝了解……、あ、クソッ、何だ、あのパネルトラック……〟

スカイラインのはるか前方、低速レーンを白のパネルトラックが走行していたことは仁王頭の記憶にも残っている。わずかの間に距離は詰まっており、今やリムジンバスがパネルトラックに追いつきかけていた。

ジンライ二号車の声が途切れる。

パネルトラックは急に右へ曲がるとリムジンバスの前に突っこんでいき、バスの前方を横切ると追い越し車線にまで侵入していった。バスの巨体が邪魔になって装甲メルセデスの位置が見えない。

バスの前方に入っていったトラックの姿が消えた次の瞬間、高速道路上にまばゆいオレンジ色の火の玉が出現し、腹の底が震動するほどの爆発音が足下《あしもと》から襲ってきた。

芝山が叫ぶ。

「ブレーキだ。ブレーキ、踏め」

スカイラインがつんのめるように減速し、同時に芝山が右にハンドルを切った。タイヤの悲鳴がとどろき渡り、スカイラインがスピンする。

振りまわされながらも仁王頭は炎の中でバスも右へ頭を振りながらタイヤから白煙を上げているのを見た。

6

青空を背景に浮かんでいるヘリコプターを仁王頭はぼんやりと見つめていた。角張った機体が細く見なれない恰好をしている。焦点が定まってくると機首から細く突きでている機関砲が見てとれた。機体は黄土色と茶色、明暗ツートーンの緑色で迷彩塗装が施されている。陸上自衛隊の対戦車ヘリコプターAH—1コブラだ。

どうしてこんなところにコブラが飛んでいるんだ?——仁王頭は胸の内でつぶやいた。だが、考えごとをすると頭がずきずきと痛む。まるで空中停止《ホバリング》しているヘリコプターのローターが巻き起こす震動が脳の芯《しん》に直接響いてくるように感じる。

ふいに顔が現れた。白いヘルメットを被り、顎にひもを掛けている。

「大丈夫ですか」

鼻先で大声を出され、さらに頭痛がひどくなる。顔をしかめつつも仁王頭は何とか声を圧しだした。

「はい」

白いヘルメットの男は仁王頭の鼻先に耳をもってきた。ヘルメットのわきに成田市消防本部の文字が見てとれる。救急隊員のようだ。

「何ですって？」

「大丈夫。それよりここはどこですか」

「東関東自動車道の上です。テロがありまして……」

救急隊員は答えながら顔を上げ、誰かに呼びかけた。頭痛に耐えきれなくなった仁王頭は目を閉じた。ゆっくりと呼吸し、脈動する激痛が治まるのを待った。

追い越し車線を凄まじいスピードで駆けぬけていく抗弾装甲仕様のメルセデスとランドクルーザー、黒いセダンの窓から突きだされた散弾銃、巨大な火の玉、倒れるリムジンバスなどが脈絡もなく脳裏を過《よぎ》っていく。

幾分痛みが和らいで目を開いたときには、救急隊員の顔は消え、代わりに上平がのぞきこんでいた。

「大丈夫か」

「はい。ひどく頭痛がしますが……。何があったんです？」

「わが国初の自爆テロだよ」

上平も唇の右端を切っていた。右の目蓋《まぶた》から顎にかけて腫《は》れている。

「自爆テロ？」

「白いパネルトラックを憶えてないか。リムジンバスの前に突っこんでいったんだが」

「憶えてます」

「あれだ。ちょうどＶＩＰご一行がリムジンバスを追い越しかけたときに追い越し車線に飛びこんでいって自爆した。どれだけ爆薬を積んでいたか知らんが、トラックは跡形もなく木《こ》っ端微塵《ぱみじん》だ」

ＶＩＰ――〈アフリカの曙光〉と呼ばれる某国の首相だ。

「被害は？」

「大勢死んだ。だが、ＶＩＰは無事だったよ。メルセデスも相当被害を受けていたんだが、何とか走り抜けたんだ。すでに警視庁の警護チームが保護下に置いている」

「ランドクルーザーに乗ってた連中も無事だったんですか」

「前を走っていた方はね。メルセデスの後ろを走っていたのはダメだった。トラックはメルセデスじゃなくて護衛車に突っこんで爆発したようだ。防弾もへったくれもありゃしない。シャーシが残っていただけで、乗っていた連中も肉の破片になって飛び散ったよ」

仁王頭は声を低くした。

「ターゲットは？」

まだ頭痛は残り、ぼうっとしていたが、アンナの名前を出さないだけの配慮はした。

下唇を噛んだ上平はまず首を振り、それから低声《こごえ》でいった。

「リムジンバスも相当の被害を受けた。乗客は二十数名といったところだが、車体右側の座席に座っていた連中は即死か、意識不明の重体だ。運転手も死んだ。左側の座席にいた乗客も大怪我をしているし、ひょっとしたら死人が出るかも知れない」

成田新東京国際空港でリムジンバスに乗りこむアンナの姿が浮かんでくる。デニム地のジャンパーにGパン、サングラスをかけ、右手にだけ手袋を着けていた。バスに乗りこんだアンナは車体右側、後ろから五列目の座席に腰を下ろした。すべてを仁王頭は自分の目で見ている。

「それじゃ、ターゲットは？」

「ひどいもんさ。頭部と右半身をひどく損傷している。ターゲットの死体だけは警視庁がもっていって解剖をするだろうけど、まず本人に間違いない」

わずかに間を置いたあと、上平は死体を確認したと付けくわえた。

ため息をついた仁王頭は、なかなか切り出せなかった問いを口にした。

「チームの被害は？」

「芝山係長と松久は病院に運ばれた。係長は足を骨折しているけど命に別状はない。だけど松久はわからんな。頭に弾食らってるから」

「それじゃ、バスに追いつく前に撃たれた、あのときの？」

「ああ。超人的って奴だよ。散弾が何発か頭に入っているそうだ。失血量もはんぱじゃないし、よくあんな状態で運転をつづけられたもんだ。でも、もっとひどいのは二号車の方だ。パネルトラックを何とか阻止しようとしたんだ。ＶＩＰが逃げおおせたんだから二号車の阻止行動は成功したといえるだろう。急ブレーキをかけて、トラックの前に立ちふさがった。だからトラックはメルセデスじゃなく、護衛車の方に突っこんだ」

「乗っていた連中は？」

「二台目の護衛車と同じだ。車はばらばらになってて、シャーシも真ん中からちぎれていた。飛行機の墜落事故並みだって、救急隊員がいっていた」

「クソッ」

仁王頭は肘をつき、上体を起こそうとした。

「おい、大丈夫かよ」

「たぶん。頭痛も治まってきましたし」

躰を動かしたとたん、頭痛がぶり返し、目眩《めまい》がして吐き気がこみあげてきたが、仁王頭は何とか起きあがった。高速道路の上に敷かれた毛布の上に寝かされていたのにようやく気がついた。

息を嚥《の》んだ。

失神している間に担架にでも運ばれたのだろう。何台もの自動車、あるいは自動車の残骸がごちゃごちゃと固まっている現場——中央で横倒しになっているリムジンバスの巨体が殊更《ことさら》目立った——からは百メートルほども離れていた。何台もの消防車が停まっている。破壊された自動車はまだ黒煙を吹き上げており、銀色の防火服を着た消防隊員がホースから水や消火剤をまいていた。

中央分離帯に半ば乗りあげる恰好で黒っぽいものが停まっている。ランドクルーザーのシャーシであることに気がついだとき、胃袋が収縮して黄水《おうすい》が咽を灼いた。

それから仁王頭は上平に助けられ、何とか立ちあがった。柔らかいものを踏んづけているように足下は頼りなかったが、目眩は徐々に治まってくる。

上平が仁王頭の顔をのぞきこんだ。

「命に関わる怪我をした連中から順に搬送したんだ。それから動けない怪我人。係長なんかがそうだ。だけど死人と、大した怪我じゃないと判断されたものは後回しにされた」

「わかってます。おれは大丈夫ですよ」

頭上を爆音が通りすぎていく。見上げた。コブラが現場上空を飛び抜けていく。見まわすとさらに三機のコブラが見え、さらに遠くに何機かヘリコプターが飛んでいるのが見えた。

「陸上自衛隊が出動したんですね」

「自爆テロだからな。内閣は即刻防衛出動を下命さ。まず対戦車ヘリが来た。間もなく習志《なら し》野《の》の空挺部隊が現着する」

「空挺部隊？」

「対テロ部隊があるんだ。昔のおれたちみたいなもんさ」

仁王頭は目を上げ、飛び交うコブラを見やった。上平が言葉を継ぐ。

「怪我をしているところ申し訳ないんだが、お前さんを残したのはまだ仕事が残っているからなんだよ」

「ターゲットですね」

たとえ死体になったとしてもアンナが監視対象であることに変わりはない。

「飯田橋の警察病院に運ぶことになってる。そこに本庁の連中が来るまでターゲットに付き添っていてくれ。おれは別のチームが到着するまでここを離れるわけにはいかない。お前の治療は飯田橋ですることになるが、それまで大丈夫か」

「何とか」

うなずいた。上平が拳銃を差しだす。

「お前のだ。弾倉《マガジン》はおれのと交換しておいた」

黒いセダンに向けて六発撃ちこんでいる。Ｐ２２０は弾倉に九発装塡できる。規則では警察官の拳銃には五発までしか装塡できないことになっているが、上司から特別の命令が出ていればそのかぎりではない。公安特殊装備隊時代から隊員たちはつねに銃弾をフルに装塡していた。

拳銃を受けとった。いつもならずしりと掌に感じるものなのに今は軽い。トラックが跡形もなくなるほどの爆薬に対戦車ヘリコプター、陸上自衛隊空挺部隊とつづけば、拳銃など豆鉄砲ほどにも思えなくなる。

「おれがもう少し早く警告していれば……」

運転席にいた松久は死ななかったという言葉は嚥みこんだ。

「どのみち駄目だったろう」

上平が間髪を入れず、強い語調で否定する。

「奴ら、最初から運転席を狙ってたんだ。あれだけの速度で走っていれば、完全に頭を引っこめるわけにもいかないしな。気にするな、といっても無理だろうが」

拳銃をショルダーホルスターに納めると仁王頭は周囲を見渡した。

「ターゲットはどこにいます？」

「こっちだ」

上平が歩きだす。後につづいた。踏みだすごとに躰中が痛んだが、生きているだけましだと思った。

アンナはアスファルトの上に銀色のシートを敷いて、そこに寝かされ、毛布を掛けられていた。

しゃがみ込んだ上平が毛布をめくる。

死体は、首から上と右腕が付け根からなくなっていた。デニム地のジャンパーが血を吸って黒っぽくなっている。

右目、右手の指を失っていた狙撃手アンナは、死体になってもなお恐れられているのだ。

一体何を狙っていたんだ？——死体を見下ろしながら仁王頭は無言で語りかけていた。


飯田橋、警察病院——。

錯綜《さくそう》する足音に仁王頭は目を開いた。いつの間にか眠りこんでいたらしい。腕時計を見た。日本で初めて起こった自爆テロから十二時間が経過している。

医者がまっすぐ自分に向かって近づいてくるのを見て、仁王頭は立ちあがった。

「付き添いの警備担当ですか」

「はい」

「白人ということでしたよね」

「ええ。そうですが、何かありましたか」

「身体的特徴のどこをとってもアジア人の女性としか見られないんです」

「アジア人ですって？」

「ええ、日本人か、中国人か、あるいは他の国の人間かも知れませんが、少なくとも白人ではありません」

「一体、どういうことです？」

「訊きたいのはこっちですよ。白人だとばかり思ってましたから」

仁王頭はふたたび目眩がぶり返してくるのを感じた。

7

赤道に近い中米の小国とはいえ、標高が高いうえに早朝であれば、空気はひんやりとしていた。

円形の視野には、上、下、右、左から黒いリボンが突きでている。リボンの幅は見かけ上一ミリにも満たないほどだが、向かい合うリボンはさらに細い毛髪ほどの直線《ヘアライン》で水平、垂直に結ばれ、その交点《レティクル》が百ヤード――九十一・五メートル先に置かれた標的紙の中心に置かれていた。

標的紙には十の同心円が描かれており、中央部にある最小の十センチほどは黒く塗られていた。さらに中心には小さなXの文字が白抜きされている。水平のヘアラインをXの下辺にあて、垂直のラインはXをきっちり両断していた。

玉砂利を敷いた地面に古びた毛布を広げ、伏射《プローン》の姿勢をとった野々山は狙撃銃レミントンM40A1を構え、機関部に据えつけられたユナートル社製の八倍照準眼鏡《ライフルスコープ》をのぞいていた。前部銃床を豆を詰めたクッションに載せ、右肩にあてた銃床の下部に左手を添えている。

M40A1は、民間向けライフルとして開発され、その後、警察やFBIなど政府機関が狙撃用銃として採用したM《モデル》700の軍用スペック版である。

ヴェトナム戦争が始まったころ、米陸軍は旧式のM14ライフルに照準眼鏡を載せただけという、いわば間に合わせの狙撃銃を使用していた。だが、都市部、ジャングルいずれの戦闘においても狙撃兵同士の成績では大きく水をあけられていた。そこで軍当局は、民間に広く普及していたM700に着目、取り回しがしやすいように一、六六二ミリあった全長を一、一七ミリに縮めた。また、命中精度を高め、過酷な気象条件下での使用に耐えうるようフローティング方式のヘビーバレルに換装するなど改良を加え、M40狙撃銃として採用したのである。また、高温多湿のヴェトナムのジャングルにおいて木製銃床ではふやけ、膨らんでしまったことを教訓として、銃床をグラスファイバー製としたモデルをM40A1として制式採用した。グラスファイバー製銃床のおかげで生産過程において迷彩塗装を施せるようになっているが、野々山が手にしたライフルは銃身、銃床とも艶のない黒色になっていた。

現在のM40A1は、工場出荷の段階ですでにユナートル社製八倍スコープが標準装備されており、ライフルのなかではもっとも厳しいといわれる検査を経て、出荷される。レミントンM700およびM40シリーズはアメリカの軍、捜査当局はもとよりかつての西側諸国に輸出され、狙撃銃の定番とまでいわれていた。

口径は七・六二ミリで、おもに七・六二ミリ×五一ミリNATO弾を使用、機関部の下方から抜き差しする箱形弾倉に五発装弾できた。七・六二ミリNATO弾は民間用スペックでは三〇八ウィンチェスター弾として市販されてもいる。銃弾の種類や気象条件によって多少の差異は生ずるものの、メーカーが公表している弾丸の初速はおおむね毎秒七百七十七メートルで、ずば抜けて速いわけではない。だが、このことがM700、M40シリーズを扱いやすいライフルとし、タフである点も合わせ、世界中に普及する結果を生んだ。

作動方式は、射手が槓桿《チャージングハンドル》を操作して薬室に銃弾を送りこみ、撃発後ふたたび手動で薬莢を排出、次弾を装塡するボルトアクション方式を採用している。敵の目につかないよう潜伏場所を秘匿《ひとく》し、息を殺して獲物に照準を合わせ、一撃で葬《ほうむ》り去る狙撃兵にとって肝心なのはつねに初弾でしかない。一兵卒に過ぎない歩兵、貧しいテロリスト、食い詰めた銀行強盗でさえが自動小銃で武装している現代、初弾で仕留められなければ反撃を食うのは必至だ。もっとも慣れた狙撃手であれば、半自動ライフルほどの早さで弾倉内の銃弾を撃ちつくすことも不可能ではない。

スコープのレティクルを標的紙の中心にある白抜きのXに合わせ、野々山は静かに息をしていた。

じっくり時間をかけ、静かに息を吸い、肺がいっぱいになったところで呼吸を止める。細胞に取りこまれた酸素を消費しながら五秒から八秒は耐えられる。その時間を過ぎると銃口は少しずつ動きはじめ、やがて小さな円運動を始める。

長く待つ必要はなかった。

引き金にあてた右人差し指にわずかに力をこめ、遊びを消す。第一関節より先の指の腹――柔らかな部分に引き金に刻まれた幾本もの縦筋が食いこむのを感じる。

標的紙に描かれた同心円は、中央の十センチが十点、外側に行くにしたがって九点、八点と減じていき、一点の外側にある余白は零点、標的紙からはみ出すようであれば、論外となる。

意識を集中するほどに呼吸、脈拍を感じなくなり、皮膚と筋肉が消え、骨でライフルを支えている感覚になる。やがて骨とライフル本体も知覚の外へと追いやられ、X印の上でかすかに揺れるレティクルと、それを見つめる目、引き金にかけた指の表面だけが残る。

レティクルがXをとらえる。

焦らずに引き金を絞っていった。

一点に向かって収束していた野々山の意識が砂粒ほどに凝縮され、すべてが消滅しようとした刹那、引き金を切った。ボルトの内部で撃針が突っ走り、薬莢の尻にはめこまれた雷管を貫く。

轟音《ごうおん》とともにはじき出された銃弾は〇・一秒で標的紙に達した。スコープの視野が白濁し、ライフルが跳ねる。だが、野々山の左目はすでに標的紙を見つめていた。中心からやや右下に着弾したのが見てとれた。

「七点」

隣りに寝そべり、三十倍の双眼観的眼鏡《ビノキュラー》をのぞいていた黒木がぼそりといった。同時に野々山の右手、やや離れたところで忍び笑いが聞こえた。目をやると、同じように毛布を敷いた上で伏射の姿勢をとっていた若い女が口許に手を当て、白い歯を見せている。彼女が使っているのは、二脚《バイポッド》のついた自動小銃だが、機関部の上には照準眼鏡が取りつけてある。オリーブグリーンのタンクトップを着て、太腿に大きなポケットのついた迷彩ズボンを穿《は》き、足下はがっちりとした作りのブーツで固めている。目が大きく、鼻の高い、エキゾチックな顔立ちをしていた。

「中南米は美人の宝庫だ」黒木が傍らでつぶやく。「混血のおかげだな。歴史的には色々難しい問題をはらんでいるんだろうが、美人が多いという点は歓迎したい」

中米某国の山間にある軍用射撃場には、野々山と黒木、それに狙撃兵らしい女性兵士がいるだけだ。射撃場といっても敷地をおおざっぱに有刺鉄線で囲んであるに過ぎない。戦場を再現するため、自然の地形を利用しているといえなくもないが、一切手を加えない空き地の一部を地ならしして射手が寝そべるスペースを作り、あとは距離別に標的を設けてあるだけともいえた。

黒のベースボールキャップのひさしを頭の後ろに回した彼女は、自分のライフルのスコープをのぞいた。ガムを噛んでいるらしく口を動かしている。紅い唇と白い歯のコントラストが鮮やかだ。

野々山はM40A1の槓桿《こうかん》を引いた。後退したボルトが半回転し、金色の空薬莢を弾き飛ばす。薄青い硝煙が広がった。野々山は機関部を開いたまま、弾倉を抜くと、銃身洗浄用の窄杖《クリーニングロッド》を銃口から突っこみ、銃身内部に付着した火薬カスを取り除きはじめる。

銃声がとどろき、野々山は目だけを上げた。彼女が狙いをつけた標的紙は四百ヤード先に据えられている。標的の背後に埃が吹きあがるのが見えた。さっそくスポッティングスコープを動かし、のぞきこんだ黒木が口笛を吹き、声を発する。

「ビューティフル」

射撃の腕と彼女の容姿、どちらを誉めたのかわからない口調だ。あるいは両方を一度に賞賛して手間を省いたのかも知れない。

「グラシャス」

女狙撃兵は控えめな笑みを浮かべ、野々山に目を向ける。次はあなたの番よとでもいいたげな視線だったが、クリーニングロッドを抜いた野々山はライフルを置き、仰向けにごろりと横になった。

空が青い。

高空に層雲が広がっている。

埃っぽい風が鼻先をかすめていく。

やがて女狙撃兵の放つ銃声が響きわたった。射場を囲む山々にこだましながら銃声が拡散していくのを聞きながら野々山は目を閉じた。陽光が目蓋にあたって血の色が透けて見える。

女狙撃兵は十数秒ほどの間隔をおいて射撃をつづけたが、野々山は動こうとしない。やがて黒木がいった。

「そろそろいいだろう」

目を開いた野々山はM40A1に弾倉を叩きこみ、槓桿を圧しだして銃弾を薬室に送りこむとスコープをのぞいた。レティクルを標的紙のX印に載せ、静かに呼吸する。次第に呼吸の間隔を広げていき、吸いこんだところで止めると静かに引き金を切った。

撃発の衝撃でライフルが跳ねる。野々山の左目は、二発目の弾丸も一発目とほぼ同じところに着弾するのをとらえていた。

今度は、女狙撃兵も忍び笑いを漏らさなかった。

三分から五分のインターバルをおいて野々山が射撃するたび、黒木はスポッティングスコープをのぞいて着弾点を確かめた。

もともと狙撃銃と呼ばれるためには、百ヤード先の標的に対して直径一インチ、つまり一MOA《ミニッツ・オブ・アングル》しか誤差は許されないのだが、一ミニッツ以内であれば、仮に七百ヤード先にいる敵でも頭部を撃ち抜くことができるとされる。野々山が時間をかけて撃った十発の弾丸は、半インチよりさらに小さな円に収束していた。その結果は米軍が狙撃用ライフルとして制式採用しているM40A1が元来有する性能と、レミントン社が出荷時に実施している厳しいテスト、そして野々山の技量が相まってもたらされたものに違いなかった。どれほど高性能のライフルを与えられても射手の腕が悪ければ、当然弾丸は一カ所に集まらない。

野々山は、一発撃つたびに銃身内を掃除し、機関部を開きっぱなしにして銃が冷えるのを待った。金属は加熱すれば膨張する特性を持つ。命中精度を上げるため採用されたヘビーバレルであっても熱の影響は避けえない。膨張は銃身全体で均等に生じるわけではなく、ほんのわずかとはいえ、場所によって割合がことなり、そのため銃身に歪みが生じる。銃身が歪めば、着弾点は変わる。

一方、狙撃手はつねに初弾での勝負を強いられる。つまり掃除済み《クリーン》で冷えた銃身《コールドバレル》――CCBでの射撃が通常となる。狙撃手が新しいライフルを手に入れ、真っ先にすることは照準合わせなのだが、その前にライフルそのものの癖を見極めなくてはならない。しかもすべての調整はCCB状態で行わないかぎり意味がない。

野々山が二発目、三発目と標的の同じ場所に撃ちこみ、しかも弾丸は半インチ以下の範囲内に集中するのを見て、女狙撃兵は訓練を中断し、黒木と野々山に注目しはじめた。狙撃手としての訓練を正式に受けているのであれば、野々山が何をしようとしているのか想像するのは難くないだろう。

だが、野々山は女狙撃兵の視線に気づかないのか、気づいていてまったく無視しているのかはわからないが、銃身が冷えるのを待って射撃するのをくり返していた。

黒木は腹這《はらば》いのまま、野々山に訊いた。

「十発だ。癖はだいたいつかめたか」

「ああ」野々山は仰向けのまま、目を閉じていた。「次はスコープの調整に入る」

黒木は、射場に並んで射撃練習をしている女性兵士に目をやった。使用しているのは旧式の自動小銃で、木製銃床にはいくつもの傷がついている。ヨーロッパの銃器メーカーが開発した自動小銃をブラジルあたりの銃器メーカーがコピーしたものだろう。型はわからなかったが、射手とライフルの息は合っているようだ。最新式の高性能ライフルを使えるに越したことはないが、肝心なのは射手が銃器を自分の肉体の一部とするほど操作に習熟していることだ。標的を射抜くのは銃ではなく、あくまでも人間なのだから。

タンクトップから剝きだしになった女の肩はよく陽に焼けていた。ライフルスコープをのぞいている横顔は整っている。黒木の好みからすれば、鼻が少し横に広がり気味だが、充分許容範囲といえた。何よりシェイプアップされた肉体が素晴らしい。しなやかで、弾力に富んだ筋肉に鎧《よろ》われた躰が奔放《ほんぽう》に反応する様子を想像して咽の渇きをおぼえた。缶入りのコーラをひと口すする。炎天下に置かれたコーラはぬるくなっていたが、ざらついた咽には心地よかった。

「よだれ垂らしそうな顔してるぜ、教官」

目をやると、うっすら目蓋を開けた野々山が黒木を見てにやにやしている。黒木は肩をすくめ、コーラの缶を置いた。

「月並みだが、女豹《めひょう》って感じだな。ああいう女は、ベッドの中で跳ねるんだよ。見てくれだけじゃない、本物のスポーツカーに乗ってる感じがするもんさ」

「自分の歳を考えた方がいいんじゃないの？　スポーツカーを乗りまわせるほど体力はないでしょうが」

「馬鹿にするな」

野々山が躰を起こし、肘をついた。

「ところで、どうしてＭ40Ａ1なんだ？　おれが前に使っていたサコーは手に入らないのか」

フィンランドのサコー社は猟銃のメーカーとして歴史が長いが、世界でもトップクラスの狙撃用ライフルを作ることでも知られている。なかでも野々山が以前使っていたＴＲＧ―42

は現役の狙撃用ライフルとしては世界最高峰といわれていた。

「まずは弾丸の問題がある。TRG—42は三三八ラプアマグナムを使うだろ。その点、M40A1なら三〇八ウィンチェスターだから日本国内の銃砲店でも手に入る」

「どうせ弾丸はハンドロードしなきゃならない」

優れた射手は、自分の技量や特性、気象条件に合わせ自らの手で銃弾を作る。工業規格品と違って微調整が可能になるからだ。

黒木はうなずいた。

「ラプアマグナムとなれば、カートリッジも弾丸も手に入りにくい。前回は非公式とはいえ、日本政府がバックについていたからライフルも弾丸も望み通りだったが、今回はそうはいかない」

「シンジケートといってたな。ここは軍の射撃場だろ。この国の政府があんたのいうシンジケートに関わりがあるということなのか。そもそもシンジケートって何なんだ?」

「前半の答えはイエスだ。中米の小国の中には、表向きはコカインを厳重に取り締まっているものの裏に回れば貴重な資金源としているところは少なくない。この国も同じようなものでね。自前の民間航空会社なんて存在しないから国民の輸送手段として空軍の輸送機が使われている。もちろん有料だがな」

「軍用機なら税金で買ってるんだろ。それなのに運賃まで取るってのか」

「軍用機は本来戦争に使うためのもんだ。だから民間に転用された場合は、それなりに使用料を徴収する。むしろ一部の人間だけがただで使ってたら、それこそ不公平だろう」

二つ目の、シンジケートとは何かという問いを無視して、黒木は言葉を継いだ。

「それに今度の仕事では、だだっ広い戦場で撃ち合うわけじゃない。おそらくはビル街での狙撃になるだろう。アメリカの警察当局がまとめた統計によれば、警察の狙撃手が犯人を撃ったときの平均射距離は六十メートルだ。弾丸だって三三八ラプアマグナムまでは必要ないよ。三〇八ウィンで十分だ」

「しかし、なぁ」

野々山が唇を尖らせる。

ある程度野々山の不満は理解できた。TRG—42と、最新スペックとはいえM40A1では新型のポルシェとカローラかシビックほどの違いがある。

「だが、M40A1を使うのには弾丸以外にも理由がある。日本国内じゃ満足に試射する場所もないだろう。何しろ世界に名だたる銃アレルギーの国だからな。どんなに山の中に入っていっても大口径ライフルなんかぶっ放した日にゃあっという間に密告《ちく》られて大騒ぎになる。だからといって照準合《サイトイン》わせやゼロ点規制をしないまま、ことに臨む気にはなれないだろう」

「まあ、そうだけど。だけどM40A1にしたところで日本に持ちこむのは難しいんじゃないのか。だったらサコーでも同じことだろうに」

「カローラにはカローラの強みがあってね」

黒木がそういうと、野々山は眉間に皺を刻んだ。

「何いってるんだ?」

「こっちの話だ。ライフルを日本に入れる点については任せてくれ」

「教官と、シンジケートに、か」

にやりとする野々山をわずかの間凝視し、黒木はうなずいた。

「そろそろ銃身も冷えただろう。サイトインをつづけよう。残された時間は、実はそれほどないんだ。あと三十時間もすれば、おれたちは懐かしき故郷に帰っている」

「懐かしいなんて思ったことないな」

野々山は子供のころアメリカに連れていかれ、〈毒《ポイズン》〉キャンプで訓練を受けている。七、八歳から二十歳くらいまでの大半をアメリカで過ごしたのだ。アメリカにいた期間だけでいうと、黒木の方が長いのだが、黒木は十九歳になるまで日本から一歩も外へ出たことがない。

黒木は目を細め、つぶやいた。

「オリーブオイルをごちゃごちゃ使った料理ばかり食わされてると塩鮭《しおざけ》が恋しくなるんだ。そんなことよりさっさと始めろよ」

「へい」

躰を反転させた野々山は、M40A1の槓桿を押し出し、次弾を装塡した。

女性兵士は立ちあがり、迷彩模様のズボンについた埃を払っている。

8

おかしなことになった——野々山は揺れるレンジローバーの後部座席で思った。両膝の間にレミントンM40A1を置き、両手でしっかりと胸に抱いていた。

夜明け間近の青く染まった大気を押しのけ、レンジローバーは山間の未舗装路を登りつづけていた。道路幅が車一台分ほどしかないのにかなりのスピードを出していて、コーナーにかかるたびにタイヤは小石を跳ね飛ばして流れ、野々山の肝を冷やしたが、ハンドルを握っている大柄な男は平気な顔をしている。助手席には射場で会った女狙撃兵——マリアと名乗った——が座り、野々山の隣りでは腕を組んだ黒木がドアの内側にもたれかかっていた。

射場でスコープ付きのM40A1を渡され、CCB状態で試射、銃そのものが持つ癖を把《は》握《あく》したあと、百ヤードで照準合わせ《サイトイン》を行った。百ヤードの標的の中心に白く抜かれたX印をつづけて五度撃ち抜いたときには正午を過ぎており、そのときにはマリアは射場からいなくなっていた。野々山と黒木は持参したサンドイッチで簡単に昼食を済ませると、午後もM40A1の調整をつづけた。二百ヤード、三百ヤード、四百ヤードと射距離を伸ばしていき、最終的には六百ヤードで試射を行った。M40A1の有効射程の半分ほどにしかならなかったが、射場の大きさからして六百ヤードが限界となった。

百ヤードのサイトインでは、ライフルスコープの向きを縦横に微調整し、レティクルをX印の上に置き、そこへ着弾するようにしたが、二百ヤード以降は風向きや、射場の起伏によって生じる高低差、弾丸の落下率などを計算して狙点をずらすことで対応した。どこを狙うかは、観測手である黒木の指示に従う。

射場で黒木は、〈魔法の箱〉だといってペーパーバックを一回り大きくしたようなパームトップパソコンを使った。弾道計算ソフトがインストールされており、口径、弾頭重量、炸薬量など銃弾に関するデータと、気温、湿度、射撃場所の標高、風向きと強さなどを入力すると射距離ごとの弾道が一覧表とグラフの両方で表示される。

測距機能付きのスポッティングスコープないし双眼鏡を使えば、標的までの距離を正確に知ることができ、コンパクトな湿温度計を持参、さらには黒木が使っている腕時計には高度計が組みこまれていて必要な数値はつねに得られた。たった一つ、風の向きと強さだけは周囲にあるあらゆる手がかりを参照して類推するしかない。手がかりとなるのは、自然界であれば、木の枝や木の葉、草の動きであり、市街地では煙、旗、街路樹などを見る。さらには体感によって総合的に判断する。

風が正確に読めないようでは腕のよい狙撃手、観測手になることはできない。通常、野々山は黒木のいうがままに照準を合わせていた。黒木にかぎらず観測手がよほど自分の感覚に合わない数値を口にしない限り黙々と指示に従うことにしている。

キャンプで教官をしていた頃、黒木は電子機器にたよる危険性を口にし、自らが作戦に出るときには過去の経験をすべて記した手帳を持参していた。それだけにパームトップパソコンの電源を入れたときにはいささか皮肉な気分になった。

『時代の流れ、かな』

『もう突っ張るほどの歳《とし》じゃない。逆らわないことにしたんだ』

どれほどの強装弾であれ、重力の支配を受けている以上銃口を飛びだした瞬間から弾丸は落ちはじめる。黒木の〈魔法の箱〉によれば、六百ヤード先で七・六二ミリ弾は六二・七四五インチ、約一・六メートル落ちると出た。さらに黒木自身の勘と経験により、弾道は右に五十センチずれるという。野々山はM40A1を動かし、標的の左上を狙ってX印を撃ち抜いて見せた。

次にスコープのつまみを使って、六百ヤードでレティクルの中心に弾着するように調整し、試射を行い、百ヤードずつ距離を縮めていった。射距離百ヤードに設定を戻したときには射場を夕闇が包みこもうとしていた。

マリアが声をかけてきたのは、そのときである。偶然現れたのか、試射がひと通り終わるまで待っていたのかはわからなかった。彼女は昔なじみの友達に話しかけるような口調で明朝鹿《しか》狩りに行かないかと誘ってきた。驚いたことに黒木は喜んで受けると答え、実際喜色をあらわにしていた。今朝、射場の入口にやってきたレンジローバーからマリアが降り、運転席にいる大男を夫のセルヒオ・ロドリゲスだと紹介したとき、黒木の笑みは、明らかに間の抜けたものになった。

どうして鹿狩りの誘いを黒木が受けたのか、野々山には理解しがたかった。あと三十時間で日本に帰らなくてはならないとすれば、悠長に鹿狩りなどしている暇はないはずだ。しかも身一つで入国するわけではなく、サイトインを済ませたレミントンM40A1を持ちこむ方法を講じなければならない。

道路脇にある待避スペースにレンジローバーを乗りいれると、ロドリゲスがエンジンを切った。マリアが後部座席をふり返る。

「ここで降りて。猟場までは歩いていく」

「歩いてって、どれくらい……」

訊きかけた野々山をさえぎるように黒木が答える。

「わかった」

四人は車を降りた。ロドリゲスが手にしたのは狩猟用の大口径ライフルで、スコープはつけていなかった。黒木が彼のライフルをじっと見ていう。

「スコープなしで鹿を撃つのか」

「視野が狭くなるからな。鹿が跳ねると見失ってしまう」ロドリゲスは照門と照星の間で指を滑らせる。「これがあれば、七百ヤードまで撃つことができる」

ロドリゲスの言葉に気負いは感じられず、七百ヤードという距離にもはったりの匂いはなかった。見かけは、趣味で鹿狩りを楽しんでいるようだったが、いずれにせよかなりの経験を積んでいるようだ。

黒木はマリアに視線を移した。

「君は鹿を撃たないのか」

マリアはケースに入った大きなナイフを腰に吊っていたが、銃は手にしていなかった。

「ハンティングは亭主の趣味よ。私は紙の標的を撃ち抜いてるだけで満足なの。いいトレーニングになるからこうして付きあってはいるけどね。それよりあなたは何を持っていこうっての？　昼前には帰るから弁当はいらないでしょ」

黒木はデイパックを背負っている。中には〈魔法の箱〉と呼ぶパームトップパソコンやスポッティングスコープ、湿温度計、M40A1用の七・六二ミリNATO弾などが入れてあるはずだ。黒木は腰のベルトにナイフすら吊っていなかったが、丸腰とは思えなかった。観測手の任務の一つに射手の背中を守ることがある。任務の内容に応じて狙撃銃、サブマシンガン、ショットガンなどを携行するが、武器を一切所持しないことだけはあり得ない。

「おれたちは、狙撃屋なんだ。たとえターゲットが鹿でもおれたちのやり方でやらせてもらうよ」

マリアは満足そうにうなずき、ロドリゲスは好きにするさといった顔をしていた。

後天的に作られた二重人格〈毒《ポイズン》〉である野々山は、二つの人格がたがいに侵食しあっているようなことをいっていた。狙撃手としての訓練を受けているのは、コードネーム〈ダンテ〉になったときだけである。そのことは、教官をしていた黒木がもっともよく知っている。軍の射場で野々山は、ダンテに人格を変えなくとも射撃はできるといい、実際、見事に標的を撃ち抜いて見せた。レミントンＭ40Ａ１を渡したあと、野々山は迷うことなく操作し、サイトインも済ませた。以前の野々山であれば、ライフルを手にしたところでまともに槓桿すら引けなかったに違いない。

しかし――斜面を登る野々山の背を見つめて、黒木は胸のうちで話しかけていた――野々山に人が殺せるのか。

ヴェトナム戦争以降、アメリカの軍産共同体が手がけたプロジェクト〈毒〉の狙いは、人を殺してもストレスを感じない兵士を作ることにあった。

殺人は、人間の生存本能に逆らう行為であり、法律とは関係のないところで制動がかかるものだ。あえて本能に逆らって人を殺せば、深刻なトラウマを負うことになり、場合によっては人格に変貌を来《きた》すことさえある。いってみれば、いくら射撃の腕がよくても人を殺す能力とはまったく関係がない。その点、紙の標的を上手に撃ち抜くだけで満足というマリアの言葉は的確に自分をとらえているといえるだろう。彼女は人を殺せないだろうし、殺す必要もない。黒木たちと同様、軍人ではない可能性もあった。

もし、野々山でいてもダンテと変わらずに人が殺せるのなら黒木にとって都合がよかった。ダンテに較べれば、野々山の方がはるかにコントロールしやすい。だが、誰も殺せないとすれば、まったく価値はなくなる。

昨日の夕方、マリアが射場に現れ、鹿狩りに行かないかと誘ったとき、黒木は天の恵みと感謝した。試しに人を殺すなどできないにしても、鹿であれ、生命を奪うことができるか否かによって野々山とダンテの間にある差異をある程度見極められると思ったからだ。

黙々と斜面を登りつづける一行は、先頭がロドリゲス、そのあとにマリア、野々山とつづき、黒木はしんがりを歩いていた。急斜面ではあったが、誰も樹木や草を手がかりにすることなく、また息も切らさずに登りつづけていた。

ロドリゲスの大きな背中を見て、何者なのだろうと黒木は思った。

多少訛りはあるものの英語での会話に支障がない点は助かったが、メキシコの連邦麻薬捜査官ラウルがいっていたように英語を必要とするのは観光かドラッグの仕事をしている連中だ。身長は百九十センチを超え、体重も百キロ以上ありそうな巨漢でありながらロドリゲスの動きは俊敏であり、目の配り方、仕種《しぐさ》に隙がなかった。左足の内側にホルスターを着け、三八口径の短銃身回転式拳銃を差してあったが、ロドリゲスの動きを止めるのにはいささか心許《こころもと》ない気がした。

そのときはライターを使えばいい——黒木はズボンのポケットに入れてあるライター型のICレコーダーを思いうかべる。ダンテであれば、素手であっても瞬時にロドリゲスの息の根を止められる。

先頭を行くロドリゲスが足を止め、右手を挙げた。

「静かにこっちへ来てくれ」

マリア、野々山、黒木は足音を忍ばせてロドリゲスの背後に近づいた。

ロドリゲスは断崖に足をかけて立っていた。山道わきのうっそうとした樹木が途切れ、視界が開けている。下をのぞきこむと、四、五十メートルほど下方に曲がりくねった渓流が見えた。崖にはほとんど木が生えておらず、足を踏み外せば、何にも引っかからずに落下することになるだろう。

「あれだ」

ロドリゲスが指さした方を見ると、渓流をわずかに下ったところに一頭の鹿が見えた。渓流に口をつけ、水を飲んでいる。鹿を観察し、枝分かれしている角を数えあげたロドリゲスは、狩りに値する立派な牡だと結論づけた。

どうするといった顔つきで野々山を見やり、次いで黒木に目を向けてきた。黒木がうなずき返すと、ロドリゲスはマリアをうながして下がった。

ズボンのポケットに手を入れ、ライターを握った黒木は野々山を見た。ダンテの人格を浮上させれば、鹿などわけもなく仕留められるのはわかっていたが、それではわざわざ山道を登ってきた意味がない。野々山の顔からは血の気が引き、白っぽくなっている。唇の色まで失われているのを見て、黒木は悟った。たとえ標的が鹿であれ、野々山に命を奪うことなどできそうもないことを……。

それでも野々山はさっきまでロドリゲスが立っていた崖っぷちに座りこんだ。黒木はデイパックを足下に下ろすと、ファスナーを開き、測距機能がついた双眼鏡を取りだす。

「さすがプロ、装備が違う」

ロドリゲスがつぶやくのを無視してパームトップパソコンや湿温度計も取りだし、野々山のわきで腹這いになる。パソコンを立ち上げておいて、双眼鏡をのぞきこんだ。調整リングを動かし、鹿の姿をとらえて、ピントを合わせる。接眼レンズに目を当てたままでも測定結果を読むことができる。

「二百二十ヤード、俯角《ふかく》十一」

射手の位置が標的より高い場合、着弾が下方になる。そのため黒木は俯角を知らせたのだが、修正は射手が自分の感覚で行わなくてはならない。双眼鏡を下ろした黒木は測定値をパソコンに打ちこんでいった。気温、湿度、標高もインプットしていく。瞬時にして〈魔法の箱〉は弾道を計算し、ディスプレイ上にグラフを表示した。ロドリゲスとマリアが嘆息し、何事か囁きかわしたが、スペイン語らしく何をいってるかまではわからなかった。

ちらりと野々山を見上げた。スコープについているノブをつまみ、調整をしている。落ちついた顔つきをしており、ライフルを構えたことによる亢奮《こうふん》や恐怖は伝わってこなかった。

ふたたび双眼鏡をのぞきこむと、鹿の周囲を観察した。

風速一・五メートル以下なら空気の動きを体感することはできないが、立ちのぼる煙があれば、たなびくのが観察できる。風速が二メートルに近づくと顔に風を感じ、三メートルを超えると木の枝がそよぎ始め、五メートルともなれば乾いた地面から埃が舞うようになる。風と平行に射撃をする場合、弾丸が横に流されることはない。落下率に影響がないとはいえないが、実質的には無視できるほど微細だ。

問題は、風を横切って撃たなければならないときだ。弾丸は横風の影響を受けやすい。たとえば、七・六二ミリNATO弾を使って二百ヤード射撃をする際、六メートルの横風があれば、着弾点は風下側へ十センチ以上流される。

鹿の周囲を注意深く観察した。草がかすかに揺れているが、木々の枝に動きはなかった。黒木がいる場所では頬に風を感じることはなかったが、渓流の上には谷にそって風が吹いていることは十分に考えられる。

決断は、素早くなくては意味がなかった。

「風は右から、風速四」

「了解、修正する」

野々山が答える。

ライフルスコープの修正ノブを一クリック動かせば、一ミニッツ――百ヤード先で一インチ、二・五四センチ着弾点がずれる。風速が四メートルとすれば、弾丸は二百ヤード飛翔する間に七、八センチ左へ流されるので一クリックの修正を加えるか、狙点を右へ動かせばいい。

あとは野々山に任せるしかなかった。

双眼鏡に目を当てたまま、黒木はやがて山の大気をふるわせるであろう銃声に対して身構えた。もはや観測手にできるのは、待つことでしかない。ゆっくりと呼吸し、いっぱいに吸ったところで止める。レティクルをターゲットに載せ、引き金を絞り落とすまでの時間はせいぜい七、八秒でしかない。細胞内に溜めこまれた酸素が消費されるにしたがって筋肉を微細にコントロールすることができなくなっていくためだ。やがて銃口は小さな円を描きはじめ、そうなると命中弾は望むべくもなくなる。

野々山が狙いをつけている時間は長かった。

いや、長すぎた。

双眼鏡を下ろしかけた刹那《せつな》、頭上で銃声がとどろいた。黒木は唇の内側を噛み、目と目の間に銃弾を受けた鹿がその場にくずおれるのを見つめていた。

顔を上げるまでもなかった。銃声は、あきらかに七・六二ミリNATO弾のものとは違っている。

渓谷に向かって降り、ロドリゲスが倒した獲物を解体する間、誰一人口を開こうとしなかった。血抜きをした鹿をレンジローバーに積み、待ち合わせをした射場まで戻る車中でも話し声はなかった。

やはり野々山には殺せない――黒木は何度も自分にいい聞かせていた。

いくら二つの人格がたがいに侵食し、別人格でいる間に習得した技術で射撃できても紙の標的を撃ち抜くだけでは意味がない。ダンテに引き戻さないかぎり仕事にはならないことがわかっただけでも収穫といえるだろう。

メキシコの国境に近い町で、黒木は野々山、いや、ダンテが瞬《また》く間に十数人もの男たちを射殺したのを目撃している。あのときのダンテは、現場に居合わせた黒木の背筋が冷たくなるほど表情を失っていた。また、野々山に引き戻したあとも人を殺したことを苦にしている様子もなかった。

野々山には殺せない、ともう一度思った黒木はひっそりと苦笑いした。

ダンテというコードネームがキャンプで与えられたに過ぎないように、野々山という名前もダンテを利用しようとした日本の政府機関がでっち上げたものであることを思いだしたからだ。

〈毒〉となる訓練は、いずれも十歳前後の子供のときから開始される。薬物や催眠術を使ってのトレーニングで快楽殺人者の心根を植えつけられるのだが、同時にそれまでの記憶も消されていくのだ。場合によっては、脳外科手術も施されるという。ダンテは手術こそ受けてはいなかったが、記憶の始まりが十歳である点でほかの〈毒〉たちと変わりないだろう。

ダンテはダンテでしかなく、野々山という名前に特別な意味はなかったのだ。そうした事情を知り抜いているはずなのに、黒木はいつの間にか野々山という個人と触れあおうとしていた。友情、愛情といった本来人間らしいとされる感情の極北にいるのが〈毒〉たちではないか。

射場の前でレンジローバーが停まり、黒木と野々山は降りた。助手席の窓を開けたマリアが優しい笑みを浮かべ、野々山に声をかける。

「がっかりしないでね。あんたの射撃の腕は悪くない。生き物を撃つのは紙の標的を撃つのとはちょっと違う」

「ありがとう」野々山はうなずいた。「生きた鹿をスコープにとらえたときに目が合っちゃったんだ。殺せなかった」

わかるわとでもいうようにマリアはうなずき、野々山の首筋に手を伸ばすと引き寄せて頬にキスをした。

「慣れるよ。たった一度でね。本当は慣れない方がいいんだろうけど」

そういうとマリアは黒木に手を振り、レンジローバーが走り去った。小さくなる四輪駆動車を見送りながら野々山がいった。

「これから、どうする?」

「ライフルを送る」黒木は腕時計に目をやった。「時間はない。あと三十分で空軍のヘリコプターが迎えに来る」

「すごいな。射場といい、ヘリコプターといい、この国の軍隊が全面協力してくれてるんだ」

「協力じゃない」

黒木は射場の入口に向かいながらいった。門のわきに事務所棟が建てられており、電話が引かれている。

「チャーターしたんだ。将軍に金を払ってね」

9

〈アフリカの曙光〉と呼ばれる某国首相の講演を聞こうと、新宿にある公会堂にやって来た来場者は、出動服、ヘルメットに身を固めた機動隊員たちの間を歩かされた。

靖国《やすくに》通りに面した駐車場は本来利用者および公会堂関係者のためのものだが、警備上の理由から車の乗り入れを禁止され、代わりに警備指揮車輛、機動隊員が乗ってきたバス、所轄署のパトカーや覆面車、ワゴンが停められていた。

鉄製の格子になった門扉は中央が一メートルほどしか開かれていない。そこから公会堂の入口までの間には、両側に機動隊員が並ぶ花道がつづいている。遠慮仮借のない隊員の視線に晒《さら》され、来場者の大半はうつむきがちに歩いていた。

花道を抜け、入口前のコンクリート製の階段を昇りきったところに並んだガラス戸も、今日は一カ所しか開かれていない。そこから入った来場者は例外なく金属探知器のゲートをくぐり、手荷物はすべて主催者側に預けることになっていた。事前に、持ち込み荷物には大幅な制限が加えられることを周知してあったためかバッグ類を手にしている来場者は少なかった。たとえ持参していても男性、女性を問わず荷物をすんなりと係員に渡し、整理番号の記されたプラスチックのプレートを受けとっている。

公会堂は裏口が封鎖されているのみならず裏口につづく路地も、徒歩、車輌のいずれも一般の立ち入りが禁止された。さらに公会堂を中心とする半径百メートルほどの区画内には要所要所にジュラルミンの大盾《おおたて》を手にした機動隊員が立っている。

公会堂のロビーに立った仁王頭は、入口に設けられているゲートに目を向けていた。

甲高いブザーが鳴り渡り、ゲートの出口上部に取りつけられた赤色灯がともる。ゲートから出てきた若い女性が二人の警察官に誘導され、少し離れたところで棒状の金属探知器によるボディチェックを受けはじめた。

日本で初めて起きた自動車——白のパネルトラックだったが——による自爆テロ以来、東京はもとより大阪、札幌、仙台、福岡など大都市圏では徹底した検問、警備が行われ、さながら戒厳令下を思わせる警戒ぶりがつづいていた。

十年以上も前、毒ガスが地下鉄で散布される事件が起こったことで全国の駅という駅のすべてからゴミ箱が撤去される事態となったが、今回の自爆テロはそのとき以上の緊張状態を招いていた。駅のみならず大型店舗や公共施設の目立ったところからゴミ箱が撤去され、ダンボール箱やバッグが床に置かれているだけでも大騒ぎを引き起こすまでに至っている。

連日、テレビでは三日前に東関東自動車道で起こった自爆テロ現場の映像が流され、緊張状態をあおっていた。なかにはカメラ付き携帯電話で撮影したという爆発の瞬間の画像もあり、仁王頭に苦い思いをさせていた。

自爆テロに巻きこまれたリムジンバスや車輛に乗っていた者、〈アフリカの曙光〉の警備にあたっていた警察官など合わせて四十八名が死亡し、百人以上の負傷者が出ていた。死者の中には、仁王頭が乗っていた覆面車を運転していた松久も含まれている。指揮をとっていた芝山は右足を骨折する大怪我で入院していた。

散弾を撃ちこまれた首筋を押さえ、必死にアクセルを踏んでいた松久の姿は、いまも仁王頭の脳裏に焼きついている。松久を撃った犯人は仁王頭が射殺したが、犯人たちの乗っていた車は時速百キロ以上のスピードで横転し、大破、同乗していたほかの三人も即死している。

爆発したパネルトラックの運転手、仁王頭たちを襲った乗用車に乗っていた四人ともいまだ身元はわかっていない。

自爆テロは〈アフリカの曙光〉を狙ったものと考えられたが、仁王頭たちは〈アフリカの曙光〉を警備していたわけではなかった。アンナ・リャームカニャという女を張っていたのである。アンナは成田空港でリムジンバスに乗り、自爆テロに巻きこまれた。バスの中でアンナと思われる死体が発見され、仁王頭は検死のため、飯田橋の警察病院に送られることになったアンナの死体に付き添った。

そして病院で、アンナだと思われる死体が東洋人のものだと告げられたのである。入れ替わったとしたら自爆テロの現場でしか考えられなかったが、収容された死体のなかにアンナと特徴を同じくするものはなく、また負傷者の中にも白人女性は含まれていなかった。

忽然《こつぜん》と消えたアンナの行方も、いまだ不明のままである。あのとき以来、アンナの姿は仁王頭にこびりついて離れない。思いをふり払うように入口から門へと視線を移した。

公会堂の門の外には、機動隊の灰色のバスが二台停められており、その後ろには同じく灰色のランドクルーザーが並んでいた。ランドクルーザーは〈アフリカの曙光〉の警備を担当している車輌の一台だ。すでに〈アフリカの曙光〉は来場して控え室に入っており、自爆テロを生き延びた装甲メルセデスともう一台のランドクルーザーは公会堂の裏手にある駐車場に入っている。

正面の門のすぐ内側にも機動隊が使用している装甲車輌が待機しており、不審な車輌が突入を試みた場合、前進して門をふさげるようになっていた。

外を眺めたまま、仁王頭は両肩を持ちあげ、下ろすことで強張った肩の血流を促そうとした。スポーツジャケットの下には白いベストを着けていた。自爆テロ直後に支給された新型の防具で、従来からある抗弾ベストの半分しか厚さはないが、大口径拳銃弾からナイフの切っ先まで食い止めるといわれた。ベストの上には、黒革のショルダーホルスターを吊ってSIG SAUER／P220拳銃、手錠、警棒を差している。受令機は持たず、腰のケースにトランシーバーを入れており、イヤフォンを耳に突っこんであった。肘《ひじ》、膝《ひざ》にはプロテクターをあて、ズボンの裾を下ろして隠してはあるが、靴底に鋼板を仕込んだブーツを履いていた。

目立ちすぎるという理由から、特殊装備隊用に作られた出動服の着用を認められなかった。抗弾抗刃《こうじん》ベストにショルダーホルスター、プロテクターの上からジャケットを羽織り、ズボンを穿いているので動きにくかった。自動小銃を持つことはできないにしろ、せめて出動服で勤務したいと思う。

自爆テロが起こってからの三日間、かすり傷程度で済んだ仁王頭と相勤者の上平は〈アフリカの曙光〉の警護に回された。アンナの行方がわからず〈アフリカの曙光〉が狙われる可能性が残っていたからだ。それでも警備要員は不足し、一日四時間の仮眠以外は〈アフリカの曙光〉に付きっきりで、さすがに疲れが溜まっている。

仁王頭は自分の手を見た。

思いはふたたび三日前の東関東自動車道に舞い戻っていく。

自爆テロがきっかけとなって、走行していた車輛が次々に追突する大事故を誘発した。仁王頭が乗っていた車も衝突し、一時意識を失っていた。

思いだしたのは、道路上で目覚めたときに見た光景だ。頭上を陸上自衛隊の対戦車ヘリコプターが飛び交っており、間もなく習志野の空挺部隊が到着すると知らされた。政府が自衛隊に治安出動を命じたのである。以来、全国の自衛隊は警戒態勢を解いていない。

公安警察部局に配置された特殊装備隊の一員として、テロリストたちと対峙《たいじ》しているつもりでいた仁王頭だったが、自爆テロの凄まじさと自衛隊が保有する武器を目の当たりにしたとき、おのれの非力さにうなだれてしまう思いがした。その思いは今も変わりなく、腋の下に吊っている豆鉄砲が頼りなく思えて仕方がなかった。

おれに何ができるというのか――掌を見つめたまま、胸の内でつぶやく。

イヤフォンから声が流れた。

〝ニオウ、ウエ〟

元公安特殊装備隊は、無線通信においても煩雑《はんざつ》な警察の交信規則にとらわれなかった。腰の後ろからトランシーバーを抜き、口許に寄せて送信ボタンを押す。

「ニオウ」

〝そろそろ中に入れ。ご高説を拝聴する時間だ〟

「了解」

答えた仁王頭はトランシーバーをケースに戻し、ステージのある講演会場の入口に向かって歩きだした。

これじゃ、〈アフリカの曙光〉も拍子抜けするんじゃないか——講演会場の中程にある出入口の前に立った仁王頭は座席を見渡して思った。

事前に渡された警備資料には、階段状になった座席は一階だけで千六百、二階には八百席が設けられ、合計二千四百人を収容できるとあった。だが、二階席に聴衆は一人もおらず、警備担当の警察官のみが配置されている。一階席も前半分が埋まっているだけで、しかも空席が目立った。来場者は二百名弱に過ぎないのではないか。テロを警戒して来場者が激減したのか、名前も知られていない小さな国の首相の話を聞こうという人間が少ないのか、どちらとも判断がつきかねる。

来場者たちはいずれも地味な服装をしていた。金髪にピアスといった輩《やから》は一人としていない。誰もが生真面目な顔をしてステージに目を向けていた。

会場内の照度はいっぱいに上げてあり、聴衆一人ひとりの表情、動作をくまなく監視できた。そのほか場内だけで三十二台のビデオカメラが設置され、控え室の一つに置かれた警備本部でモニターできるようになっている。また、カメラはロビーや正門付近にも取りつけられているはずだ。

座席の最前列には、さすがに黒人の姿が目立つ。マスコミ用の席は、前方の右側に取ってあった。外国人と日本人の記者がほぼ半々と聞いていた。

ステージ上には中央に演台、向かって左手に主催者たちが座っている細長いテーブルがあり、右手に小さな演台が置かれている。どちらの演台にもマイクが設置されている。

まず、白っぽいスーツを着て、派手に化粧をした女が現れ、小さな演台を前にして立った。マイクに口を近づけた。

「たいへん長らくお待たせをいたしました」

女性の司会者がよく通るが、気取った声で開会を宣言し、つづいて〈アフリカの曙光〉を紹介すると主催者たちが立ちあがって拍手をした。

ステージの右手から明るい水色のスーツを着た小柄な男——〈アフリカの曙光〉が登場する。彼は演台の前に立つと、大きく両手を広げ、満面の笑みを見せた。髪には白いものが混じり、金色の腕時計がきらりと輝く。

拍手がやみ、主催者たちが着席すると〈アフリカの曙光〉はマイクを引き寄せ、張りのある声で話しはじめた。フランス語だ。記者席では半分ほどの記者がメモを取りはじめ、残り半分はぼうっとステージを見上げている。メモを取っていた記者たちの間で笑い声が起こったが、記者たちの半数と聴衆はほとんど反応しなかった。

〈アフリカの曙光〉が言葉を切ると、主催者テーブルの端に座っていた女性がマイクを取りあげ、声を吹きこんだ。

「本日は、お忙しい中、多数の皆様にご来場いただいたことに、まずは感謝します。本来、私は母国語でスピーチすべきところでしょうが、私の国の言葉を日本語にするまでには十人の通訳が必要になってしまいますので、今日はフランス語でお話をさせていただきます」

フランス語のわかる記者たちが笑ったのは、十人の通訳といったところだろうか。聴衆たちは笑わなかった。

だが、〈アフリカの曙光〉の笑みは翳《かげ》ることなく、ふたたびフランス語でスピーチを始めた。わずかずつ喋っては女性通訳が日本語にして伝える。

「私はご覧の通りの容貌なので、子供のころには猿《さる》とあだ名されてきました。少年時代、私の心は傷つきもしましたが、日本には、生涯猿と呼ばれつづけながらこの国を治めたショーグンがいたことを知り、大変に勇気づけられたものです。以来、私は日本という国に対して特別の親しい感情を抱くようになりました」

太閤《たいこう》秀吉の威名は、二十一世紀のアフリカにまでとどろき渡っているようだ。聴衆の間からはほうという感嘆のため息が聞こえた。もっとも〈アフリカの曙光〉は他の国に行けば、その国の英雄を持ちあげて、彼が抱く特別の親近感を強調する程度の芸当はするのかも知れない。

演説がつづく。

記者席では、フランス語のときにメモを取る記者と、日本語になってから手を動かしはじめる記者がはっきり分かれ、仁王頭にはそのことが何となくおかしかった。

「同じ宗教を信じていながら、一部の人たちは私を悪魔と呼びます。これは猿よりもひどい」

その一部の連中がパネルトラックに爆弾を積み、自爆したんじゃないかと仁王頭は思った。

「しかしながら私が望むことは、自分たちの手で自分たちの国をよくしようという、その一点なのであります。わが子が飢《う》えていれば、飢えた口に食べ物を運ぶこと、それだけを考えます。わが国の子供たち、私の子供たちの状況に同情し、救いの手を差し伸べてくれるのなら、私は誰とでも、どの国とでも協力する考えがあります。第一は、力のない子供たちを救うこと、それが私の信条であります」

通訳の口調は取り澄ましているようで気に入らなかった。気に入らないという点では、主催者席に並ぶ面々、女性司会者、地味な服装の聴衆のいずれもが同じだったが——。

警察学校に入って以来、徹底した反共教育を受けてきたせいか、小国を支持しているというだけでヒダリがかった人間に見える。
マスコミで〈アフリカの曙光〉は人道主義者と持ちあげられていたが、実際は臆面もなく
アメリカの威光を利用するしたたかな為政者とも非難されていた。少なくとも小柄で、人好
きのする顔立ちが好印象を与えているのは事実だ。
一つだけ仁王頭にもわかっているのは、〈アフリカの曙光〉が決して見かけ通りではない
ということだ。自爆テロが起こり、そのおかげで日本中が戒厳令下のような緊迫感に包まれ
ているというのに、〈アフリカの曙光〉は自分のスケジュールをがんとして変更しなかった。
今日の講演会にしても都心部で不特定多数の人間を集めて行われるところから警備上の難し
さもあり、警察は中止を求め、主催者も断念しかけたのだが、当の〈アフリカの曙光〉が受
け容《い》れようとしなかったといわれている。
おかげで警備陣は、都内を引きずり回されている。
ふいに湧きあがってきた欠伸《あくび》を噛み殺し、仁王頭は客席に視線を戻した。目尻の涙を指先
で拭う。
身をかがめるようにして近づいてくる上平に気がついた。そばに来た上平が仁王頭の腕を
軽く叩いていう。
「欠伸なんかしてるんじゃないぞ。みっともない」
「くたびれてるんですよ。それより上平さんこそ、持ち場を離れちゃ駄目でしょう」

会場に素早く視線を走らせた上平が低い声でいった。

「この中は大丈夫だ。奴の話を聞いてる振りをしている連中の半分は警備関係者だからな。それより裏の駐車場へ来いという命令だ」

「命令？　誰から？」

「来れば、わかる」

上平につづいて会場を出ると、そのまま公会堂の裏手にある駐車場に向かった。成田空港で見た装甲メルセデス、ランドクルーザー、機動隊の隊員輸送用バスと並んで見覚えのある黒塗りのバスが停まっているのにはっとした。

黒いバスは窓を金網で覆われ、カーテンが引いてある。かつて公安特殊装備隊が隊員と装備を運ぶのに使っていた車輛に似ている。

「これは？」

「懐かしいだろ。警視庁の地下駐車場に眠ってたんだ。現役復帰だってさ」

それだけいうと上平は前部の入口を開き、中に入った。仁王頭もつづく。運転席には誰も座っていない。中では背広姿の男が一人で待っていた。上平と仁王頭を見ると、にやりと笑って手を挙げる。

「だいぶ疲れた顔してるな」

「隊長」

仁王頭は惚《ほう》けたようにつぶやいた。背広姿の男は札幌にいるはずの若原秀明《わかはらひであき》——北海道警察本部警備部特殊装備課長、そして仁王頭たちの特殊装備隊の隊長である。

「どうされたんですか」

「陣中見舞い……」若原は言葉を切り、上平と仁王頭を等分に見た。「といいたいところだが、残念ながらそれだけの気遣いをしている余裕はわが社にはない。今日の午前中、会議があったんだ。全国から特殊装備課長が集められた」

特殊装備課長たちは、いずれも元の公安部第一特殊装備隊——通称〈さくら銃殺隊〉のメンバーである。

若原は肩越しに後ろを指さした。

「お前たちの装備を持ってきた」

バスの後部にはガンケースが立てかけられており、出動服とヘルメットが置かれていた。

若原は声を低くした。

「自爆テロのあとのどさくさに紛れて逃げ出した女がいるだろう。お前たちも知っての通り、あの女は狙撃手だ」

上平と仁王頭は同時にうなだれた。

「気にするなといっても無理かも知れないが、いずれにせよ、あの女が動きだすという情報を摑んだ。狙撃手の行動を探知できるのは狙撃手だけだ。お前たちにも現役復帰してもらう」

若原は言葉を切った。仁王頭は顔を上げた。

「この間は不覚を取りました。ですが、隊長、一つだけ腑《ふ》に落ちないことがあるんです」

「何だ？」

「この間からずっと考えていたんですが、アンナ・リャームカニャは右手、右目を損傷してるんですよね。果たして……」

仁王頭は若原の肩越しにガンケースを見やった。

自動小銃であれ、拳銃であれ、仁王頭たち特殊装備隊の隊員たちは右手、左手のどちらでも使いこなせるよう訓練を受けていた。だが、遠距離での狙撃となれば、左右どちらでもというわけにはいかない。それはチームのなかでも狙撃手を務める仁王頭がもっともよくわかっている。

「満足にライフルを構えられますかね」

仁王頭の問いに若原は渋い顔つきになる。

「それはおれにもわからない。昨日まで右利きだった奴が急に左利きになれるのかって話だろ。お前のいいたいことはわかる。だが、あくまでもアンナを狙撃手として警戒せよというのが上の命令なんだ」

上って、誰だろうと仁王頭は思ったが、口には出さなかった。

そのとき、仁王頭の脳裏にある考えが浮かんできた。自分でも呆れてしまうほど馬鹿馬鹿しい思いつきである。

若原が身を乗りだす。

「明後日だ。千葉県にあるスタジアムで、ある音楽家のコンサートが開かれる。アフリカ系アメリカ人……、まったく面倒な言い回しだが、早い話ニューヨークに住む黒人ミュージシャンが何万もの観衆を集めるということだ」

「まさか」

上平がうめくようにいい、若原は上平に向かってうなずいた。

「その通り。だが、スペシャルゲストとして招かれているのは〈アフリカの曙光〉だけじゃないぞ」

「ご冗談を……」

上平の声はかすれていた。

「冗談でいえるか。何でもそのミュージシャン氏とやら、二十一世紀の救世主とかで世界的な人気らしい。娘がファンなんだと」

若原はため息でもつくように付けくわえた。

「うちのじゃなく、アメリカ合衆国大統領の娘、だがね」

仁王頭は二人の会話にまったく反応できなかった。思いうかんだあまりに馬鹿馬鹿しい考えが頭を占め、追い払うのに苦労していたからだ。

「どうした、ニオウ」若原が声をかけてくる。「気に入らんかも知れないが……」

「いや、さっきちょっと思いついたことがありまして」

「何だ？」

「あまりに馬鹿馬鹿しいんで、自分でもいやになるんです」

「いってみろ」

いっそ話をして笑われた方がすっきりするかも知れない。

「さっきのアンナの話なんですが、サイボーグになったのかな、と」

「サイボーグ？」

「ええ、子供のころ見ていた番組によく出てきたんですよ。悪の秘密結社に改造されたサイボーグってのが。失くした右手と右目の代わりに機械を埋めこまれたのか、と」

若原が深々とため息をついた。

10

紅い革の手袋を着けた右手を見下ろしていた。
あのとき——といってもアンナ・リャームカニャにはまるで記憶はなかったが——、ドラグノフSVDの機関部に命中した十二・七ミリ弾は、狙撃銃と照準眼鏡を粉砕し、飛びちった破片の一つが右手の甲を真っ二つに引き裂いた。トリガーにかかっていた人差し指と、中指、それに親指が切り落とされた。別の破片が照準眼鏡のレンズを砕き、右目に飛びこんでこめかみへ抜けた。

撃たれた瞬間だけでなく、アンナ自身が選んだはずの狙撃地点についてもまるで記憶がない。

『逆行性健忘症というらしいな。命を失いそうになった瞬間だけでなく、そこに至るまでの出来事もまとめて忘れてしまう。人間の躰に本能的に備わった安全装置《フェイルセイフシステム》だそうだ』

曹長の言葉が蘇《よみがえ》る。深みのある彼の声を思いだすと、アンナは落ちつくことができた。

曹長――セルゲイ・クリュチコフはアンナにとって狙撃の師であり、ボスニアで市街戦を戦っていた頃の上官、戦争後フリーランスの狙撃手となったあとは、自分自身腕のいいスナイパーであったにもかかわらずアンナの観測手として一緒に暗黒世界を渡り歩いてくれた。ビジネスの交渉、偽造パスポートを使っての煩雑《はんざつ》な移動、毎日の食事の心配まですべてクリュチコフが受け持ってくれた。

クリュチコフは、アンナにとって世間に対する防波堤となってくれていた。

右手と右目を失った直後、失神したアンナを担ぎ、脱出したのもクリュチコフなら、自ら応急手当を施したあと、口の堅い医者を探しだして手術の手配をしてくれたのも彼だ。そしてあの日、谷間の教会を挟んで撃ち合ったこと、アンナの右手と右目を吹き飛ばした敵について教えてくれたのも彼である。

クリュチコフがいなければ、アンナはあの夜に死んでいたか、たとえ生き残ったとしても日本の官憲に拘束されていただろう。

そのクリュチコフが肝臓癌《がん》で呆気なく逝《い》った。幾たびもの戦場を生き抜いてきた、頑健な大男が、骸骨《がいこつ》に焦げ茶色のくすんだ肌を張りつけただけの不気味な姿となって死んだ。

『これであいつらのところへ行ける』

臨終間際、おだやかな笑みを浮かべていった。あいつらとは、ボスニア内戦によって殺されたクリュチコフの妻と一人娘であることは理解できた。クリュチコフの戦いは、彼が息を引き取ってようやく終わりを告げた。

一方、肉体の欠損がアンナの命を救うことにもなった。成田空港から都心に向かうリムジンバスの中で自爆テロに巻きこまれたが、予想していることであれば、対処も不可能ではない。

車内には、あらかじめアンナと同じジーンズとカットソーを着た東洋人の女が配置されていた。アンナはバスに乗りこむとすぐにジーンズを脱ぎ、スカートに穿《は》きかえた。乗客が少なかったので不審な目を向けられることもなかった。

爆発を避けようとした運転手が急ハンドルを切り、バスが横転したのは予想外だったが、おかげでアンナの身代わりになるべく乗りこんでいた東洋人の女は、倒れたバスの側面に顔を突っこみ、即死した上、顔面を大きく損傷した。そのおかげで手間が省けたものだ。当初の計画では、アンナが女を殺し、身代わりに仕立てることになっていたのだが、ブルーデニムのジャンパーを白いジャケットに替え、飛びだしてぶら下がっていた女の眼球を自分のくぼんだ右の眼窩《がんか》に押しこめ、右手を血まみれにしただけで救急隊員の目をごまかすことができた。病院に運びこまれたあと、混乱を極めているなかを脱出するのはそれほど難しいことではなかった。

今、紅い革手袋に包まれた右手には人工の指がつけられている。人工の指には脳からの指令を電気信号として伝えられるようになっていたので、意図すれば、紙コップを握ることができるまでになっていた。だが、その動きはアンナが望むほど素早くもスムーズでもなく、せいぜい紙コップを握りつぶさない程度の加減しかできない。

できそこないの改造人間《サイボーグ》——右手を見るたびにアンナは思った。

右目は機械で置きかえられていない。指を動かす情報は電気信号で置きかえられても視界から得られる情報を脳に伝えるのは不可能であるためだ。もっとも指を動かす信号もすべてを再現できるわけではなく、狙撃手に求められる繊細さなどなかった。

「そろそろ始めよう。準備はいいか」

男の声が響いた。不思議な声は、音として聞こえてくるのではなく、直接脳に響くように感じる。

アンナは左手に持ったライフルに目をやった。ロシアの地方都市ツーラにある兵器メーカーKBP社が生産している狙撃用ライフルAD《アド》DR《ール》05だ。

KBP社はOSV‐96など超長距離対装甲《アンチマテリアル》セミオートマチックライフルなどを生産している。全長二メートルを超えるOSV‐96は十二・七ミリ×一〇七弾を使用し、千メートル以上離れたところにある防弾車の装甲を撃ち抜く。同社は輸出にも力を入れており、OSV‐96の輸出版は十二・七ミリ×九九弾、旧西側諸国でいうところの五〇口径弾を使えるようになっていた。

ADDR05は、口径七・六二ミリNATO弾を使用する輸出モデルで、アンナがボスニア時代から愛用してきたドラグノフSVDをベースに開発されたセミオートマチックライフルだ。先進型《アドバンスド》ドラグノフライフルの頭文字をとってADDRである。

銃身から機関部まで直線的に作られ、ピストル型のグリップの後方にグラスファイバー製の銃床が伸びているところはドラグノフのデザインを踏襲していたが、よりすっきりとした形状となり、軽量化がはかられている。ドラグノフがリム付きの薬莢《やっきょう》に鉄芯弾頭という特製弾丸を使っていたのと違い、輸出を念頭において設計されただけにヨーロッパ各国で流通している弾丸を使用するようになっている。半透明のグラスファイバー製弾倉には十発装填できた。

狙撃兵のなかには、オートマチックライフルを嫌う者が多い。手動で装塡する初弾と、ガス圧を利用して自動装塡される二弾目以降との間に微細ながらも射手には無視できないずれが生じ、着弾点に差を生む。だが、市街地で兵士狩りをしていたアンナには一発ずつ悠長に装塡するボルトアクションライフルでは絶対的にスピードが不足した。

槓桿《こうかん》をいっぱいに引き、放す。復座バネが伸びる力で前進した遊底が弾倉の上端にある第一弾をくわえこんで閉じた。

アンナは顔を上げた。

奇妙な光景が目の前に広がっている。天井も床も真っ白でぼんやりと光っている空間にアンナは立っていた。前方、左右とも無限の広がりを見せ、壁が見えない。天井と床がはるか彼方で一本の線となって混じっている。

ふたたび男の声がいった。

「ターゲットは前方六百メートル、風は左からで風速は五メートルだ。いいか」

「了解」

アンナは床に座ると、左足を投げだし、右足を立てた。右膝の上に右肘を載せ、右手でADDR05の前部銃床を支える。左手でピストルグリップを握り、ライフルスコープをのぞきこんだ。四倍から十六倍までの可変《バリアブル》倍率スコープだが、視野をできるだけ広くとるため、倍率はもっとも落としてある。

十字線に区切られた円形の視野にとらえたターゲットを見て、アンナは舌打ちし、低く罵った。

「悪趣味だな」

ターゲットは五歳くらいの女の子で金髪をポニーテイルにしている。襟にフリルのついたブラウスを着て、胸当てのついたスカートを穿いていた。スカートは真っ赤だ。

「六百メートルで銃弾は七十二センチ落ち、右へ五十九センチ流される」

ふたたび男の声が告げる。

「了解」

抑揚を欠いた声で答えると、アンナはレティクルの位置を女の子の頭部から左上に移動させた。

人差し指でじわりと引き金をひき、遊びを消す。ゆっくりと息を吸って、止めた。唇がかすかに左手に触れているのを感じる。

レティクルの揺れが静止する。

引き金を切った。

前進する撃針の音を左耳で聞き、左の人差し指にかかっていた力がふっと消える。次いで撃針が雷管を打ち抜き、炸薬が破裂、銃床が左肩を蹴飛ばす。その間に膨張したガスが弾丸を圧しだし、一瞬遅れて銃身内のガスがピストンに衝突すると遊底を後退させる音が聞こえた。

血中に大量に流れこんだアドレナリンのために時間がひどく間延びして感じられ、瞬きする間に起こるすべての行程の一つひとつを感知できた。

ライフルスコープの接眼部《アイピース》が左目の前から逃げて行くままにし、硝煙越しにターゲットを見た。

すべての音が消え、標的の頭が血しぶきとともに吹き飛んでいた。

きりきりとした心臓の痛みを無視し、息を吐き、吸いこむ。射撃の間に不足した酸素を補うように鼓動が早まる。しかし、十分に呼吸を整えるだけの時間を、男は与えようとしなかった。

「次、七百二十メートル。百十二センチ落下、右八十五センチ」

ADDR05を構えなおし、次の標的をとらえる。またしても低く罵った。四倍のスコープでは小さくぼんやりとした像が得られるだけだが、それでも二つ目の標的がふたたび子供であるのがわかる。

二つ目の標的も一撃で粉砕すると、アンナは叫んだ。

「状況変更。市街戦」

戦場において狙撃兵がもっとも優位な点は、野戦であれば茂みや木陰、市街戦なら建物にたくみに身を隠し、敵の見えないところから射かけられるところにある。それゆえ狙撃兵は自分が身を潜める場所をできるだけ子細に調べあげ、少しでも敵の目につきにくく、しかし標的は楽に見通せるという矛盾《むじゅん》をはらんだポイントを求める。また兵士たちの目が戦場ではどのように動くかを察知するため、敵兵の癖、さらには人間の本能にまで通じていなければならない。

もし、ぼんやりとでも潜んでいる場所が察知されると、敵は可能なかぎりの火力を投入してくる。たとえば、崩れかけたビルの一室で息を殺していることが知られれば、敵はビルそのものを跡形もなく破壊しようとするだろう。可能ならば空軍機に爆撃を要請するはずだ。

狙撃兵と観測手は二人きりのチームで単独行をしているのだから、相手が一個分隊に過ぎなかったとしても所持している武器の差は歴然としている。相手の目に見えないというアドバンテージを失えば、狙撃兵ほど脆弱《ぜいじゃく》な存在はない。観測手がバックアップ用にアサルトライフルかサブマシンガンを携行していたとしても、狙撃手が持っているのはせいぜいがセミオートマチックライフルに過ぎない。たった六人の分隊であれ、現代戦となれば敵は最低でも手榴弾投擲装置《グレネードランチャー》の付いた小銃五挺に軽機関銃一挺は装備しているはずで、まともに撃ち合って勝ち目はない。

また、狙撃兵は捕虜《ほりょ》にもなりにくい存在だ。

狙撃兵が潜んでいそうだというだけで茂みを丸裸にしてしまったり、ビルを鉄くずとコンクリート片の堆積《たいせき》に変えてしまうほどの攻撃をしかけるのは、歩兵にとって狙撃兵が悪夢以外の何ものでもないからだ。

何の前触れもなく、空気を切り裂く音が聞こえ、仲間がその場にくずおれる。銃声が聞こえるのは、たいてい着弾のあとであり、地面に伏して辺りを見まわしたところですでにパニックに陥っており、落ちついて周囲を見まわすことなどできない。

仕掛け爆弾《ブービートラップ》と狙撃兵は、まるで心の準備ができないところを襲ってくる死という点で共通している。

恐怖の反動が過剰な攻撃を生む。だから戦場で捕えられた狙撃兵は、ほとんど後送されることなく、その場で凄惨《せいさん》なリンチに遭い、なぶり殺しにされる。

ビルの屋上で伏射の姿勢をとったアンナは、街路を見下ろす位置でＡＤＤＲ05を構えていた。スコープの丸い視野には二人の男をとらえている。倍率は相変わらず四倍のままだが、射距離が九十メートルほどでしかないので彼らの上半身を交互にとらえることしかできなかった。

子供を撃つよりはまし――アンナは胸の内でつぶやき、ＡＤＤＲ05の安全装置を親指で外した。

左手で引き金を絞ることにもすっかり慣れた。右手は肩にあてた銃床を支えるためにあてがっているだけだ。

銃口を動かし、二人の男以外に人影はないかをチェックする。

男たちは黒ずくめの装備をつけ、フェースマスクをした上、フリッツヘルメットを被っている。フラッシュライトやドットサイトなどをごちゃごちゃと取りつけた自動小銃を躰の前で構え、銃口を下に向けている姿は、今では警察特殊部隊の定番ともいえ、世界中のテロ対策現場で目にすることができた。

ようやく二人のうち、後ろにいる男に狙いを定めようとしたとき、彼らの背後で影が動き、はっと息を嚥《の》んだ。

銃口を振る。

特殊部隊員は二人ではなく、三人——アンナは奥歯を食いしばった。

一九九X年、ボスニアヘルツェゴビナ、サラエボ——。

自分の生まれそだった街が戦場となっていた。アンナはアパートの自分の部屋にドラグノフSVDを置き、窓の下で動きまわる兵士たちを撃っていた。

一度に三人を仕留めることができた日があった。狙撃手になって最高の成果を挙げた記念日として記憶されるべき一日が、アンナにとってもっとも忌《い》まわしい日ともなった。

過去と現在が混沌《こんとん》とし、思わずADDR05を動かしそうになる。堪《こら》えた。ビルの壁に背をあて、乳母車を押している女の姿を探そうとしているのだ。女の姿など見えるはずがない。サラエボで死んでいるのだ。

レティクルがアンナの動揺に影響され、三人の特殊部隊員上で震えている。口を開き、一度肺が空っぽになるまで息を吐くと、ゆっくり静かに吸っていった。観測手を務める男の声が耳元に聞こえた。耳の後ろに生暖かい息を感じた気がして、背筋に鳥肌がたつ。

「無理をするな、アンナ。相手は三人だ。一人を殺す間に二人は身を隠すだろう。発見されれば、お前に逃げ場はない」

声を無視して、息を吸いつづける。頭の芯が冴えわたり、スコープの中で蠢《うごめ》く男たちの動作がスローモーションのように見えてくる。

壁に背中をつけ、乳母車の梶棒をしっかり握っていた女も、やがて女が銃撃に巻きこまれ、乳母車だけが路上に出て行ったことも、乳母車に銃弾が撃ちこまれ、鮮血を噴きあげた様子も色あせ、消えていく。

三人の特殊部隊員はひとかたまりになっている。うまくすれば、一弾で二人を倒せるかも知れなかった。いずれにせよ一撃で息の根を止める必要はなく、まずは動きを封じておいて、その後確実にとどめを刺せばいい。

三人はいずれもアンナから見て左の方をうかがっており、一度も顔を上げようとしない。おそらくは彼らが対処しなければならない相手が前方にいるのだろう。遮蔽物《しゃへいぶつ》の後ろで地面に顔をすりつけそうなほど低く匍匐《ほふく》しているところを見ると、彼らには敵の姿が見えているに違いない。

三人のもっとも後方にいる男の頭部に狙いを定め、引き金を絞り落とした。

ＡＤＤＲ05が吠《ほ》え、銃床が肩を蹴飛ばす。視界は一瞬にして白濁し、薄い硝煙を曳《ひ》きながら空薬莢が飛んだ。素早く脱力することで射撃時の反動を逃がす。伏射の場合、腹這いになっているため躰を動かしにくい。極端に緊張していると鎖骨や肩の骨を折ってしまうことがあった。

跳《は》ねたライフルがアンナの腕の中に落ちてきて、スコープの視野にふたたび男たちをとらえる。銃声が届いたのだろう。男たちはアンナをはっきりと視認したようだが、身を隠す余裕はないようだ。銃を構えさせる前に二発目で二人目の隊員を倒し、三発目を先頭の男に叩きこむ。

三人とも一発ずつ銃弾を送りこまれただけで動かなくなったが、念のため、一人ずつ頭に弾丸を撃ちこんで確実にとどめを刺した。

ふいに耳元で観測手の声がはじけた。

「十一時、距離三百二十。給水塔の陰だ」

はっとして目を上げた。

方向とおおむねの距離から判断した辺りを見ると、ビルの屋上に設けられたベージュの給水塔の付け根あたりに黒く平べったい影が見える。アンナと同じように伏射の体勢をとった敵の狙撃手だ。

「チクショウ」

舌打ちした。

直後、頭を殴られたような衝撃が来て、アンナは意識が遠のくのを感じた。視界が赤く染まっていく。

狙撃手にとって、もっとも警戒すべき天敵は、また狙撃手であった。

11

目を開いた。

頭上に据えられた円盤にはいくつものライトが取りつけられていたが、いずれも消灯している。手術の際、医者たちの手元をくまなく照らすためのライト。アンナが目を覚ましたのはまぎれもなく手術台の上である。

手術台といっても真っ平らではなく、背もたれを倒した巨大な椅子のような形状をしていた。両腕はアームレストに置いてあり、手首を固定していた幅広のベルトを女性スタッフたちが外している。足下に目をやった。若い男がアンナの足首を押さえていたベルトに手をかけていた。彼の手は動いておらず、ひどく真剣な顔をしてアンナの股間《こかん》をのぞいている。両膝を擦りあわせると、男がはっとしたように顔を上げた。目が合う。みるみるうちに男の頬は赤く染まり、あわててベルトを外しはじめた。

手首、肩、腰、太腿、足首を固定してあるベルトは革製で羊毛の柔らかな生地で裏打ちされていて、暴れてもアンナの手足を傷つけないようになっている。トレーニング中、ときとして躰が反応してしまい、激しく手足を動かしたり、叫んだりすることがあるらしいが、アンナはほとんど憶えていない。

手術台の上で上体を起こすと、アンナは手首をさすった。深い眠りから覚めたときのように頭はすっきりしているが、手首、足首はひりひりする。

次いで汗に濡れ、頭に張りついた髪を指ですきながら背後を見やった。アンナの頭が載っていたヘッドレストのすぐ後方に白いヘルメットがあった。アームで支えられているため、ヘルメットは宙に浮いているように見える。ヘルメットの後頭部からはドレッドヘアのように何十本ものリード線が伸び、壁面に並べられた機器類に繫《つな》がっていた。

アンナが身に着けているのはゆったりとしたワンピース状の寝間着で、寝間着の下には吸水性のある紙製パンツ、つまり紙おむつをしているのみだ。尻が冷たくなっているのを感じて、口許を歪める。

手術台の周囲を行き交っている十数人のスタッフに気取られないようそっと鼻を動かした。異臭を感じるが、どうやら失禁で済んだようだ。

トレーニング中、敵に初めて殺されたときには、失禁、脱糞《だつぷん》、さらには大量に嘔吐《おうと》して窒息しそうになった。あとからスタッフの一人に、反吐《へど》が気管に詰まって重篤《じゅうとく》な呼吸困難に陥れば、緊急手術をする手はずが整っていたといわれた。一年にわたってトレーニングを受けている間にアンナの肉体と精神は慣れ、生理的反応も収まってきたが、それでも殺された瞬間には躰が反応してしまい、ほとばしる小便はどうすることもできなかった。

給水塔のわきに寝そべり、ライフルを向けていた敵の姿が脳裏に蘇る。銃口にぽっとオレンジ色の光が灯るところまではっきりと見えた。目を閉じ、こめかみに指をあてていると訛りのない英語で訊かれた。

「頭痛がするのかね」

目を開く。手術台のわきに浅黒い顔をした男が立っている。髪はきちんと撫でつけられ、レンズの小さなメタルフレームのメガネの奥から思慮深そうな瞳がアンナを見つめていた。インド系アメリカ人の父親と、日本人の母親の間に生まれたソーカー博士の声は深みがあった。スタッフは彼を博士《ドク》と呼び、アンナもならっていた。

「いいえ、ドク。頭は痛くない。だけど、自分が殺される瞬間を思いだせば、気分爽快というわけにはいかないですよ」

「当然だろうね。といっても自分が殺されるプログラムを経験したことはないし、今後も経験することはないだろう」

アンナはこめかみに当てていた指を滑らせ、そっと頬に触れた。肌は乾いている。ソーカーがアンナの仕種《しぐさ》を見て、口許に笑みを浮かべた。

「大丈夫、涙は流していない」

「最初は小さな女の子、二人目は男の子だった」

声が恨みがましく響くのをどうすることもできなかった。

「へえ。六百メートルを超えていたはずなのによく見えるね。ライフルスコープの倍率は四倍だっただろう」

アンナがうなずく。ソーカーは腕を組み、何度もうなずいた。

「あの距離から男児であることがわかるなんてね。現実世界でもちゃんとわかるのかな」

「たぶん」

「ぼくは小学校の第三学年からメガネをかけるようになった。だから自分の目で色々なものを見られる人が羨《うらや》ましくもあるけど、同時に信じられない」

「訓練次第でどうにかなるものですよ」

「それにしてもよくあの像が男の子だとわかったもんだ。実はあれはぼくが六歳のときのイメージを使ったんだ」

「それならそうと先に仰《おっ》しゃってくれればよかったのに」

「子供のころのぼくがターゲットなら対処は違っていたのかな」

メガネの奥で深い光をたたえた瞳が細められる。目尻に皺が刻まれた。

「ドクだとわかっていれば、一発で射殺するようなことをしないで、指、腕、足首、太腿と順番に撃ち飛ばして見せたのに」

「ひどいね」ソーカーが泣き笑いのような顔になる。「そして最後は脳天に一発か。特殊部隊の連中にやったみたいに」

「いいえ。そのまま生かしておいて差しあげますよ。私はスコープ越しにドクが這いずるのを見物しています」

首を振ったソーカーは手を挙げた。

「了解、降参だ。だけど、ぼくが送っているのはイメージの原型に過ぎないんで、あとは君次第だからね。だから君が見た光景は、いってみれば、ぼくたちの共同作品なんだ。途中、何度か悪趣味と罵られたけど、半分は君自身に向けるべきだよ」

「わかっています」

「それじゃ、アフターブリーフィングをぼくの部屋でやろう。食事の用意をさせておこうか」

「結構です。ただブリーフィングの前にシャワーを浴びたいのですが」

アンナは濡れた髪を持ちあげた。失禁について触れるつもりはない。

「構わない。それじゃ、二十分後にぼくの部屋に来てくれ」

手術台を降りたアンナは裸足《はだし》のまま移動し、シャワールームに入った。汚れた紙おむつを始末して、丁寧《ていねい》にシャワーを浴びたあと、上下つなぎになったトレーニングウエアを着て、ソーカーの執務室に向かった。とくに時計を見ることはしなかったが、おおむね二十分だろうと思った。

ドアをノックする。

「どうぞ」

ソーカーの返事を待って、執務室に入る。ソーカーが使っている部屋は、先ほどアンナが目覚めた手術室に隣接している。入口のそばに会議用のテーブルが置かれ、両側の壁には本棚が作りつけになっていた。奥まったところに巨大な机が配置されていて、袖机にはノート型のパソコンが置かれている。

机の前に置かれた椅子を手で示し、ソーカーがいった。

「かけて。コーヒーにするかい、それとも紅茶？」

「紅茶を」

「よかった。シノダに紅茶を持ってくるようにいってあったんだ。手製のジャム付きでね。ところで、お茶が来るまでの間、ぼくは今日のデータに目を通してしまいたいんだ。申し訳ないが、少しの間待っていてくれないか」

「わかりました」

アンナは足を組み、膝の上に両手を置いた。右に目をやる。壁に額がかかっていて、一枚の絵が飾られていた。モノトーンの線画で、奇妙な形をした半球が描かれていて、球体の表面には人の目や鼻、耳、手足がばらばらに張りつけられてあった。

ホムンクルスの図と、最初に会ったとき、ソーカーはいった。人間の脳はどの部分で何を感じ、何を動かすかを図示したものらしい。

アンナは絵を見て、目を細めた。自分の脳の中に無数の人が浮かんでは消える。その中にはクリュチコフも、壁際に立っていた女も、乳母車で一生を終えた赤ん坊もいるだろう。

運ばれてきた紅茶がすっかり冷めてしまってからもソーカーはパソコンのキーボードを叩いては唸《うな》るばかりで、ブリーフィングはなかなか始まらなかった。アンナは空になったカップを両手で包み、壁にかけられた絵を見ていた。インド系だという父親の影響か、ソーカーの部屋で飲む紅茶は美味《おい》しかった。

「その絵がだいぶお気に入りのようだね」

ようやく声をかけられ、アンナはソーカーに目を向けた。

「お気に入りというか、気になるといった方が正確かも知れませんね。自分の中に数え切れない他人がいるように思えて」

「自分とは何か、というのはなかなか難しい問題だよ。自分は誰かに影響され、そのまた誰かもひょっとしたら自分に影響されている。自分が誰かに影響を与える人物だと思えるほどぼくは神経が図太くないけどね」

ソーカーも絵に目をやった。

「ホムンクルス、小さな人間という意味だ」

小さな人間という言葉は、アンナに別の連想を生ませた。

サラエボの街角で乳母車に乗ったまま銃弾に撃ち抜かれた姪《めい》――。

ソーカーはアンナの思いに気づいた様子もなく言葉を継いだ。

「人間が物を見る原理はなかなか複雑なんだ。まさか脳の中にスクリーンがあるとは君も思ってはいないと思うが」

「はあ」

「網膜が光を感じたあと、第一次から第四次までの視覚野があって映像情報は処理されていく。最後は側頭連合野で形や色を識別し、頭頂連合野で空間的な位置を把握する……、大ざっぱにいうとそういうことになる」

「はあ」

ソーカーが何をいっているのか、アンナにはよくわからなかったが、あえて質問しようともしなかった。訊ねれば、ソーカーは懇切丁寧に説明してくれるだろうが、よけいに混乱するだけだろう。

「その逆をたどっていけば、人間に夢を見させることができると考えた。それがそもそもの始まりだったんだな」

アンナは真っ白で無限の空間を思いうかべた。夢というより悪夢ではないかと思う。あまりにも清浄な空間では、むしろ落ちつかない気持ちになった。ソーカーはわずかの間アンナの顔を見ていたが、ちらっと眉を上げると傍らのノートパソコンに手を伸ばし、キーをいくつか叩いた。

「君のトレーニング中のデータを見ているんだが、正直にいうと、君がどのような世界を見ているか、ぼくにはわからないんだよ。ぼくが君の脳に送れるのは、基本的な、大まかなデータでしかない」

「ターゲットは子供だとか……」

「まあね。子供が撃てれば、誰を撃つにも抵抗はないだろうと思って。ぼくが以前に関わっていたプロジェクトでは、幼女を殺しつづけることをどうしてもやめられなかった人間の研究から入ったんだ。シリアルキラーとか、快楽殺人者といわれる連中のことだよ」

「ポイズン」

「そう」ソーカーは眉間に皺を刻んだ。「あまりにも単純すぎるネーミングでぼくはあまり好きじゃないんだが、アメリカ合衆国政府が付けた名前だから異を唱えるわけにはいかなかった。スポンサーに逆らいようはないからね。いずれにせよ、ぼくなんかプロジェクトでは取るに足らない存在に過ぎなかった」

ソーカーに会えといい、接触する方法を教えてくれたのはクリュチコフである。クリュチコフによれば、ソーカーこそ、〈毒《ポイズン》〉と呼ばれる暗殺者集団を作りあげたプロジェクトチームの中核的頭脳だという。そしてアンナは、ソーカーよりクリュチコフを信用していた。

大脳生理学者であるソーカーは、十歳前後の子供たちを実験台として後天的な二重人格を作りあげる方法を着想し、実現したが、もともとの興味は人間の脳そのものにあった。悪夢を見させる装置も、そうした発想のなかから生まれたもので、被験者を人工現実感《バーチャルリアリティ》のなかに放りこむことができる。

右手、右目を失ったアンナがたった一年で左利きのライフルマンに変身できたのは、バーチャルリアリティのなかで訓練を受けてきたからにほかならない。

人間の脳に直接的に映像を送りこむシステムがどれほど画期的なものか、アンナは知らない。だが、研究には莫大な金と気が遠くなるほどの時間がかかることは想像できた。しかも生身の人間を対象とするなど、科学者としての倫理上簡単に許されることではない。誰にも後ろ指をさされることのない、真っ当な努力を積み重ねたとしたらソーカーの発想が現実のものとなるまでには何十年、何百年とかかるだろう。しかし、ソーカーは自分が生きているうちにシステムを作りあげたかった。

単にシンジケートとのみ呼ばれる組織が〈毒〉計画の継続に出資したという。新しい兵器は次なるビジネスを生み、莫大な利益をもたらすと見越してのことだ。プロジェクトの中核的頭脳であるソーカーがスカウトされたのは自然な流れであり、ソーカーには断る理由がなかった。

ソーカーは目をしばたたいた。

「〈毒〉を中途半端なまま放りださざるを得なかった。発想は単純だったがね。人為的に人格変更のスイッチをオン、オフにできるようにする、と。だけど継続的な観察ができていないからポイズンによって改造された子供たちに、その後どんな変化が起きているか、誰にもわからないんだ。おそらく本人にはもっとわからないだろう」

首を振ったソーカーは机の上に置いたカップを手にして紅茶を飲みほした。

「まあ、昔の話はいい。大事なのはつねに現在だ。過去も未来も手が届かないという点では存在しないも同じだからね。存在するのは、つねに現在、今という瞬間だけだ」

ソーカーは身を乗りだした。

「さて、今日君はどんな世界にいたのか、詳しく話してくれないか。結局、人間は自分の見たい物しか見えないようにできているんだよ」ソーカーは自分の頭を指で示した。「夢というのは所詮記憶の処理過程で生じるゴミみたいなものだ。今まで自分が目にしたことしか脳裏では再現できないんだ。記憶だよ、アンナ。人間というのは、記憶によって形作られているんだ」

見たい物――市街戦モードに切り替えて始まった訓練シーンを、アンナは思いうかべた

——私が見たがっているのは、あの街の景色なのだろうか。

つくづく乗り物の中で眠れないという自分の性癖が黒木には忌々《いまいま》しかった。タクシーの車窓を流れる景色を見ながら、こめかみを揉みつづけている。頭の中にはミルク色の霧がかかっているようで鈍い頭痛がしていた。中米某国を脱出し、エクアドルからサンフランシスコへ飛んだ。アメリカの国内便でニューヨークへ移動し、パリを経由して成田に到着する間、そして成田からＪＲで東京駅まで来て、タクシーに乗ってからもやはり眠れなかった。

隣りに座っている野々山を肘でついた。目を開き、顔をしかめて躰を起こした野々山は欠伸をしていった。

「着いたのか」

「もうそろそろだ」

神田神保町《かんだじんぼうちょう》の一角でタクシーを停めると、黒木と野々山は降りた。

野々山が辺りを見渡す。

「あんたの店、この辺りだっけ？」

「まだ寄るところがある」

黒木の表向きの生業は、神田の古書街にある小さな店での商売になっている。並んで歩きだすと、野々山が笑いをふくんだ声音でいった。

「今どき詩集の専門店なんて流行《はや》らないだろう」

メキシコの国境近い町で最初に目覚めたとき、野々山はキャンプ時代のように丁寧な言葉遣いをしていたが、時間が経過するほどにぞんざいになっていった。これも二つの人格が侵食し合って引き起こされているのか、と黒木は思った。

「今どき流行ってる本屋なんかありゃしないよ。大きなお世話だ」

黒木の店では、詩集だけを扱っている。

「どこへ行くんだ」

「黙ってついてくりゃわかる」

しばらく歩いたあと、黒木は一軒の店の前で足を止めた。野々山が看板を見上げて感心したようにつぶやく。

「へえ、神田に銃砲店なんかあったんだ」

「老舗《しにせ》だよ。それと店の中では何も喋るな。ここの親父とは長い付き合いでな。もちろん古本屋の親父として、という意味だが」

「わかった」

二人は店に入った。ガラスケースの奥に座り、半月型の老眼鏡をかけて新聞を読んでいた店主が立ちあがる。ほとんど禿《は》げ、力のない白髪が生えた頭をしていた。

黒木はガラスケースの前に近づくと、声をかけた。

「そろそろ来てるはずなんだが」

「相変わらず気が短いな。しばらくぶりで顔を合わせたら、挨拶《あいさつ》の仕方もあるもんだろ」

「見たところ元気そうだ。それでいいじゃないか」

店主は、首を振りながら店の奥に引っこみ、すぐに戻ってきた。細長く大きな紙の箱を両手で抱えて持ってきた。

「昔からの得意客だから、あまりいいたくはないが、お前さんの商売がそんなに儲かってるとは思えんのだがね」

「趣味にかける金は惜しくないんだよ」

「レミントン本社から直送のカスタム品だって？　ノーマルのM７００だっていくらになると思ってるんだ」

「ヘビーバレルを付けてもらっただけだ。大げさに騒ぐほどのカスタムライフルでもないよ」

ガラスケースの上に置かれた紙箱には、レミントン社のロゴが入っていた。

第二章　遥かなる標的

1

冗談じゃないよ、まったく――ライフルスコープの接眼部をのぞきこんだ仁王頭は、腹の底で唸《うな》った。

スコープの中には、ステージ上でマイクスタンドの位置を決めたり、背景に電飾を施しているスタッフの姿がとらえられている。一人ひとりの服装、手足の動きまではっきりと見て取ることができた。

顔を上げ、肉眼でスタジアムを見やった。円形の観客席中央にグラウンドがあり、ステージはピッチャーマウンド辺りに造られていた。三百六十度、どの観客席からもステージを見られるようにするためだが、そこに〈アフリカの曙光《しょこう》〉が立てば、理屈のうえではスタジアムをぐるりと取り囲むどの建物からでも狙撃が可能ということになる。

「五百二十八メーターか」隣りにいた上平がスポッティングスコープをのぞいていった。

「結構な距離だが、撃てるか」

「楽勝ですよ」

吐き捨てるように答え、仁王頭はまわりを見渡した。

スタジアムは四方どころか周囲をくまなく高層ビルに囲まれていた。商業ビルもあれば、マンションもある。スタジアムの壁が邪魔になるため、低層階からの狙撃は無理だろうが、もし、暗殺者が会場入りする〈アフリカの曙光〉を狙うつもりなら高い位置から撃つ必要もない。それだけ警備陣が目を光らせなければならない地域が増えることになる。

「何を考えてるんですかね」

半ば独り言のようにつぶやくと、仁王頭は六四式小銃改の銃床に顎を載せ、ふたたびスタジアムを見た。ライフルは若原がわざわざ北海道から運んできてくれたものだ。通常の任務であれば、仁王頭もほかの隊員同様、特殊装備隊仕様の八九式自動小銃を携行するが、狙撃任務のときには六四式小銃改を使っていた。

六四式、八九式はいずれも陸上自衛隊の制式小銃で、それぞれ採用された一九六四年、一九八九年の下二桁《けた》をとって名称としてある。六四式小銃は口径が七・六二ミリなのに対し、八九式は五・五六ミリと小口径化されていた。銃弾が小さく、軽いほど風の影響を受けやすいため、狙撃任務のときには六四式小銃改を使うようにしていた。

仁王頭が手にしているのは、六四式小銃のなかでも六千挺に一挺の割合で作られた改造型で、通常のものより銃身が八センチ延伸され、ヘビーバレル化されている。機関部に取りつけられた照準眼鏡はもとより、引き金、木製銃床、ピストルグリップなどには仁王頭が自分で加工を施していた。すべては狙撃銃としての任務に耐えられることを目的とした改造だったが、単射と連射のセレクターレバーの機能はそのまま残されており、必要とあれば、引き金を絞りっぱなしにして弾倉内の銃弾を一気にばらまくことも可能だ。もっとも仁王頭は六四式小銃改を手にしてから一度も連射させてはいない。細心の注意を払ってチューニングしてあるライフルに無用な震動を与えるのは愚かだ。

仁王頭と上平は、スタジアムの南東に位置する十階建てマンションの屋上にいた。〈アフリカの曙光〉の警護にあたる警察官たちは総掛かりで周辺の建物を巡回している。仁王頭たちもその一員としてマンションを回っていた。狙撃できそうなポイントを探し、必要とあれば、警察官を警戒のため配置させるのが目的だ。

二人は金属製の手すりを乗りこえ、屋上のへりに立ちあがっている四十センチほどのコンクリートの壁のわきにしゃがみ込んでいた。壁の上に銃とスポッティングスコープを据えている。実際に射撃をするわけではなかったので、仁王頭は六四式小銃改に取りつけられている二脚《バイポッド》を使っていた。

「ところでよ、ニオウ、昨日のブリーフィングだが、お前、亢奮《こうふん》しなかったか」

「ブリーフィングで亢奮なんてするんですか」

「だって、あの事件以来、第一特殊装備隊のフルメンバーがそろったんだぜ。懐かしかったし、上も今回は結構本気なんだと思ったよ」

警察庁公安局が対テロ部隊として創設したのが、第一特殊装備隊であった。対テロ部隊とはいいながら公安部局の暴力装置としての性格が強く、国家治安上好ましくない人物を排除するために使われているという噂があった。陰では、〈さくら銃殺隊〉とまで呼ばれていたものである。もっとも第一と冠されてはいるが、特殊装備隊は黎明《れいめい》期にあり、第二、第三隊はいまだ存在していなかった。

上平が亢奮したといったのは、第一特殊装備隊の創設メンバーがほとんど顔をそろえたからだ。東関東自動車道の銃撃戦で命を落とした松久や、同じく行動をともにし、白のクラウンに乗りこんでいた連中、そして〈アフリカの曙光〉護衛のためランドクルーザーにいた隊員たちなど死んだ者や、芝山のように重傷者は出席していなかったが、確かに全国に散らばって以来顔を合わせていないメンバーはいた。

だが、仁王頭は懐かしさよりも胸の底がちりちりするような不安を味わっていた。

一年ほど前、第一特殊装備隊は世田谷のスナックで起こった七人射殺事件に端を発する一連の銃撃事件対処に出動したが、捜査員の一人を直属の上司が射殺するという警察始まって以来の不祥事を引き起こし、解隊されてしまったのである。

「そういえば、新島《にいじま》さんの姿が見えませんでしたね。本庁に上がったって聞きましたが、偉くなって特装隊の任務からは外れましたか」

第一特殊装備隊の初代隊長新島顕《あきら》が見えなかったことを思いだして、仁王頭が訊いた。

事件後、警視庁に上がった新島は第一特装の事件を警察内部で忘れられたものとすべくさまざまな手を打っていたはずだ。

「新島さん、警察を辞めたらしいぞ。おれも大阪府警に行った奴に聞いただけで、正確なところを知ってるわけじゃないが」

「辞めたって……、新島さんって国家公務員上級職《キャリアパス》を持っていたんじゃないですか」

国家公務員上級職の資格がある警察官は、警察内においてほかの署員たちとは較べものにならないほど強大な権限を持っている。巡査から叩き上げて、定年間際になってようやく警部補になれるかどうかという警察官が多いなか、キャリア組はいきなり警部で警察官人生をはじめ、三十代になると本部勤務が多くなり、凄《すさ》まじいスピードで出世の階段を昇っていく。

新島はそうした特権をあっさりと放りだしてしまった。

「今、何してるんでしょうかね。わが社の出身なら民間の警備会社とか」

「まさか、あの御仁がそんなタマかよ」にやりとした上平が仁王頭を見る。「何でも総合商社の海外法人に行ったんだと。東大卒のキャリア組だからな。我々と違ってありがたい同級生がごまんといるらしい。昨日ちらっと聞いたんだが、今はロンドンにいるらしいよ」

「総合商社……、何やってんでしょうね」

「わかるわけないよ、おれたち下々に」

上平が顔を寄せ、しげしげと六四式小銃改を眺める。

「それにしても特殊技能だよな。五百メートル先の人間を簡単に撃ち殺せるなんて」

上平のいいたいことが狙撃の腕であることはわかったが、撃ち殺すという言葉にひやりとする棘《とげ》を感じた。のんびりした顔つきを見れば、上平が皮肉を口にしているのではないこともわかる。

「上平主任だって、遠距離射撃の訓練を受けてるじゃないですか」

特殊装備隊の隊員であれば、誰もが長距離射撃訓練と定期的な査察を受けることになっている。

「あまり成績がよくないんだ。いつもテストをパスするのに苦労してるからな。おれから見ると、ニオウみたいな狙撃屋は特別な存在に見えるよ」

「何が特別ですか」

そういいながらも仁王頭はもう一度ライフルスコープのアイピースに目をあてた。相変わらずステージの上ではスタッフが動いている。

心のどこかでは上平の言葉を肯定していた。ライフルスコープを通じて標的をのぞき、引き金を切る狙撃手という仕事は、たとえ協力してくれる観測手がそばにいても孤独なものだ。

唯一の例外が標的だろう。音速を超えて飛翔《ひしょう》する弾丸は衝撃波を生じ、標的と射手の間に誰も入ることのできない回廊を作る。

いや、おれはありきたりの人間だ――仁王頭は顔を上げ、ライフルスコープの前後に取りつけられているダストキャップを閉じた。

六四式小銃改を手に立ちあがると踵《きびす》を返す。上平もスポッティングスコープを片づけはじめる。

手すりを乗りこえようとして、仁王頭は動きを止めた。ビル群の中にひときわ高い建設途上の建物があった。立ちあがった上平が仁王頭の視線を追う。

「新摩天楼《まてんろう》計画っていったっけ。景気が悪いってのに無茶するよな。東洋一高いビルにするっていうんだろ。日本が地震国だってこと、忘れてるのかね」

「千葉はあまり地震がないでしょう」

「今じゃ、どこで巨大地震が起こってもおかしくないさ」上平が仁王頭の横顔をのぞきこむ。「あそこからスタジアムまでは直線距離にしたって二キロ以上あるんだ。関係ないだろう?」

「ええ」仁王頭はうなずいた。「見下ろされるのがあまり好きじゃないだけです」

2

足を蹴飛ばされ、野々山は薄く目を開いた。目蓋の隙間からシャワー状の陽光が降りそそいでくる。光を肩に背負った男が見下ろしていた。目をしばたたく。欠伸《あくび》が出た。

「いい加減にしろ」

野々山の足下に立った黒木はあきれ顔だ。声を出そうとしたが、長く尾を引く欠伸がおさまらない。頭はぼんやりして、躰がだるかった。

「寝てばっかりじゃないか。そろそろ河口に入る」

もう一度欠伸をし、躰を起こした。

「よく眠れる人間は神に味方されているっていうから」

「ふざけるな。お前、飛行機の中でもずっと寝てたじゃないか」

「乗り物の震動はゆりかごを思いださせるんですよ」

「ゆりかごって柄かよ」

冗談口に紛《まぎ》らせてはいたが、野々山は切れ目なく押しよせてくる眠気に躰の変調をおぼえていた。確かに黒木がいう通り、中米からアメリカ、ヨーロッパを経て日本に入るまでの間、ほとんど眠っていた。

二つの人格が混沌《こんとん》としてきたことによる影響なのかも知れないが、専門の研究者でもない野々山にはわかるはずがない。また、意識は野々山のままなのにダンテであるときの記憶が蘇っているのか、時おり、赤や緑の何百ものランプがまたたく機械に囲まれた部屋や、白衣を着た男たち女たち、さらには木造の古い校舎のような建物で食事をしている光景が脈絡もなく脳裏に浮かんできた。

掌で頭を叩き、野々山は立ちあがった。風が頬を撫でていく。間の抜けたディーゼルエンジンの排気音と、足の裏に震動を感じた。黒木がいった通り、廃品を満載した平底船は両岸をコンクリートで固められた川に入ろうとしている。

河口には大きな橋がかかっていて、欄干に人影が見えた。紺色の制服にヘルメット姿の機動隊員が三人並び、そのうちの一人が双眼鏡で平底船を見ている。

「手でも振ってやろうかな」

「馬鹿なことを」黒木が吐き捨てる。「それよりお前、大丈夫か。顔色が悪いが」

「多少疲れているんじゃないのかな。長旅だったし、日本に着いてからも動きっぱなしだから」

そういって野々山は船に積まれている廃品の山に目をやった。ぼろぼろに錆《さ》びた自転車、洗濯機や冷蔵庫、テレビといった家電製品、家具類の間にひどく汚れた茶色のゴルフバッグがあった。中にはレミントンM40A1が入れてある。

神田の銃砲店で狩猟用のライフルM700を手に入れた黒木は、自分の店に戻るとさっそく紙箱からM700を取りだした。あっけにとられて眺めている野々山の前で黒木は銃身の先端七、八センチのところを折りとってみせた。プラスチック製の張りぼてなのだという。それから黒木は銃床、銃身を水洗いし、水性塗料でつけた銃床の木目や銃身の光沢をきれいに落としていった。

「まさか正規の方法で輸入するとは思わなかった」

ぽつりとつぶやくと、黒木は野々山の視線を追ってゴルフバッグを見やった。

「人を隠すなら人の中、木の葉を隠すなら木の葉の中って昔からいうだろう。ライフルを隠したいと思ったらライフルの中に紛れこませるのが一番だ」

「だけど名義はあんたになっているんだろう」

「こう見えても政府関係の仕事をしてきた役得でライフルの所持許可証を持ってる。だからおれがライフルを購入するのに問題はない。輸入許可を取ったりする手続きを鉄砲屋の親父に代行してもらった。すっとぼけてるが、ただのタヌキじゃない」

黒木は作業服のポケットからタバコを取りだすと、一本抜いてくわえ、オイルライターの火を移した。大きく吸いこんで煙を吐く。川を渡る風に煙はたちまち吹き飛ばされた。平底船が橋の下にかかり、ディーゼルエンジンの音が橋桁《はしげた》に反響する。

タバコとライターをポケットに戻すと黒木はつづけた。

「ライフル本体よりスコープの方が手間がかかったかな。ユナートル社は合衆国海兵隊《USマリンコ》御用達なんだ。昔は門外不出で、壊れたり、故障したスコープは必ず補給部隊に返却した。そうしないと新しいスコープが手に入らなかった」

「今は市販してるのか」

「スペックダウンしたものを、ね。マリンコだけを相手にしてたんじゃ、ユナートルも食っていけないってわけだ。アメリカ以外の軍隊でもユナートルのスコープは評判がいい。なかには、マリンコ仕様を欲しがる連中もいる。かくいうおれもその一人なんだが、蛇《じゃ》の道は蛇《へび》、魚心あれば水心……」

「何だい、そりゃ」

「何にでもルートがあるってことだ。随分と高いものにつくけど、フルスペックのスコープが手に入れられる」

「あれは、おれが照準調整したライフルなんだろ」

目を細めた黒木が野々山を睨《ね》めあげる。

「当たり前だろ」

平底船が橋をくぐり抜け、野々山は後ろをふり返った。欄干には機動隊員が立っている。橋の下に入る前に見たのと同じ隊員なのか区別がつかなかった。人数も同じ三人である。

黒木が右岸に目をやっていった。

「今日はやたら清掃車が目につくと思わないか」

いわれて野々山も右岸に目をやった。平底船や漁船、モーターボートなどが係留されていた。コンクリートブロックを張りつめた上には、ガードレールがあり、ブルーに塗られた清掃車がゆっくりと走っていた。清掃車が停まると、運転席から男が二人飛びだし、電柱のわきに置いてあったポリバケツの中身を車体後部から放りこんでいく。

「ふだんここに来たことがないからわからない」

「この辺りでは燃えるゴミの収集が毎週月曜、水曜、金曜、燃えないゴミは木曜日だそうだ。今日は火曜だろ。本来であれば、ゴミ収集車なんて走ってないわけだ」

「警察の車か」

「いや、本物だ。アフリカのお偉いさんが来るんで、街の隅々まで徹底的にきれいにしておこう……」言葉を切ると、黒木はタバコを吸い、煙を吐いた。「というのは表向きの理由で、実はゴミ拾いをするのにはそれなりの意味がある」

「風を読ませないためか」

狙撃する前に風の強さと方向を知ることは欠かせない。市街戦において風を読む手がかりとなるのが街路樹や旗、幟《のぼり》、煙などになる。道路に紙くずが散らかっていれば、その動きも参考にする。

「そうだ。例のスタジアム周辺は街路樹もビニールシートで覆われているそうだ。商店街では店頭から幟のたぐいが撤去された。そして徹底的なゴミ拾い。船長が商売の邪魔だってぼやいてたよ」

平底船の左舷に小さな操舵室《そうだしつ》があり、船長が舵輪を握っていた。作業服を着た黒木と野々山は廃品を積みこむような顔をして乗りこんでいるが、ふだんは船長一人で仕事をしている。乗組員を使えるほど利益は上がらないといっていた。

野々山と黒木は右舷に立っていた。

「それじゃ、ゴミ収集日の話も船長が？」

「まあね」黒木は短くなったタバコを舷側から川に投げ捨てた。「ゴミだけじゃない。警察はスタジアムの周囲にある建物を虱潰《しらみつぶ》しに調べてるだろう。だけど数が多すぎる。とてもじゃないが、全部を張っているわけにはいかない。おそらくはスタジアムの外壁の上に狙撃手を並べて外側を警戒させるだろう。狙撃手の気持ちは、狙撃手でなければわからないからな」

「警察は何人くらい狙撃手を配置するんだろうか」

野々山の問いに、黒木は唇を歪めた。

「おれも色々とコネを使って調べてみたんだが、はっきりとはわからなかった。少なくとも〈さくら銃殺隊〉の連中が招集されたのはわかってるんだが」

「〈さくら銃殺隊〉？」

「公安部局の特殊部隊だ。隊員全員が狙撃手としての訓練を受けている。テロリストに対する対抗手段だといわれているが、本当のところは公安当局にとって、つまりは日本国政府にとって存在してもらっては面倒な相手をこっそり抹殺《まっさつ》するための組織、といわれている」

「日本の警察がそんな組織を持っているっていうのか。信じられないな」

「日本は立派な警察国家だよ。何が自治体警察、民主警察なもんか。とくに公安部局は、な。

何をやってるか、警察内部でもわからないっていうから」

三十分ほど川をさかのぼったところで平底船は岸に着けられた。黒木は折りたたんだ何枚かの一万円札を船長に渡し、野々山は汚れたゴルフバッグをかついで船を下りた。

二人は岸の上を走る道路には出ようとせず、川に注ぐ下水道の入口に向かった。下水道に入る寸前、野々山は背後をふり返った。反対側の岸の上から尖塔が突きだしている。新摩天楼計画というのは日本に戻ってきてからニュースで知った。

超高層ビルはぼんやりかすんでいる。

3

うまい場所を選んだものだ、とアンナは思った。

南向きに設けられたリビングの窓の前にアンナは座っていた。キッチンテーブルで使っている木製の椅子を二つ持ちだした。一つに腰を下ろして、向かい合わせに置いたもう一つの椅子に足を乗せ、腕組みしている。

リビングの南側は打ちっ放しコンクリートのテラスになっていた。テラスに取りつけられた手すり越しにアンナは眼下に広がる光景に見入っていた。

ビルが林立し、その間を縫うように高速道路や電車の高架が巡っている。排気ガスのせいなのか空は晴れ渡っているというのに景色はかすんで見えた。

そして地平線までびっしりと建物に埋めつくされている。

自分が生まれ育ち、戦場としてきた街の景色との違いを噛みしめていた。アンナの街は、大半の建物が灰色の石造りで、道路も石畳になっていた。何十年、ひょっとしたら何百年もの間、まるで変わっていない光景だろう。その街でアンナは乾いた、硬いパンを塩水みたいなスープとともに食べ、冷たい雨のなかを姉のお下がりのコートを着て歩いた。裕福だったとは思わないが、貧しさを感じたこともなかった。周囲にいる誰もが同じような生活をしていたし、アンナの両親、祖父母もおそらくは似たような暮らしをしていたに違いないからだ。もし、あの街が戦場とならなければ、今ごろアンナは母親となり、質素なアパートの一室で暮らしていただろう。結婚して、子供を産み、何百年前と変わりない生活をする。そのことに何の疑問も抱いていなかったはずだ。

それが日本では、どこの家庭においても自家用車があり、あらゆる電化製品を備え、子供までが携帯電話を持ち歩いている。同じ地球《ほし》の同じ時代にありながら、この差はどこから生じるのだろう。

テレビにしろ、今流行《はや》りのインターネットにしろ、罪なものだとアンナは思った。腹を空かしていれば、テレビ画面に映った子供が口いっぱいにハンバーグを頬ばっているのを見ただけで腹立たしくなってくる。テロルの理由などそこにしかない。

どうして、おれは空腹なんだ？

あらゆるメディアに対して映像を垂れ流しにできるのは、ハンバーグを飽食し、消費しきれなくなった脂肪を腰のまわりに何十キロもぶら下げている連中で、決して食べるものもなく、路上で寝ている人間たちではない。腹を空かせている人間の鼻先にいい匂いのする肉をぶら下げているのだ。手を伸ばし、牙《きば》を突き立てたくなるのを、どうして責められるだろう。

チャイムが鳴り、アンナの思いは断ちきられた。キッチンテーブルに座っていた女が立ちあがり、玄関に向かう。

女の後ろ姿を見やりながら、どうして彼女はシンジケートに協力する気になったのだろうと思った。小さな花の模様を散らした、柔らかな生地のスカートを穿《は》き、ワインレッドの薄いカーディガンを羽織っている。床には塵《ちり》一つ落ちていないというのに彼女がスリッパを履《は》いているのも不思議だ。

玄関につづくドアは開け放してあり、彼女がドアを開ける音が聞こえた。その後、ぼそぼそと話し声が聞こえたが、日本語である以上、アンナには理解できなかった。

昨日の夕方、ソーカーの研究室を出て、アンナは高層マンションに連れてこられた。十一階の部屋に来ると、中年の上品そうな女が一人でいた。案内人は、協力者とだけ告げ、アンナを残して立ち去った。

やがて玄関扉の閉まる音が聞こえ、彼女が戻ってきた。ふり返って見上げているアンナに目を向けると、彼女はきれいな英語でいった。

「地元の警察」

警察といわれてもアンナはとりわけ動揺しなかった。場所を用意したシンジケートを信用していたわけではなく、自分の命に対する諦観《ていかん》があったからだ。むしろ、死にたいと思っている方が正確か。死期の近づいたクリュチコフがしきりに死んだ奥さんや子供のことを口にしていた気持ちが、今となって少しわかる気がする。

「不審者を見かけなかったか、と訊かれた。見なかったと答えたら、不審な人間や車を見たり、少しでも変だと思うことがあったら警察署に連絡を入れてくれということだった」

そういうと女は手にしたチラシをかざして見せた。モノクロのコピーで、細かい文字が記されていたが、アンナに理解できたのは用紙の上端に大きくＣＡＵＴＩＯＮとある部分だけだ。

アンナはうなずき、ふたたび窓に向きなおった。

この数日、午前と午後に一度ずつ警察官がやって来ると女はいった。実際、昨日アンナが来たあとと、今日は午前中に来ていた。話している内容が理解できなくとも声音《こわね》を耳にすれば、緊張しているか否かはわかる。

視線の先には、標的となっている男がゲストとしてやって来るコンサート会場――スタジアムがあった。スタジアムとアンナが座っているマンションのリビング、つまり射線の両側には高層ビルが並んでいて、ちょうど谷間のようになっていた。狙撃の際、もっとも気を遣うのは横風だが、射線と平行する風の向きは向かい風であれ、追い風であれ、影響が少ない。おそらく警察も同じことを考えるだろう。だからこそ何度も警察官が訪ねてくるのだ。

だが、アンナが潜んでいるマンションにしたところで三十階建てであり、すべてのリビングが南向きに造られている。スタジアムを狙撃できるのはある階数以上にかぎられるにしても警備側が警戒しなくてはならない部屋数は相当数にのぼるはずだ。さらにスタジアムはぐるりとビル群に取り巻かれており、そのなかから狙撃者を見いだすのは困難を極めるだろう。

スタジアムの周辺には、ひっきりなしに警察車輌が行き交っていた。いずれも赤色灯を回転させたまま、警戒中であることを周囲に知らせている。街路樹にはシートがかけられ、店先に出ていたさまざまな形状の旗類はかたづけられた。日本の警察にも専門の狙撃手がいるはずで、彼らにすれば、遠距離から標的を狙う暗殺者がどのように風を読むかはわかっている。

だが、警備が過剰すぎるようにも感じられた。あるいは平和すぎる国の反動なのだろうか。高速道路上で起こった、たった一度の自爆テロに政府も国民も恐慌を来《きた》しているように見えた。子供のころから市街戦を経験してきたアンナには、とりわけ珍しい爆発でもなかったのだが。

スタジアムから視線をわずかに上、南に逸《そ》らし、アンナは目をすぼめた。ひときわ巨大なビルが中天に突きでている。東洋一高いビルという。まだ建設の途上にあり、上部は赤茶色の鉄骨が剝《む》きだしになっている。最上部には巨大なクレーンが三基据えられていた。アンナの故郷ならあと二百年経とうと、あれほど巨大で醜悪な建物を造ろうとはしないだろう。

ふたたびチャイムが鳴り、アンナの思いを遮《さえぎ》る。

玄関に出た女の声音が今までと違った。アンナは立ちあがった。女に案内され、一人の男が入ってきた。東洋人だ。アンナは彼が右手に提《さ》げているケースに目をやった。細長い四角形で、ギターケースのように見える。

中身は簡単に想像できた。

男こそ、アンナが接触するようにいわれた相手に違いない。

まるで表情のない顔をして、男はアンナを見つめた。

「アンナ・リャームカニヤ?」

うなずくと男は、素っ気なくいった。

「カインだ」

素っ気なくいうと、カインはリビングの中央に置かれたソファを顎で指した。

「座れ」

命令することに慣れている人間の匂いを嗅《か》ぎ取りながらアンナは素直に従い、窓際から立ちあがるとソファに移動した。カインは持参した細長いケースを床に置き、テーブルを挟んで向かい側に腰を下ろした。

部屋の持ち主である中年の女に日本語で話しかけたところをみると、日本人なのかも知れない。アンナには韓国人、中国人、日本人の区別がつかなかったが、別にカインの国籍がどこであろうと構わなかった。

カインにいわれて女はリビングから出て行った。ドアを閉める寸前に見えた女の顔は青ざめていた。

カインは浅く腰かけ、背筋を伸ばし、身を乗りだすようにしている。

「ところで、ソーカー博士のところは居心地がよかったか」

「いいも悪いもない」アンナは背もたれに躰をあずけ、足を組んだ。「毎日バーチャルトレーニングを受けて、あとは食事をして、寝ていただけだ」

「実際大した機械だそうじゃないか。私は試したことがないが」

カインの口調は落ちついている。アジア人が英語を喋ると、やたら巻き舌になってRを強調するか、RとLとの区別を曖昧《あいまい》にしがちだが、カインの英語は完璧といえた。イギリス風の発音が気取っているようで、少し耳障りではあった。

アンナはカインの足下に置かれている細長いケースに目をやった。

「持ってきてくれたんだろ」

「もちろん。それなりに苦労はしたが、中東で君が調整したADDR05だ。ロシア製のライフルということだが、意外なほど丁寧に作られている。感心したよ」

「武器はチェコかロシアのものにかぎる。肝心なときに弾が出ないんじゃ、命がいくつあっても足らない」

「確かに。アメリカ製の小銃は金はかかってるかも知れないが、最近の流行りなのかごてごて付属品をつけすぎている。はったりだろうな。日本製は部品が細かくて、神経質すぎるだろう。砂を嚙めば、あっという間に動かなくなりそうだ」

アンナはまじまじとカインを見た。

「日本人なのか」

口許に笑みを浮かべただけで、カインは肯定も否定もしなかった。

「カイン。君の連絡係にして観測手だ。それだけで充分だろう」

「まあな」

「それにしてもよくあの事故を無傷で切り抜けたもんだ」

何が事故なものかと腹の底で毒づいてはいたが、アンナは表情を変えず、淡々と答えた。

「あらかじめ爆発のタイミングがわかっていれば、対処はできる」

「さすがに実戦経験を積んだ人間は度胸の据わり方が違うもんだ。もちろんあの程度の事故で命を落とすようでは今回の仕事もオファーはしなかったんだが」

誉められているような気はしなかった。カインにしても事実を述べているだけで、声音には何の感情もこめられていない。シンジケートにとってアンナは引き金を絞る指以外の価値はないのだ。

アンナはちらりと中年女が出ていったドアに目をやり、カインに視線を戻した。

「それにしてもよくこれだけおあつらえ向きの場所を見つけたものだな。それだけは感心する」

「苦労はしたさ」

「それと彼女だ。このマンションのオーナーだと聞いたが、よくあそこまで協力してくれるものだ」アンナは部屋の中を見まわした。「これだけ贅沢《ぜいたく》な暮らしをしてるくらいだから金には困ってないんだろ」

「そう、君のいう通りだ。少々の金を積んだくらいじゃ、彼女の協力は得られなかった。だから我々は協力してもらうんじゃなく、彼女が自発的に協力せざるを得ない状況を作りあげた」

アンナが眉をひそめると、カインは視線をテーブルに落とし、小さくうなずいた。

「彼女の言動、一挙手一投足に家族の命がかかっている。亭主と、幼い子供が二人だ」

「誘拐《ゆうかい》か」

舌の付け根に苦みを感じた気がした。

「目的を達成するためなら手段を選ばない。いずれにせよ、三、四日のことだ。亭主が勤める会社には彼女から連絡を入れてもらっている。休む、となる。風疹《ふうしん》にかかったことにしたら、会社の方でゆっくりと休めといったらしい」

アンナは唇を嘗《な》め、言葉を圧《お》しだした。

「亭主と子供は無事なのか」

「狙撃兵の天国でボスニア兵を殺しまくっていた君にしては、不思議なことを気にするんだな。誰が死のうと生きようと知ったことじゃないのかと思っていたよ」

何とも答えず、アンナはカインを見つめていた。

「まあ、いい。我々としても無駄な殺しをしたいわけじゃない。大丈夫だ。仕事が無事に終われば、すべて元通りになる。それなりの謝礼も受けとれるだろう」

どこまでカインを信用できるだろうと思った。生きているかぎり変心は避けられない。仕事の中身を考えれば、成功したにしろ、失敗したにしろ、日本政府は徹底した捜査を行うだろう。

いや、日本政府だけでなく、アメリカも黙ってはいないはずだ。アメリカが動くとなれば、捜査などという生やさしい段階をふっ飛ばして、いきなり報復に出るかも知れない。

カインがぽつんといった。

「ミーシャ」

アンナは眉を寄せ、カインをにらみ返す。

サラエボの街頭で起こった戦闘に巻きこまれ、生後三カ月で死んだ姪《めい》の名前だ。アンナにとって悪夢の源泉があの日の戦闘にある。

「君に特別ボーナスを払おう」

カインがさらに身を乗りだす。

「我々は、ミーシャと、ミーシャの母親、つまりは君の姉さんを殺した狙撃手を突き止めた」

「我々というのは？」

「シンジケートとだけいっておこう。その男の名前を聞きたくはないのか」

アンナは身じろぎもせずにカインを見返していた。

部屋の空気が重くなったような気がする。

やがてアンナはいった。

「聞かせてくれ」

4

パネルトラックの荷台にエアコンなど望むべくもない。むんとする空気の中で彼は膝《ひざ》を抱えていた。

パネルの内側には新しいベニヤ板が張ってあるために温度が高いだけでなく、むせかえるような材木の臭いが満ちている。

タイヤの拾う震動が尻を直撃していた。かれこれ二時間近く座りつづけているために痛みすらおぼえていた。出発する前、運転席に座っていくよういわれたが、大切な荷物と片時も離れる気にはなれず断った。

一年がかりの集大成をおさめた木箱が彼の目の前にある。木箱の下にはマットレスが敷かれ、衝撃を吸収するようになっていた。箱の中身は厳重に梱包され、中で動かないようにクッションを詰めてある。

おれよりよっぽど大事にされてら——苦笑が浮かんだ。

元々は南アフリカ共和国で作られた製品だ。工場から出荷されたあと、輸送業者は完成したばかりの品をあえて分解し、ヨーロッパ、ロシア、南米などを通じてばらばらに日本に送った。輸送期間だけで六カ月を要した。

少しずつでき上がっていく姿を愛《め》でながら組み立てていき、ふたたび完成品となったものの、調整をするのに三カ月かかった。あとの三カ月は田舎町の倉庫に入れておいた。ぴかぴかの新品であるにもかかわらず彼は毎日時間をかけて磨《みが》きあげてきた。

できることなら自分が死ぬまで倉庫から持ちださずに済めばいいと思っていた。一度持ちだせば、二度と彼の手には戻ってこないことがわかっている。

パーツ一つひとつに声をかけて組み上げ、完成してからも一日も欠かさず磨きあげてきた。金属とグラスファイバー、プラスチックの寄せ集めに過ぎないものに対して、今では温かな血が通い合っているように感じる。

だが、一度も使われなければ、存在している意味がない。その点では、彼も同じである。どれほどちっぽけな命でもこの世に誕生した以上、何か意味があるはずと思い定めている。ブレーキがかかり、躰がつんのめった。彼は素早く木箱に手を添えた。箱にはワイヤーがかけられていて、トラックがブレーキをかけたくらいで動くはずはないのだが、手を出さずにいられなかった。

ディーゼルエンジンの音が止まり、荷台が静かになる。やがて後部の扉が左右に開かれた。すっかり暗がりに慣れた彼の目には昼間の光がひどくまぶしい。

車体後部に初老の男が立って手招きしている。彼は立ちあがり、大きなスポーツバッグを肩にかけると後部に向かった。

「気をつけてください」

彼がいうと、初老の男がわかってるというようにうなずき、にっこり頬笑《ほほえ》んだ。優しい笑顔だ。

彼が荷台から飛びおりると、入れ替わりに若い男が四人、荷台に上がった。初老の男が指図しながらワイヤーを外し、荷物を降ろしにかかる。

彼は顔を上げた。

巨大な建物が彼の視界を遮っている。新摩天楼という言葉は新聞やテレビでくり返し取りあげられ、すっかり馴染《なじ》んでしまっている。初めて目にするというのに懐かしい場所に戻ってきたような気さえした。

そそり立つ建物の偉容はなるほど摩天楼と呼ぶに相応《ふさわ》しい、と彼は思った。間近で見上げるとまるで自分に向かって倒れこんでくるような錯覚にとらわれる。

彼は眉に右手をつけ、ひさしにすると最上部を見上げようとした。巨大なクレーンのアームがかすんで見える。

雲の上に突きでているのか——彼は胸の内でつぶやいた。

5

〈アフリカの曙光〉が訪ねたミュージシャンの控え室は、ふだんは会議などに使われているのだろう。やたらに広い部屋の中央に細長い会議用テーブルが配され、飲み物やスナック菓子などが置かれている。

仁王頭と上平は戸口のわきに並んで立っていた。本来であれば、狙撃者の監視位置につかなければならないのだが、会場内の危険物捜索に人手を要したので、コンサートが始まるまで控え室で〈アフリカの曙光〉の身辺警護にあたるよう命じられていた。

上平が何度も腕時計を見ているのは、本来の警護要員がやって来て交替するのを待っているためだ。できるだけ早く監視位置につきたいと思っているのは、仁王頭も同じだ。どこから狙撃されるかわからない以上、少しでも周囲を観察する時間を稼ぎたい。

仁王頭と上平のチームは、ライトスタンドに立つ照明塔に配置されることになっていた。狙撃する際、横風より射線と平行する風の方が影響が少ない。スタジアムは周囲をぐるりと高層ビルに囲まれているとはいえ、狙撃に都合のいいポジションはかぎられる。風は高い建物にまとわりついて、複雑な経路を描き、読みにくくなる。そうしたなか、スタジアムの北側には向かい合わせに建つマンション群が狙撃手にはおあつらえ向きの風除《よ》けとなる場所があった。

そのためスタジアムの北側を見張るのに都合のよいライトスタンドの照明塔だけで三組の狙撃チームが配置され、警戒にあたることになっていた。

控え室の中央、テーブルのそばで小柄な〈アフリカの曙光〉と、周囲を圧するほど巨漢のミュージシャンが話をしていた。時おり声が高くなったり、大げさな身振りをするが、フランス語なので仁王頭には内容がほとんどわからない。二人を囲むようにミュージシャン側のスタッフ、〈アフリカの曙光〉の秘書と警護官が立っている。すべて黒人で、日本人スタッフは壁際に固まっていた。

警護にあたっている警察官は、仁王頭と上平の二人だけだが、さすがに控え室にまで危害がおよぶとは考えにくく、部屋全体にリラックスムードが漂っていた。〈アフリカの曙光〉がおだやかな表情で話し、真剣な顔つきで聞いていたミュージシャンが突然手を挙げ、遮った。

「失礼します《エクスキュゼ・モア》」

くぐもった声で詫びたミュージシャンは、テーブルの上にあったティッシュペーパーの箱から中身を大量に引き抜いた。そして人目をはばからずに涙を拭き、派手な音をさせて洟《はな》をかんだ。

〈アフリカの曙光〉がミュージシャンの肩に手をかけて低声《こごえ》で何かいい、ミュージシャンが何度もうなずいた。

ミュージシャンは丸めたティッシュペーパーを捨てると、スタッフたちに話しかけた。英語に切り替わっていたが、相変わらず仁王頭にはわからない。だが、上平は違った。厳しい顔つきになるとミュージシャンと〈アフリカの曙光〉を交互に注視している。

仁王頭は上平に肩を寄せ、囁《ささや》いた。

「英語、わかるんですか」

「犯罪も国際化してるんだ。英語くらいわからなくて、わが社の仕事が勤まるか」

おれはさっぱりですが、という言葉を嚥《の》みこみ、仁王頭が言葉を継ぐ。

「それで何の話をしてたんですか」

「〈アフリカの曙光〉が子供だったころの話だ。五歳のとき、〈アフリカの曙光〉は両親を失っているって警備資料にあっただろ」

「ええ」

うなずいたものの記憶にはない。上平はちらりと仁王頭を見たが、そのことには触れずにつづけた。

「目の前で撃ち殺されたんだそうだ。父親は反体制の活動家だったらしい。当時の政府軍が早朝村にやってきて、村人の前で彼の両親と兄弟たちをすべて射殺したんだと。彼はたまたま近所にあった叔父さんの家に泊まっていたので難をまぬがれたんだが、村の広場で親や兄弟が次々と処刑される間、叔父さんは〈曙光〉の肩を摑《つか》んで離さなかったそうだ」

「きついなぁ。それでミュージシャンがもらい泣きしたってわけですか」

「お前、本当に警備資料読んだんだろうな？　あのミュージシャンも今でこそニューヨーク在住だが、もともとはアフリカの西海岸にある小さな国の出身なんだ。〈アフリカの曙光〉が首相をしている国の隣国だよ。今じゃ、彼の国そのものがなくなって、別の国になってるけどね」

「そりゃ、身につまされますね」

「ああ」上平は彼らに目を向けるとうなずいた。「アフリカじゃよくある話なんだと。ミュージシャンがスタッフに説明してやってるよ」

そのとき、ドアがノックされ、控え室が静まった。全員がドアに注目している。仁王頭が六四式小銃改を握りなおし、上平がドアのわきに立つ。

「岡田だ」

ドア越しに声が聞こえ、上平は〈アフリカの曙光〉たちにポリスと告げ、ドアを開けた。入ってきたのは、痩身《そうしん》の男で鼻の下に髭《ひげ》を蓄えている。〈アフリカの曙光〉がコンサート会場にいる間、警備の総指揮をとる警視庁警備部から来た警視正だった。

上平と仁王頭が敬礼する間を、岡田以下、背広姿のセキュリティ《S》ポリス《P》、出動服に短機関銃を携えた重武装SPが入室する。岡田は〈アフリカの曙光〉に黙礼したあと、ミュージシャンに向かってまくし立てた。ミュージシャンは憮然とした顔つきで岡田を見上げている。

上平の表情がみるみる曇っていった。

「どうかしたんですか」

「花火だと」上平は今にも舌打ちしそうな顔をしていた。「奴のコンサートでは始まりと終わりに盛大に花火を上げるらしい。今回も予定を変えるつもりはないといってる」

ミュージシャンは、花火は彼のコンサートでは絶対に欠かすことができないと主張し、とくに今日はスペシャルゲストが来ているのだから通常よりも派手にするといっているらしかった。

上平がぼそぼそとした口調でつづける。

「花火については奴のファンなら皆知っているし、事前に大宣伝している以上、今さら取りやめるわけにはいかないといって譲らないな」

「花火だと煙が出ますね」

煙が宙を漂えば、風を読む目安になる。

「観客だよ、ニオウ」

「観客がどうかしたんですか」

「スタジアム外の観客だ。ミュージシャンはそのことについていってる。まわりのマンションに住んでる連中がベランダに出て、花火大会を見物するのを楽しみにしてるんだそうだ」

スタジアムを囲むマンションのベランダというベランダに人が出てくれれば、誰が狙撃者なのか見分けにくくなる。周囲のマンションからコンサートそのものを見ることはできないにしても花火となれば話は別だ。

岡田が日本人スタッフを手招きし、日本語で怒鳴りつけた。

「何を考えてるんだ、あんたたちは」

仁王頭は溜めていた息をそっと吐いた。


初老の男が合図をすると、四人の男たちが地上から運んできた木箱を鉄板が剝きだしになっている床に置いた。初老の男が彼をふり返り、ここでいいかというように目顔で訊ねる。彼はにっこり頰笑んでうなずいた。

新摩天楼は、完成すれば九十九階建てになるといわれていた。現在、七十階まで外装板が張られ、七十一階より上は鉄骨のみが組みあげられている。クレーンは七十七階の床となる位置に据えられていた。

荷物が置かれたのは七十一階の北東角で、四隅を支える一抱えもありそうな鉄骨の北側と東側には一部壁材が張られていた。

初老の男が彼の腕を叩いた。彼が目を向けると、初老の男は壁が張られていない場所を指さしてゆっくりといった。

「風が強い。気をつけろ」

彼は力強くうなずき、答えた。

「大丈夫、風、友達」

初老の男は笑みを浮かべてうなずき返すと、荷物を運んできた四人の男を促して階段の方へ歩いていった。男たちは地下足袋《じかたび》を履き、ズボンの裾をまとめていた。黄色のヘルメットを被っている。彼は男たちの後ろ姿に向かって深々と頭を下げた。

四十八階まではエレベーターが取りつけられていたが、七十一階までは階段を使うしかなかった。男たちは息を入れることもなく、木箱を運びあげたのである。

初老の男は新摩天楼の建設現場で働く鳶《とび》職の棟梁《とうりよう》で、若い男たちは彼の配下であった。どのような経路で木箱を運びあげる仕事を引きうけてくれたのかは知らなかった。初老の男もその仲間も、彼が何のためにここへ来たのか、木箱の中身は何か訊ねようとはしなかった。

男たちの姿が見えなくなると、彼は周囲を見渡した。鳶職の棟梁がいった通り、鉄骨が剥きだしになっている場所には強い風が吹き抜けているようだ。

顔を上げる。

頭上数十メートルでは鉄骨を吊り下げたクレーンがゆっくりと動き、男たちが細い鉄骨の上を歩きまわっている。ところどころで溶接の火花が飛んでいた。火花は、彼が立っている七十一階まで届かず、宙に消える。

隅々にまで視線を走らせ、工事をしている場所以外に人影がないのを確かめてから、彼は着替えをはじめた。まず地下足袋を脱ぎ、自分で運んだ大型のスポーツバッグに入れた。同様にズボンと作業服も脱いでバッグに詰める。強い風にたちまち体温が奪われ、身震いする。まずバッグから両肘、両膝につけるプロテクターを取りだし、装着した。次いで上下つなぎになった黒のジャンプスーツを出して両足を入れ、担ぎあげるようにして身に着ける。ファスナーをしっかりと上げ、襟を立てて首を保護し、喉仏のところでマジックテープを固定する。底の厚いブーツを履いた。紐《ひも》をしっかりと締め、爪先《つまさき》を動かしてフィットさせる。ブーツはくるぶしのところに丸い保護革が張りつけられてあった。

ジャンプスーツは難燃性の布地で作られ、撥水《はっすい》加工がほどこされている。強い風も食い止めることができた。ジャンプスーツの太腿のポケットに入れておいたゴーグルを出して、頭から通し、ネックレスのように首にかけておく。服装を点検すると、最後に厚手の革手袋を着け、スポーツバッグから長さ四十センチほどもあるバールを取りだした。

いよいよ出番だよ――彼は胸の内で語りかけるとバールで木箱の蓋《ふた》を外しにかかった。

下水道の悪臭は何とか無視することができたが、船の上でも寝ていたというのに相変わらず眠気が脳にまとわりついている。たまらず生欠伸をした野々山は、目尻に浮かんだ涙を指先で拭《ぬぐ》った。

黒木が睨む。

「いい加減にしろよ。船の上でもずっと寝てたじゃないか」

ぞんざいにうなずく。またしても欠伸が出そうになり、噛み殺した。黒木がパームトップパソコンに目をやっている隙に涙だけ手早く拭《ふ》き取った。

パームトップパソコンのディスプレイに地図が映しだされている。中央にスタジアムがあり、周囲をビルが囲んでいた。アンナの狙撃地点を推測するために何度も検討してきた地図だ。見飽きた地図を見せられて欠伸が出ているわけではない。

「市街戦の場合……」

言葉を切った黒木が探るような目で野々山を見る。ディスプレイをのぞきこんでいる振りをした。だが、頭の中には白い霧が詰まっているような気分だ。

「どこから狙撃するかで勝負のほとんどは決まってしまう。おれは何度かスタジアムの周囲いた頃から感じていた病的な眠気は、日本に来てさらにひどくなったような気がする。メキシコにいるのだが、店にいる間もほとんど眠って過ごしたことは黒木に告げていない。

一人の方が動きやすいというので野々山は、黒木の店に残った。二階が住まいになってい

を偵察してきた」

「ぎりぎりまで検討した結果がこれだ」

黒木がキーを叩くと、地図上に線描されていた四角い建物が色分けされていく。

「白いままの建物は七階建て以下だ。スタジアムの外から狙撃するには低すぎる。除外していい」

二人はまず標的が車から降りるところをアンナが狙う可能性がないかという点を検討した。標的のスケジュールは大まかには公表されていた——たとえば、今日のコンサートにゲスト出演するというような——が、移動経路は黒木が手をつくしても摑めなかった。その上、スタジアムには何カ所か出入口があるだけでなく、自動車に乗ったまま入場できる門もある。

確実に狙えるポイント、つまり標的がゲストとして紹介され、ステージに上がったところを撃つだろうと結論づけた。

「七階から一階ずつ増えるに従ってブルーが濃くなっていく。もっとも濃いブルーが二十階までである建物だ。二十一階以上の建物は赤く表示してある。ここまではいいか」

野々山はうなずいた。

黒木がディスプレイに指を置いた。

「ここを見てくれ」

黒木が群青《ぐんじょう》色に塗られた建物が道路を挟んで両側に並んでいるところを指さした。二列に並んだラインはスタジアムまで達している。黒木は指を動かし、ラインに沿って上げていった。指が止まったのは、真っ赤な建物——つまり二十一階以上を意味する——で、しかも三棟が三角形の頂点に位置していた。

「この赤い建物はトリプルタワーと呼ばれる超高層マンションで、いずれも三十階建てだ」

「三十階のマンションか。上り下りだけでも相当時間がかかりそうだな」

「お前が気にしたってしようがない。一戸あたりの値段は一億八千万から三億だそうだ。五年前に都市計画の目玉として建てられたが、発売時点では八割方売約済みになっていたらしい」

値段を聞くまでもなく、マンションなど買うつもりはなかった。目をしばたたく。

「この三棟のうちのどれかだと思うが、この回廊を……」

黒木の指はふたたび二本のブルーラインに戻る。

「こいつを遮蔽物《しゃへいぶつ》にした上で狙撃をするとすれば、トリプルタワーでも八階から十二、三階までがいいところだ。七階以下じゃ、スタジアムの外壁に邪魔されるし、十四階以上になると、並んだマンションの上に出てしまって風除けとしては使えなくなる。二列になったマンションの回廊より上はかえって風が複雑に巻くことになるだろう」

野々山は赤い三角を見ていった。

「その三棟のうちの八階から十三階の間を注目すればいいということだな」

「たぶんスタジアムから見て真ん中の棟だと思う」

そういいながら黒木がキーを叩くと、トリプルタワーと呼んだ超高層マンションの部分だけが拡大された。

「ここをよく見てくれ。スタジアムから見ると、ちょうど真ん中の棟だけほかの二棟よりへこんでいるように建っているだろう。つまり残り二つのマンションも風よけに使えるわけだ」

「その程度のことは警察も考えるんじゃないのか。アンナが使おうとしても入ることすらできないかも知れない」

「民主警察には限界があるんだよ。住民がノーといったら、警備上の理由だけで踏みこんだり、強制退去させることはできない」

「なるほど。それじゃ、そのマンションだけ見張っていればいいわけだ。楽勝だな」

「あくまでもおれの読みだ。外れれば、どうにもならない」

「警察だってスタジアム周辺のビルを全部監視できているわけじゃないだろう。ましておれたちは二人きりだ。おれはあんたの読みを信頼している。あんたは目、おれは指だよ」

野々山は右の人差し指で点を指すと、引き金を絞るように曲げて見せた。

「楽勝じゃない。問題があるんだ。コンサートを開くミュージシャンだが、花火を上げるのが恒例なんだ。今回のコンサートでも花火を打ち上げるだろう」

「それがどうかしたのか」

「見物人だよ。おれたちが目星をつけたマンションの連中もテラスに出て花火見物くらいするかも知れない」

「お金持ちが住んでるんだろ。連中、そんなに暇かね」

「日本人はお前が考えている以上に暇なんだよ。まあ、範囲は絞られるからその間を二人で探せば、アンナが標的を撃つ前に撃ち殺せるだろう」

「向こうの方が早い場合も考えられる」

「あるいはアンナが別の場所から狙撃することもありえるさ」

「標的が撃たれたとして、そのあとでもアンナを殺すのか」

「いや。契約の内容はあくまでも標的が射殺される前にアンナを倒すこととなっている。一円にもならない殺しはやらない。無駄だ」

「なるほど」

うなずいた野々山はディスプレイを指さした。

「もうちょっと下の方を見せてくれないか。スクロール、できるんだろ」

黒木が操作すると、地図が動き、野々山のいう下、地図上の南が表示されていった。建物は画面に現れるたびに青に染まっていく。

「そこだ」

野々山は画面を見つめた。建物の表示はなく、白く空白になっている。

「ここがどうかしたのか」

「新摩天楼が建っている場所だろ」

「そうだ。だけどこの地図ではまだ空き地のままだ。ここがどうかしたのか」

「スタジアムまでの直線距離は？」

「どう見たって二キロはあるだろう」

ぶつぶついいながらも黒木は矢印の形をしたカーソルを動かし、空き地とスタジアムを青い線で結んだ。キーを叩く。数字が現れた。

「二千二十一メートル。満足したか。お前が考えていることはわからなくもないが、誰が二千メートル射撃をやれるっていうんだ。お前が昔使っていたサコーのラプアマグナムだって届きはするだろうが、標的を狙って撃ち抜くのは不可能だ。もし、やるとすれば、とんでもないライフルが要る」

「そうだな。とんでもないのが要る」

「ああ」

野々山は地図を見つめたまま、惚《ほう》けたようにくり返した。

「満足したか」

黒木は野々山がうなずくのを見て、パソコンの電源を切り、デイパックに収めた。ショルダーストラップに腕を通し、背負う。

「お前が考えているライフルはアンナには扱えない。お前にも、な。特別な訓練が必要になる。行こう。そろそろ花火の時間だ」

黒木が先に立って歩きだし、野々山もつづいた。ブーツは汚水に濡れ、中で指が縮こまっていた。

しばらく歩いたあと、野々山は黒木の背に声をかけた。

「例の詩編二十三だが、使うつもりなんだろう？」

「もちろん」黒木はふり返ろうともしないで歩きつづける。「鹿狩りを憶《おぼ》えているだろう。今のお前のままじゃ、生き物を殺せないんだよ。ダンテになると目の前にいる奴は全部殺そうとするんだろうが」

「自信がない」

「今さら逃げ出すわけにはいかないぜ」

「撃つのはいいんだ。おれのいう自信がないってのは、今の自分がどちらの側にいるのかわからなくなってきているということだ。詩編を耳にしたとたん、おれは腑抜《ふぬ》けの野々山に戻ってしまうかも知れない」

「おれは無神論者なんだが……」黒木が首を振る。「クソッ、神様にすがりたくなってきたよ」

二人はしばらくの間、何もいわずに汚水の中を歩いた。

やがて黒木が足を止め、壁に取りつけられた鉄梯子《ばしご》を見上げた。野々山はそばに寄って囁いた。

「ここなのか」

「ああ。おれが推理したポイントにあの女がいれば、ここから間違いなく撃てる」

「上には何が？」

「ありふれたマンションだよ。部屋を明け渡してもらうのに少々苦労したが、それだけの価値はある。見ればわかるよ」

そういうと黒木は梯子に手をかけた。

6

『何かが欠けていることを悔《く》やんだり、そのことで誰かを恨《うら》んだりすることによって、お前に欠けているものが補われるのなら大いに悔やみなさい、恨みなさい。だが、いくら悔やみ、恨んだところでお前には何ものも与えられない。わかるか。それは時間とエネルギーの浪費に過ぎないんだ。自分で気づかないかぎり、私がいくらいっても無駄だろうね。欠けているのはお前であって、私ではないんだから』

恩師の言葉がなければ、今日の彼は存在しない。

自分を落ちつかせようとするとき、彼は恩師の面差しと声、言葉を思いうかべる。

『お前には欠けている何ものかを補ってあまりある天分が与えられている。動物というのはね、そうして生き延びてきた。何ものかの欠如が進化の必須条件だったともいえる。欠けているものを埋めなさい。努力は必要だろうが、お前が人並み以上の力を発揮できるようになれば、天分という私の言葉の意味がわかるだろう』

真っ向から吹きつけてくる強い風に目を細め、彼は手にした銃弾を見ていた。ライフル用の銃弾も口径二十ミリとなれば、砲弾と呼ぶ方が相応しい。口径二十ミリといえば、ジェット戦闘機や軍用艦船に搭載されている対空火器が一般的だろう。

五発の弾丸を箱形弾倉に詰めおえた。二発目を使うことはない。薬室に第二弾を送りこまなければならないということは、狙撃失敗を意味する。

手にあまる弾倉をライフルの機関部下方に差しこんだ。

鉄板の上に据えられた二脚《バイポッド》で、風に抗《あらが》って踏ん張っている長大なライフルを眺めていった。一年にわたって片時も離れることのなかったライフルをゆっくりと眺められるのは、おそらく今が最後になるだろう。伏射姿勢を取り、三十二倍のライフルスコープをのぞいたときから、引き金を切り、標的を破壊するのを確認して立ち去るまでわずかな余裕もないはずだ。

南アフリカの兵器メーカー、トゥルベロ社が生産している二十ミリロングレンジライフルは、遠距離から装甲車輌を破壊するために開発されたが、彼の眼前にあるのは、命中精度を向上させ、超長距離射撃用にチューンアップされたカスタムモデルだ。全長は二メートル二十センチに達し、銃身だけでも一メートル四十センチの長さがある。重量は二十三キロに達した。

銃身の先端には平べったい直方体のマズルブレーキが付き、膨大な発射ガスを左右均等に逃がすことで銃口がぶれるのを防ぎ、銃本体の構造や二十ミリ弾を使うことからすれば幾分華奢《きゃしゃ》に見える――もちろん強度は十分だが――グラスファイバー製銃床にはショックアブソーバーが内蔵されているが、射撃時の反動《キック》は凄まじい。初めて試射をしたときには、あまりの衝撃にてっきりライフルがばらばらになったと思ったほどだ。

チャージングハンドルに手をかけ、起こすと手前に引いた。対空機関砲用の二十ミリ×八二弾薬を使うように設計されているのでストロークが長い。いっぱいに引ききると、機関部の底から砲弾がのぞいている。知らず知らずのうちに嘗《な》めまわすように観察していた。傷、汚れなどを探すのは半ば習性になっている。

完璧だ。

満足してチャージングハンドルを圧しだす。ボルトが初弾をくわえこんで薬室へ送りこむ。弾倉に五発装塡しているのは、重量を増すことで発射時のキックを少しでも軽減したかったのと、生まれてきてからたった一度だけ仕事をするライフルをできるだけ完璧な形にしてやりたかったからだ。

チャージングハンドルを右に倒し、機関部を閉鎖する。

ライフルの後ろで俯せになると、銃床後端を右肩にあて、銃床の半ば上部に取りつけてあるチークパッドに右の頰骨を載せた。右手でピストルグリップを握り、人差し指はトリガーガードに置く。曲げた左肘《ひじ》の上に右手を載せ、左手で銃床後端を下から支えた。

射撃姿勢が整っていくにつれ、体型に合わせて完璧に調整《アジャスト》してあるライフルと自分の肉体との間に神経や血肉が通い合い、融合していくのを感じた。ライフルと射手が一つになって、初めて武器が完成するのだ。

空中を移動する黒点に気がつき、目をやった。陸上自衛隊の対戦車ヘリコプターが二機、上空を旋回しはじめた。ほかに飛んでいるものはない。治安出動令が出てからというもの空中の警備では自衛隊が主導権を握っているようだ。警備陣営に複数の命令系統が存在するのは、彼にはありがたかった。

ライフルスコープのアイピースをのぞきこむ。拡大された視野の中に人間の姿をとらえる。夕闇が少しずつ迫りくるなか、ステージはライトアップされていて、ギターやドラムセットに近づく奏者たちの姿をくっきりと浮かびあがらせていた。

息をゆっくりと吸い、吐いていった。正面から吹きつけてくる風を自分の躰に取りこみ、風と同化しようとする。リラックスした状態で風に吹かれているうちに、彼には見えてくるのだ。視界に入るあらゆる風が……。

これこそ、かつて恩師がいっていた彼の天分にほかならない。

頭の中を空っぽにし、風が躰の外側だけでなく、裡《うち》をも通り抜けていくのを感じる。

あとは待つだけだ。

何にも期待しないで、待つことにだけは子供のころから慣れている。

キッチンにあった六人掛けの大きな食卓を、アンナはカインと協力してリビングの窓際に運んだ。食卓の上にリビングで使っていた応接用のテーブルを重ねたところで、食卓の上に乗ってみた。天井が頭上数十センチのところまで迫っていたが、立ったまま射撃をするわけではない。

アンナは食卓に左の膝をつき、応接テーブルに肘をついて射撃姿勢を取ってみた。目を上げ、天井を見る。ライフルの操作に支障はまったくなさそうだ。発射時に自動で排出される空薬莢《からやっきょう》がぶつかるかも知れないが、銃口を飛びだした弾丸に影響を及ぼすことはない。

「どうだ？」

傍《かたわ》らに立つカインが見上げて訊ねる。

アンナはリビングの窓から外に目をやった。テラスに取りつけられた手すりの上にスタジアムが見える。

ヘリコプターが通りすぎていった。

「ヘリが飛びはじめた」

「コブラだ。陸上自衛隊の対戦車ヘリだよ。そろそろ始まるという前触れだ。それよりそこからなら大丈夫か」

「ああ、この位置なら手すりの上から撃てる」

テラスに腰高ほどの手すりが取りつけられているため、射撃位置を高くする必要があった。テーブルに肘をついて、戦場を眺めているとサラエボのアパートを思いだす。首を振って、食卓から降りたアンナはカインが持ってきたケースを開き、ADDR05を取りだした。ライフルとソファのクッション一つを手にしてふたたび食卓に乗ると応接ルにクッションを置いた。クッションの上にADDR05の前部銃床を載せて、ライフルスコープをのぞく。

円形の視野にスタジアムをとらえ、ゆっくりと動かしていく。本来であれば、ピッチャーマウンドが盛り上げられているところにステージが造られていた。ステージはホームベースの方へ伸び、バックネットあたりで横に広がっていて、巨大なTの字を形成していた。バックネット前のステージに楽器類が並べられ、奏者たちが調整を始めている。

さらにアンナは銃口を振り、マンションの窓から見える範囲内の客席であれば、どこにでも照準を合わせられるのを確かめた。もっともリビングの窓を閉めたままガラス越しに撃つわけにはいかない。弾道が狂ってしまうからだ。だからといって窓を全開にすることもできなかった。警備陣の注目を引いてしまう。

どれくらい窓を開けるかによって狙撃できる範囲はかぎられてくるだろう。

食卓に近づいたカインが声をかけてきた。

「これを着けろ」

アイピースから目を離して見やると、カインは掌にイヤフォンとマイクが一体になった小型のヘッドセットを差しだしていた。アンナは手を出そうとはせず、眉を寄せてカインを見た。

「大声を出せば、無用なストレスを生む。おれはテラスに出て、標的を観測する」

「テラスに出れば、警備している連中の目を引くだろう？」

「大丈夫だ。テラスに出るのはおれ一人じゃない。コンサートが始まる前に盛大に花火を上げるそうだ。テラスは見物客で鈴なりだ」

「花火？」

「コンサートの始まりと終わりに盛大に花火を打ち上げるのが定番の演出だそうだ。コンサートは見られなくとも花火見物《み》くらいはできる。彼のコンサートで打ち上げるのは相当な見物《もの》らしい。朝からくり返しテレビで報じている」

ヘッドセットを受けとった。掌に載るほど小さく、耳に引っかけて使うようになっている。イヤフォンは本体と一体になっていて、小さなマイクが突き出ていた。ヘッドセットを装着したが、軽量なのでさほど違和感はない。カインもヘッドセットを着けており、口を動かした。

「感度は？」

カインが発した囁きを直接聞きとることはできなかったが、イヤフォンからは明瞭な声が聞こえた。

「感、明とも良好」

「よし」腕時計に目をやったカインがうなずいた。「そろそろ時間だな。おれはスポッティングスコープを用意して、テラスに出る」

カインがテラスに出ていくと、アンナはＡＤＤＲ05から弾倉を引き抜き、七発の七・六二ミリ弾がきちんと収まっているのを確かめた。弾倉をはめ、槓桿《こうかん》をいっぱいに引くと手を離した。ボルトが前進し、第一弾を薬室に送りこむ。

実銃に触れるのは一カ月ぶりなのだが、ソーカー博士のところで受けていたバーチャルトレーニングのおかげか、まるでブランクを感じなかった。

安全装置がかかっているのを指先で確かめ、ふたたびスコープをのぞいた。倍率の調整ノブをつまんで四倍から最大の十六倍に上げる。丸い視野に映っていたギター奏者の姿がみるみるうちに大きくなり、十字線《レティクル》が彼の胸元あたりで揺れた。ごてごてとしたネックレスをつけている。

銃口を振った。標的が立つとすれば、楽器の前ではなく、突きだしたステージの先端部分だろう。ステージ上をレティクルが動き、マイクスタンドをとらえる。スコープのピントを微調整し、マイクがはっきりと映るようにした。

ふいに視界が黒く遮られ、アンナは顔を上げた。

テラスに出たカインの後頭部がスコープの視野を遮ったのだ。同時に耳元にカインの声が聞こえた。

「おれの後頭部に狙いをつけておけ。今おれが立っている位置からちょうどステージが見える。ここから見て、最終的なデータを読みあげる。おれのいう意味がわかるな」

「ああ、あんたの頭蓋骨を透かして右目を狙えってことだろ」

アンナはアイピースをのぞきこんだ。暗い視野のなか、ヘアラインのレティクルが反転し、白く浮かびあがって見える。

引き金にそっと指を置いた。

このまま撃つとどうなるだろう、と思った。

「トリガーから指を放しておけよ」

ふいにカインがいった。ほんのわずかだが、アンナが撃つ気になったのを敏感に察したに違いない。

殺気に対する鋭敏なセンサーがなければ、戦場では生き残れない。少なくともカインが身を守るための敏感なセンサーを持っていることはわかった。

極端に幅の狭い機体は敵の攻撃を受けにくくするための工夫だと聞いた。仁王頭は上空を旋回している陸上自衛隊の対戦車ヘリコプターを眺めながら思いだしていた。高速道路上で味わった無力感が蘇ってきそうになり、六四式小銃改に取りつけたライフルスコープをのぞく。

狙撃地点としてもっとも可能性が高いと見られる三棟のマンションを観察している。南向きに造られたテラスがちょうどスタジアムに面しているのでちらほらと人影が出はじめていた。

暢気《のんき》に花火見物もないだろう——八つ当たりだとわかっていても、そう思わずにいられない。

マンションまでは直線距離にして約六百メートルあるため、倍率をいっぱいに上げていたが、それで監視をしていると視界がぐるぐる回転しているようで目眩《めまい》がしそうになった。だが、倍率を落としたのではテラスに立っている人間を見分けることはできない。

「せめてプロ野球の公式戦でも観戦してくれたならなぁ」

すぐ横で上平がぼやき、仁王頭はアイピースから目を離して見やった。紺《こん》色の帽子を後ろ前にした上平はスポッティングスコープから目を離し、背後にあるグラウンドを見ていた。

二人は照明塔を支える鉄骨の間でスタジアムの北側区域を見張るよう命じられていた。

「何やってるんですか」

「ああ」上平は熱のない返事をし、仁王頭に顔を向けた。「始球式まで許すから、せめて野球観戦にしてくれればよかったのに」

仁王頭は首をかしげた。

「ほら、野球ならバックネットを張るじゃないか。少しでも遮蔽物があれば、撃つ位置がかぎられるだろ」

コンサートが開催されるため、観客の視線を遮る可能性があるバックネットは支柱ごと撤去されていた。

「今さらそんなこといってもしようがないじゃないですか」

上平は諦めきれない様子でだらだらと言葉を継ぐ。

「野球なら撃たれる危険性が高いのは始球式の瞬間だけだろ。あとは特別席でも貴賓席でもとにかくどこか箱の中に入っていただけるのになぁ」

ぼやきながらもスポッティングスコープに目をあてた。上平が躰を動かすと、かすかに金属音がした。二人とも安全ロープを支柱の一部に引っかけていた。鉄骨で組みあげているとはいえ、足下《あしもと》には金網が張ってあり、足を滑らせたくらいでは落ちないだろうが、銃弾を撃ちこまれれば別だ。高速で飛来するライフル弾には大型ダンプが衝突する程度の運動エネルギーがあり、どれほど足を踏ん張っていようとふっ飛ばされてしまう。

支柱に結びつけた安全ロープに吊りさがり、ぶらぶらしている自分の姿が浮かんで、仁王頭は口許《くちもと》を歪めた。

二人とも背中の部分に無線機を入れるポケットがついた抗弾ベストを身に着け、予備弾倉や拳銃などの装備は弾帯に取りつけていた。さらに出動服の下には抗弾、抗刃、二つの機能を併《あわ》せ持つという新タイプのベストも着こんでいる。だが、ハイパワーのライフル弾には抗いようがなかった。おそらくはボール紙のように撃ち抜かれるだろう。ぶら下がっているとき、すでに仁王頭は絶命している。

イヤフォンが抜けかかっているのに気がついて、差しこんだ。

〝クマタカ一号、S1区上空、異常なし〟

〝本部、了解〟

〝クマタカ二号、A2区上空、異常なし〟

〝本部、了解〟

〈クマタカ〉というのが対戦車ヘリコプターに割りふられた符丁で、地上を担当する警察は通常のコールサインを使うことになっていた。警察上層部は、たとえ相手が自衛隊であれ、警察内部の呼出し符号が流出することを嫌ったが、〈アフリカの曙光〉を警護している期間中に新しい符丁を浸透させるのは不可能として断念した。通信の混乱は、思わぬ事故を招く恐れもある。

アイピースをのぞきこみながら、仁王頭は脳裏に地図を描いた。

スタジアム周辺地帯は、スタジアムまでの距離、方角、その地域にある建物の高さや種類によって、警戒度がS、A、B、Cの四区域に分けられていた。さらにSランクに指定された区域の中でも狙撃に都合のよいスポットが得られやすいか否かによって、S1、S2、S3といった具合に細分化して警戒を要する度合いを表している。

たった今ヘリコプターが告げてきた〈S1〉区は、もっとも警戒を必要とするとされた区画でそこにトリプルタワーと呼ばれるマンションが建っていた。

六四式小銃改をゆっくりと動かしながら仁王頭が監視しているのがまさにS1区である。目眩を堪えつつ、ライフルを水平移動させているとき、視野を白い影が過《よぎ》った。正確には白い影は止まっていて、そこを六四式小銃改の銃口が通りすぎたことになる。

ふと気になって銃を戻し、もう一度、白い影をとらえると仁王頭は注視した。ワイシャツを着ているテラスに造りつけになっているフェンスのそばに人が立っていた。

ようなので、男だろうと判断した。

何が気になったんだ？——一瞬前の自分に問いかける。

男はフェンスから身を乗りだすようにして双眼鏡を使っていた。なぜ気になったのか、仁王頭は問いつづけた。

やがて男が双眼鏡を下ろし、顔をさらした。食い入るように見つめたが、距離がありすぎる。

「主任。我々から見て中央にあたるマンションの十一階か十二階の真ん中辺りなんですが、テラスに男が立っているのが見えませんか。双眼鏡を使ってるようなんですが」

「中央の十一か、十二……、ちょっと待てよ。あれ、何階だ、こりゃ？　よくわからんな。男だって？」

「ええ、ワイシャツを着てるようなんですが。上が白で、下は黒っぽいスラックスです。あの男……」

いきなり耳元で声がはじけた。

〝クマタカ一、クマタカ一、最優先通報、最優先通報、A3区、マンションテラス、二十一階、西より、細長いものを突きだしている者がいる。警戒、警戒、警戒〟

上平が素っ頓狂な声を発した。

「A3？　どっちだ？　右か左か」

「左、左、西よりの棟ですよ」

答えながら仁王頭は六四式小銃改をふり向ける。脳裏ではまだなぜワイシャツ姿の男が気になったのかを考えていた。


「来いよ、ダンテ」

ふいに黒木がいうと、ふり返る間もなく野々山の耳元でライターのヤスリを擦った。内蔵されたICレコーダーから声が流れてくる。

『主は羊飼い、わたしには何も欠けることがない。主はわたしを青草の原に休ませ……』

声が脳の中心に届くと膨れあがり、頭蓋骨の継ぎ目が剝がれそうな頭痛に襲われた。野々山は両手で頭を抱えると、たまらずにうずくまり、下を向く。食道をせり上がってきた熱い塊が咽《のど》を灼《や》いた。

反吐《へど》が膝を汚す。

ダンテ、ダンテとくり返す声が聞こえる。

自分が誰かわからなかった。

静かに呼吸をくり返すうち、自分の肉体が徐々に透明になっていき、ついに新摩天楼周辺を吹く風と一体になるのを感じた。

『大丈夫、風、友達』

自分が口にした言葉だ。

長大なライフルの引き金に指をかけ、スコープをのぞいている自分とスタジアム中央に設けられたステージに立つ標的とが一本に結ばれ、二つの間を流れてゆく風のすべてが見えた。

彼は息を詰め、静かに引き金を切った。

7

陸上自衛隊のヘリコプターが発する緊急通信によって、六四式小銃改の銃口を三棟並んだマンションのうち、左方にある一棟に向けた仁王頭は、標的をとらえようと焦っていた。

ヘリコプター乗員の声が耳元で錯綜する。

本来、狙撃手は引き金を絞り落とす瞬間には音声を遮断し、射撃に集中しなければならないのだが、イヤフォンを抜いている暇がなかった。

標的をライフルスコープの視野に収め、人影にレティクルを載せた。引き金を人差し指の先端で撫で、人影を注視する。仁王頭は人差し指を伸ばしてトリガーガードの外に出し、叫んだ。

「クソッ、射撃中止、射撃中止……、撃つな。標的は子供だ。望遠鏡でのぞいているだけだ」

望遠鏡から顔を上げた子供の顔からレティクルを外した。すぐわきで立っている母親は横《よこ》縞《じま》のシャツを着て、笑っている。

「子供だって……」上平がスポッティングスコープでのぞきこんでいる。「本当だ。陸自さん、見間違ってるぞ」

そのとき背後でどよめきが起こった。悲鳴が混じっている。仁王頭は六四式小銃改の銃口を斜め上に向け、ふり返った。隣りで上平が咽を鳴らす。

ステージの上に男が両手、両足を投げだして仰向けに倒れている。男の周囲には黒っぽいしみが広がりはじめていた。頭部からの出血にしては量が少ないと思った。だが、勘違いだ。男は頭を半分失っている。おそらく頭蓋が粉砕され、血は霧となって飛びちったのだろう。

雷鳴が響きわたる。

いや、銃声だ。

発射音は、音速を超えて飛翔する弾丸よりわずかに遅れてやってくる。

銃声を耳にすると同時に周囲の音が戻ってきた。観客たちの怒号、悲鳴、そしてイヤフォンの中ではいくつもの声が錯綜し、重なっている。

〝ジンライ7から本部……〟

〝……本部〟

仁王頭は左手でイヤフォンを押さえ、顔をしかめた。上平は目を剝《む》いて混乱する観客席を見下ろしている。事態に気がついた観客たちが一斉《いっせい》に出口に向かおうとしはじめていた。

〝南……、南から撃たれた〟

〝南？〟

はっとして仁王頭は顔を上げた。はるか彼方に新摩天楼が見える。下部を夕闇に包まれ、残照を受けている姿は空中に浮かぶ楼閣《ろうかく》そのものに見えた。

まさか――唇を噛んだ。

新摩天楼からスタジアムまでの間にはいくつもの建物があるし、新摩天楼では遠すぎる。あり得ない。

胸のうちでは否定しながら仁王頭は突出した建物から目をそらせずにいた。

〝本部よりクマタカ一号および二号……、狙撃者にあってはスタジアムの南側の可能性大〟

〝狙撃者は南、クマタカ一号、了解。チェックする〟

〝二号、チェックする〟

二機のヘリコプターはスタジアムの上空で旋回していたが、西側にいた一機が機首をめぐらし、北側を飛行していたもう一機が追随した。

いつの間にか仁王頭は口許のリップマイクを掌に握りこんでいた。新摩天楼をチェックしろといい出しそうになったからだ。

あり得ない――もう一度自分にいい聞かせる。

「何やってるんだ」

怒鳴り声を発した上平の顔がみるみる真っ赤になる。上平が睨んでいる先に目をやると、階段状になった観客席の中ほどにある出入口前で若い男が子供を抱いた母親の肩を摑み、引き倒していた。自分の方が先に脱出しようとしているのだろう。母親が倒れ、人垣が割れる。観客席で警備にあたっていた制服姿の警察官が笛を吹き鳴らす。だが、人の波に邪魔されて、倒れた母親に近づけない。

上平は安全ロープを外すと、鉄骨を降りはじめた。

耳元では相変わらずいくつもの声が錯綜している。仁王頭はついにイヤフォンを抜くと、上平につづいて安全ロープの金属フックを外した。


ライターのヤスリを擦り、子供たちが詩編二十三を唱和している声を止めると、黒木はライターの角で顎を搔《か》いた。

足下には背中を丸めたダンテが転がっている。

何度か名前を呼んだが、反応はなかった。ライターをポケットに落とし、膝をついた黒木はダンテの口許に耳を寄せた。ゆるやかな呼吸を感じる。失神したようだ。

野々山とダンテ、自分が今どちらなのか自信がないといっていた。それは黒木も同じだ。だが、野々山には人を殺せない。ダンテを引きださないかぎり勝負にはならないのだ。黒木はライターに賭け、そして賭けは裏目に出た。頭を抱えて倒れこんでしまい、そのまま気を失った。

詩編二十三を耳にしたとたん、野々山は苦しみだし、頭を抱えて倒れこんでしまい、その
「まったく頭を抱えたいのはこっちだぜ」

メキシコでダンテを見つけたときの光景が鮮やかに蘇ってきた。焦げ茶色の修道服に身を包んだダンテは瞬く間に十人近い男を射殺し、バーから逃げだした。それから中米某国の射撃場で、ダンテにならないままレミントンM40A1のサイトインをして見せた。しかし、鹿を撃てといわれたときには、困惑した表情を浮かべていた。

視線を動かす。汚れたゴルフバッグの蓋は取りはらわれ、黒い銃床が露わになっている。アンナを倒さないかぎり黒木自身の契約は完了しない。ダンテは使い物にならないが、まだ諦めるつもりはなかった。

「負けないギャンブラーは諦めが悪いもんだ」

バッグからM40A1を引っぱり出すと負い帯《スリング》を左前腕に巻きつけた。

もともとキャンプでダンテに狙撃術を教えたのが黒木で、それゆえ教官と呼ばれている。アンナを射殺して、気を失っているダンテを運びだせば、まだ勝機は残っているはずだ。

テラスにつづく窓を覆っていたレースのカーテンを開き、壁際に躰を寄せる。頭上を陸上自衛隊の対戦車ヘリコプターがマンションを群をかすめるように飛び抜けて、思わず首をすく

めた。

空を見やる。ほかにヘリコプターの姿はない。テラスに出ても少なくとも上空から発見される恐れはなさそうだ。

数十秒か、一分で済む——黒木は窓の錠前を外した。

野々山には、まことしやかな観測手の推理を披瀝《ひれき》してみせたが、アンナのいる場所は最初からわかっていた。

テラスに出ると、左手に三棟並んだ超高層マンションが見える。真ん中の十一階だったなと自らに確かめ、テラスを囲むフェンスに左肘をついた。

十一階のテラスを素早く見ていく。中央付近に男が一人で立っているところがあった。前腕に巻きつけたスリングを引いてライフルを安定させ、照準眼鏡をのぞきこむ。男の顔をスコープの中心にとらえる。

「まだ、カインなんて気取ったコードネームを使ってるのかい、隊長さんよ」

レティクルを細く開いた窓へと移動させる。静かに呼吸しながら目を凝らした。最初はぼんやりとした均一な灰色としか見えなかった。すぐに目が慣れ、部屋の中の様子が見分けられることに満足した。

アンナが部屋の奥にいるはずはなかった。向こうの部屋もテラスにはフェンスが設けられているのだ。どうしてもフェンスを避けて射線を確保しなければならないはずだと思ったとき、アンナのいる位置がわかった。

レティクルを上げていく。

まず狙撃銃独特の長い銃身を識別でき、その背後でスコープをのぞいている姿をとらえた。部屋の照明を落としているので影は滲《にじ》んでいたが、ライフルを構えている以上、彼女の姿勢は想像がつく。

この女を撃つのは、二度目だなとちらりと思った。結局、自分が撃ちもらした獲物《ゲーム》は自分の手で始末をつけなければならないということだ。

黒木は静かに引き金をひいた。

レミントンM40A1が吠《ほ》え、鋭いキックに銃口が跳ねあがる。

開演と同時に打ち上がる盛大な花火が終わるのを待ち、残った煙の動きで風について最終判断を下せば、狙撃準備は完了する。標的がステージに上がってきたところで撃ち、脱出する。

シンプルなものだと思いかけた、ちょうどそのとき、アンナはライフルスコープ越しに信じられない光景を目にした。ステージに立っていた男の頭がふっ飛んだのだ。霧となって立ちのぼった血が照明を受け、虹色に見える。円形の視野の中で男はゆっくりと倒れていく。

「何があった……」

訊きかけたとき、遠くから銃声が聞こえてきた。遠雷に似ている。はっとして目を上げた。視界のほぼ中央におぞましいほどに高くそびえる新摩天楼がある。二キロ半以上離れているが、アンナには頂上に据えられた巨大クレーンまではっきりと見分けられた。

「撤収だ」

カインの声が耳元に響く。ひどく緊迫していた。アンナは目をしばたたき、もう一度スコープをのぞいた。

「何があったっていうのよ」

「わからん。スタジアムは大混乱している」

「南から銃声が聞こえたような気がしたけど」

「わからん。とにかく……」

カインの声が途切れた次の瞬間、アンナは左のこめかみに殴られたような衝撃をおぼえた。戦場で馴染んだ音とショック。間違いなく銃弾が顔をかすめて飛んでいったのだ。

背後で弾丸が壁に突き刺さる音がする。ふり向かなかった。

反射的にADDR05の銃口を右に振る。

レティクルにライフルを構えている男をとらえる。真っ直ぐ向けられた銃口を見つめた。距離は二百メートルほどと判断する。アンナは初弾を送りこんだ。弾丸が頭をかすめていってから一秒もない。

反撃の早さが戦場では生死を分ける。アンナは相手よりも早く、正確に撃つことで生き延びてきた。

ガラスの割れる音を聞いた気がして、手の中でライフルが膨れあがった。

黒木が意識できたのは、そこまででしかない。直後、七・六二ミリ弾が黒木の脳を粉砕していった。

音速を超えて飛翔する銃弾は、空気のかたまりを押しのけて突き進む。しかも銃身内のライフリングによって回転を加えられているため、銃弾は後方に周囲よりも気圧の低い円錐を引き、ほんの一瞬射手と標的とを結ぶトンネルを形成する。すぐれた射手は、そのトンネルを感知し、自らの放った弾丸が命中した対象が硬いものか、柔らかいものかまで知覚する。

彼は人並み外れて空気の動きを敏感に読みとった。それこそが何ものかを失うことによって手に入れた天分にほかならない。

トゥルベロライフルから発射された二十ミリ弾は、弾頭重量、速度とも大きいため、トンネルも知覚しやすい。凄まじい衝撃に見舞われながらも、彼には、飛翔する弾丸が身をくねらせながら獲物に襲いかかる龍の姿のように見えていた。

大きく息を吐き、ふたたびスコープでステージをとらえる。標的が大の字になって倒れているのを確かめても満足感より、これでライフルと別れなくてはならないという寂寥《せきりよう》の方が大きく胸を占めていた。

躰を起こそうとした彼は、正面から吹きつけてくる風にわずかな乱れがあるのに気がついた。

スタジアム上空で二機のヘリコプターが急旋回を切っていた。一機はすでに機首を新摩天楼へと向けている。

瞬時に判断を下した。

ふたたび伏射姿勢に戻り、槓桿に手を伸ばすと、起こして、手前に引き、空薬莢を排出した。次弾を装塡してボルトを閉鎖する。

いくら対空機関砲用の二十ミリ弾を発射するとはいえ、一撃でヘリコプターを仕留めるのが不可能であることはわかっていた。まして相手は堅牢な戦闘用のヘリコプターであり、防弾してある。

対空機関砲は毎分六千発の割合で二十ミリ弾をばらまき、弾幕を敵機にくぐらせることで撃墜する。ちょうど飛んでいるハエに向かって殺虫剤のスプレーを吹きかけるようなものだ。

彼が手にしているのはボルトアクションライフルと四発の実包でしかない。

しかし、二機のヘリコプターを撃ち落とさないかぎり脱出の望みもまたなかった。

スコープから目を外した彼は、ゆっくりと呼吸し、乱れた風に神経を集中していった。次第に肉体が透明になっていき、風と同化していくのを感じる。同時に複雑にうごめく風の姿が彼の目に映ってくる。

一機目のヘリコプターをじっと見つめた。

アドレナリンの大量放出により、時間が間延びして感じられ、透明な円盤にしか見えなかったローターが空を切っている様子が知覚できるようになってくる。ローターは上に向かって反り、回転のすぐ下に強烈な風を発生させていた。

「風は友達」

彼はつぶやいていた。

空気の流れが見えれば、どこへ銃弾を送りこめば、ヘリコプターのもっとも脆弱《ぜいじゃく》な部分に吸いこまれていくかがわかる。

上から下へ吹きつけるメインローターの風、機尾に取りつけられたテイルローターの横向きの風……。

強さと風向きを見切り、彼は小さなテイルローターを狙うことにした。

スコープをのぞきこむ。前後に配列された操縦席に座っているパイロットが見えた。どちらもヘルメットを被り、暗色のバイザーで目元を覆っていた。みるみるうちにその姿は大きくなってきたが、一つだけ、彼にアドバンテージがあった。前席の乗員は右、後席の乗員は左に目をやっている。彼の位置がはっきりとわかっているわけではなく、新摩天楼よりはるかにスタジアムに近い場所に狙撃者の姿を求めている。

待った。

エンジンの排気がメインローターの風で下方に追いやられていた。

わずかにヘリコプターが右――相対する彼から見れば、左――へ機首を振った。操縦席後部から伸びたブームが夕日を反射して、きらりと光る。レティクルをわずかに動かし、テイルローターが垂直に断ちきっている空気の割れ目に狙いをつけた。

引き金を切る。

前進した撃針が雷管を突き破り、炸薬に点火する。膨れあがった火薬のエネルギーはボルトを直撃し、銃そのものを押しさげようとする。銃床のショックアブソーバーが作動して縮み、衝撃を吸収するが、それでも打ち消しきれなかったパワーが彼の肩を蹴飛ばし、銃口を跳ね上げる。

身をくねらせた龍は、わずかに天をうかがい、次にメインローターの下をくぐり抜けてテイルローターに嚙みつき、二枚の羽根を粉砕した。瞬時に機首が下がり、フラットスピンを始めた。

だが、彼はすでに二機目に狙いをつけていた。

一機目が被弾したのを見た二機目は、直線的に新摩天楼方向へ飛ぶのを避けようとしたようだが、かえって彼に横腹を晒《さら》す結果となった。ふたたびテイルローターを狙った彼は、回転軸の中心に弾丸を撃ちこみ、機尾をそっくり吹き飛ばす。

二機のヘリコプターを連続して撃つ間、呼吸を止めていたので酸素不足に視界がかすむ。

しかし、まだ、終わりではなかった。

ようやく起きあがると二十三キロのライフルを両手で抱え上げ、木箱まで運んだ。丁寧にライフルを戻した。

「ありがとう」

ひと声かけると彼はスポーツバッグからパラシュートを取りだし、背負った。胸、腰、股間と手早くハーネスを固定し、金具で留める。首にかけていたゴーグルを引きあげ、目を覆った。

ふたたびバッグに手を入れると、中から白いかたまりを取りだす。煉瓦《れんが》状に整形したC4爆薬を木箱の中、ライフルの脇に置くと三分の時限信管を差しこんだ。金属製の環に指を入れ、安全ピンを抜く。

白い煙が吹きだした。

木箱は棺桶、予備の銃身や弾倉は副葬品、その中に横たわるトゥルベロライフルは偉大なる骸《むくろ》に見えた。

時限信管が燃えつづけている。

8

千葉県にあるスタジアムでの狙撃事件から二カ月が経過し、東京は連日記録的な猛暑に見舞われていた。

自動販売機に百円玉一枚、十円玉二枚を入れた仁王頭は、並んだボタンの上で指をさまよわせた。微糖の缶コーヒーを選ぶ。無糖にしたかったのだが、砂糖がまったく入っていないのに値段が同じだと損をした気分になる。

ベンチに腰を下ろした上平が首にかけたタオルで汗を拭いている。隣りに座ると、仁王頭はコーヒーのプルタブを引いた。口をつけ、冷たいコーヒーを流しこんだ。渇いた咽に心地よい。

「いつまでここにいなくちゃならないんだろうな」

「もう二カ月ですもんねぇ」

答えて仁王頭はふっとため息をついた。顔を上げた上平が舌打ちする。

「また、やってやがる。テレビはよっぽどネタ涸《が》れなのかな」

休憩コーナーの一角に置かれたテレビには、二カ月前に起こった新摩天楼爆破事件の映像を流していた。東関東自動車道の自爆テロのときにも驚かされたが、今回も新摩天楼と呼ばれる建設途上のビルが七十一階部分で起こった爆発により崩れるシーンが映しだされていた。

おそらくは携帯電話で撮影したものだろう。事件以降何十回となくくり返し流された映像は粒子が荒れ、ひどく見づらい。それでも最上部に据えられていた巨大なクレーンがゆっくりと傾き、落ちていくのはわかった。

苦々しい思いを抱きつつも仁王頭は目を離せずにいた。おそらく上平も同じなのだろう。身じろぎもしないでテレビ画面を見つめている。

二カ月前、〈アフリカの曙光〉がアメリカから来た黒人ミュージシャンのコンサートにゲスト出演することになったのだが、そこでいくつもの事件が同時に起こっている。

まず、ステージ上にいたミュージシャンが頭を半分吹き飛ばされ、即死した。仁王頭たちは〈アフリカの曙光〉の護衛にあたっていたのだが、殺されたのはミュージシャンで、おそらくは狙撃に失敗したものと思われていた。おかげで〈アフリカの曙光〉はステージに姿を見せることなく、スタジアムから離れることができた。

〈アフリカの曙光〉はスタジアムでの騒動のあとも予定通りに行動し、事件から三日後、帰国している。彼の予定で、たった一つだけ、実現しなかったことがあった。それがアメリカ合衆国大統領との会談で、コンサートが行われるスタジアムこそ会合の場所とされていたのである。

アメリカ大統領はミュージシャンが撃たれたとの急報を受け、スタジアムには姿を見せなかった。

ふいに銃撃を受け、スタジアムに集まっていた四万人の観客たちはパニックに陥ったが、死者は射殺されたミュージシャン一人だけだった。骨折などの重傷者の数も混乱の規模からすれば少なかったといえる。

悲惨だったのは、スタジアム以外で起こった事件による死傷者の方だ。

まず、新摩天楼の建設現場では、最上部で工事にあたっていた作業員たちに数十名にのぼる死者が出た。七十一階で起こった爆発により、鉄骨が崩れるか、ひしゃげるかした。現場で作業にあたっていたのは百名を超え、そうしたなか、意外に死者が少なかったのは高い場所での作業になれていた鳶職たちがかろうじて残った鉄骨にしがみつくなどして、落下を免れたからだ。大型クレーンの操縦士はどうにもならなかった。建設途上とはいえ、現場は七十七階に相当するのである。

爆発事件後の現場検証と、建設主たちの経済的打撃によって工事は頓挫したまま、二カ月が経過している。

コーヒーをすすりながら仁王頭はヘリコプターが撃墜された光景を思いうかべていた。陸上自衛隊の対戦車ヘリが瞬く間に二機とも落とされたのである。どちらもテイルローターを撃ち飛ばされ、制御不能になって地面に激突した。乗員たちは少しでも人のいないところへ降ろそうと自らの命を省《かえり》みず、最後までコントロールしようとしたのだろう。二名ずつ、計四名の隊員はいずれも殉職している。

ミュージシャンを殺したのも、ヘリコプターを撃墜したのも二十ミリ弾であることがその後の調べでわかっている。また、崩壊し、地面に落下した新摩天楼の残骸からごく一部だが、ライフルの部品が発見されていた。南アフリカの兵器メーカーが作った、日本では非常に珍しいタイプのボルトアクション式ライフルであり、二十ミリ弾を発射するという。警察は、ライフルが日本に持ちこまれた経路について調べを進めている。

一体誰が撃ったのだろう——狙撃手として仁王頭の思いは、その一点に向かった。

新摩天楼からスタジアムまでは二キロも離れており、そのため警備陣は監視対象のうちでもさほど重視していなかった。六四式小銃改でも二千メートル先まで弾丸を飛ばすことはできる。だが、二千メートル離れたところにある標的を撃ち抜くのは不可能だ。

二千メートル先の人間を撃ち殺し、軍用ヘリコプターを撃墜している。凄まじい技量というべきだろう。

陸上自衛隊の対戦車ヘリAH—1コブラは、戦車を破壊することが主任務だ。そのため低空での行動を余儀なくされ、対空砲火にさらされやすい。対抗手段として乗員およびエンジンは防弾板で覆われているが、弱点といえるのがテイルローターだ。だが、いくら対空機関砲用の銃弾を発射するとはいえ、ボルトアクション式のライフルを使って、飛びまわるヘリコプターのテイルローターを破壊するなど仁王頭には想像もできなかった。

スタジアムへの銃撃、ヘリコプター撃墜、新摩天楼の崩壊とつづいたあと、仁王頭たちが監視していたトリプルタワーと呼ばれるマンションでも爆発が起こった。

部屋に充満したガスに何らかの火花が引火したものと見られ、現場からは住人である女性の遺体が発見されている。あまりにタイミングが合致しすぎるため、一連の事件との関連が疑われたが、数日後、神奈川県の山中において女性の夫と娘が自家用車の中で死んでいるのが見つかり、一家心中との見方が出てきた。夫と娘は練炭を車内で燃やし、一酸化炭素中毒で死んでいる。

だが、もう一つの死体がトリプルタワーの一室で起こったガス爆発を一連の事件とつなぎ止めることとなった。

トリプルタワーの南西側に位置するマンションの一室で男が二人発見された。一人はテラスで射殺体となって見つかり、もう一人はリビングで床に倒れ、意識を失っているところを確保されていた。その部屋は持ち主が地方へ引っ越し、売却先を探していたのだが、まだ買い手が見つからず空き部屋となっていた。

公安当局は、一連の事件に関係するものとして意識不明になっていた男を拘束したものの、重度の記憶喪失に陥っており、身元も判明していない。

仁王頭たちは事件後、警視庁警備局に出向という形で組みいれられ、市谷《いちがや》にある機動隊本部に寝泊まりしながら記憶喪失の男の身辺警護等にあたっていた。勤務は二十四時間の当務、日勤、休日をくり返す点で、特殊装備隊隊員としては通常と変わりないが、この二カ月というものほとんど仕事らしい仕事もなく、躰をもてあましていた。機動隊本部敷地内にある宿舎に設けられたスポーツジムで汗を流すのが仁王頭、上平、そのほか全国から集められた元特装隊隊員たちの日課となっている。

テレビはいつの間にかほかの番組に変わっていた。フラッシュを浴びているのは、仁王頭も顔を知っているお笑いタレントと女優だ。婚約発表でもしているようだ。

上平が欠伸《あくび》をし、大きく腕を伸ばした。

「退屈してるな」

声をかけられ、上平と仁王頭は顔を向けた。金属製の杖《つえ》をついた芝山が近づいてくる。二人は立ちあがった。

「ようやく退院ですか」

「あまりに退屈なんで自分からおん出てきたんだよ。二人とも無事だったんだな」

「ええ」

うなずいた上平だったが、冴《さ》えない表情で仁王頭を見る。自分たちが怪我《けが》一つせず生き残ったことがどこか後ろめたい。

「そんな顔するな。まずはおのれの幸運を喜べ。お前たちとちょっと話をしたいと思ってきたんだ。会議室を取ってあるんだが、そっちへ来てくれるか」

「はい」

上平と仁王頭は同時に返事をしていた。

「だからおれは鉄塔をだぁっと降りてって、出口のところにいたあの野郎の後ろから、蹴り入れてやったんですよ。奴、その場でぶっ倒れて。あとはどさくさに紛《まぎ》れてぼこぼこにしてやりました」

上平が唾《つば》を飛ばして語っているのは、事件のあった当日、ミュージシャンが撃たれ、混乱していたスタジアムでの出来事だ。出口付近で子供を抱いた母親が若い男に突き飛ばされるのは、仁王頭も見ていた。

火のついたタバコを手にした芝山がにやにやしている。

「どさくさに紛れてやれば、問題はないな」

「おれ、母一人子一人で育ったせいか、ああいうのを見ちゃうと駄目なんですよ。頭に血が昇って」

「いいさ。そいつだって少しは懲《こ》りただろうし」

そういうと芝山はテーブルの上に置いたアルミの灰皿でタバコをもみ消した。病的ともいえる嫌煙ブームのなか、警察署でも敷地内禁煙に踏み切るところは少なくないが、機動隊の駐屯地となれば治外法権のようなものだ。一応、喫煙スペースは定められているが、灰皿があって火の始末をきちんとするかぎりにおいてどこでタバコを喫《す》おうととがめ立てされることはない。

会議室に呼ばれた仁王頭と上平は、スタジアムと周辺で起こった事件について自分たちが目撃した範囲のことを話した。

上平が腕組みする。

「それにしても新摩天楼からの狙撃なんて普通じゃ考えられないですよね。怪物みたいなライフルが見つかったんですって？」

「破片だ。ただその破片に刻印の一部が残ってたんだ。それでライフルの種類を特定できた。南アフリカにあるトゥルベロという会社が作ったものだった」

ちらりと仁王頭を見て、ふたたび芝山に視線を戻すと上平がいった。

「実は、ニオウは新摩天楼を気にしてたんですよ。おれなんか五百メートルでもよう撃ちきらんのに、あそこからなら二千メートルあったでしょう。絶対にあり得ないと思ってましたから」

芝山が仁王頭を見て、目蓋をすぼめる。特殊装備隊のなかでも長距離射撃を得意とする隊員が狙撃手をまかされる。芝山も狙撃手をしている。

「お前ならやれたか、ニオウ？」

芝山の問いかけに、仁王頭は目を伏せ、考えこんだ。それこそ事件以来、何度も自分に問いかけてきたことだ。

首を振る。

「無理だと思います」

「その何とかってライフルを使えば、ニオウにもできたんじゃないのか」

不服そうな顔つきで上平が口を挟んだ。

「銃の問題じゃない。おれがトゥルベロの二十ミリライフルの扱いに習熟していたとしても二千メートルは無理ですよ。風を読むことだって難しいでしょう」

芝山が身を乗りだす。

「一つ訊きたいんだが、例のミュージシャンが撃たれたのは花火の前か、それとも花火を打ち上げてからだったか」

「前です。前というか、主役が倒れたんですからコンサートそのものが中止になりました。もちろん花火もありません」

「なるほどなぁ」芝山は椅子の背に躰を預け、腕組みすると酸っぱい顔をした。「花火のあとなら煙が残るから風は読みやすくなると思ったんだが」

「でも、それはステージ周辺だけでしょう。スタジアムの外周にあって、風で動きそうなものはほとんど撤去したんです。まして二キロとなれば、途中の風を見切るだけでも難しいですよ。いくら二十ミリ弾が重いといっても風の影響をまったく受けないわけじゃないですからね」

「よほど優秀な観測手がついていたのか……」芝山が首を振る。「無理だな。おれにもちょっと考えられない」

芝山、仁王頭を交互に見ていた上平が恐る恐る口を挟む。

「犯人《ホシ》について、その後何かわかったんですか」

「実は病院を出て、ここへ来る前に捜査本部に顔を出してきたんだ。色々と話を聞いてきたが、何も摑めていないに等しいそうだ。折れた鉄骨が落ちてくる間に外壁に衝突してガラスとかコンクリートとかを剝がした。だから現場はめちゃくちゃさ。旅客機が墜落したあとみたいだったっていってたよ」

工事現場の最上部に据えられていた三基のクレーンのうち、二基が地上に落下、残る一基はかろうじて残ったものの、大きく傾いて使い物にならなくなった。地上に落ちたクレーンは潰れ、ばらばらになっていたため、操縦士の遺体が運びだされるまでに一週間を要したほどだ。二カ月を経た今でも現場検証はつづいているが、犯人の遺留品が見つかる可能性は低く、むしろ使用されたライフルが特定できたことの方が僥倖《ぎょうこう》といえる。

上平がふたたび口を開いた。

「それにしても詰めが甘いというか、間抜けな奴ですよね。まだ、〈アフリカの曙光〉はステージに上がっていなかったでしょう。肝心なところでミスをした」

深刻な事件に少しでも光明を見いだそうと、上平はわざと明るい口調でいったのだろうが、なっていく。

芝山の表情は厳しさを増した。口許に笑みを浮かべていた上平がだんだんと情けない表情に

「標的なんだが、ひょっとしたらミュージシャンの方だったかも知れない。捜査本部で小耳に挟んだ噂なんだが、本当の〈アフリカの曙光〉はミュージシャンの方じゃないかって」

上平が眉間に皺《しわ》を刻んだのを見て、芝山は小さくうなずいた。

「お前たちも知っての通り、あいつは今でこそニューヨーク在住だが、元は〈曙光〉首相殿と同じアフリカ西海岸にある小国の出身なんだ。アメリカの大統領と〈アフリカの曙光〉を結びつけるキューピッド役が彼だったという。あの男はミュージシャンという立場を利用して年がら年中海外公演をしていたんだが、連絡係を務めていたという話もある」

「何の連絡係ですか」上平は何とか緊張を解きほぐそうとしていた。「平和の使者?」

「確かに平和の使者を標榜《ひょうぼう》していたよ。彼の母国は今や戦乱のなかで消えてしまった。子供の頃、命からがら脱出して、アメリカに渡ったという経歴もいい方向に働いた。だが、実体はシンジケートの連絡係ではないかと疑われている」

思わず仁王頭は訊いた。

「シンジケートって、アンナを雇ったところもシンジケートに雇われたってことになっていませんでしたか。シンジケートって、いくつもあるんですか」

「裏社会のシンジケートはいくらでもあるさ。それこそごまんとある。だけど、おれが今い

っているシンジケートはたった一つ、ザ・シンジケートと呼ばれている。唯一無二、最高の組織という意味の、ザ、だよ。おれも聞きかじりで詳しいことを知っているわけじゃないんだが、元々は犯罪組織間の金融ネットワークだったって話だ。さらに大本をたどっていくと、マフィアにたどり着くらしいが」

「マフィアって、ゴッドファーザーとかの？」

上平が訊き、芝山はうなずいた。

「マネーロンダリングをしたり、違法な金を運んだりする組織だ。どっちも有料だったし、とんでもない高額の手数料だったともいわれている。ただし、金の集まるところは力を持つようになるからな。組織が大きくなるにつれて、現金を運んだりするよりシンジケートの信用で金を出し入れするようになった。マルセイユで支払われた金をニューヨークまで運ぶんじゃなくて、ある犯罪組織がマルセイユでシンジケートに金を預けると、ニューヨークで別の犯罪組織がシンジケートから金を引きだして、取り引きは終了。その間に両替だけじゃなく、マネーロンダリングも済んでいるという寸法だ。二十世紀の終わり頃になると麻薬組織だけじゃなく、テロリストと呼ばれる連中もシンジケートを利用するようになった。決済に使われるのは各国の通貨や債権だけじゃなく、石油やダイヤモンド、ときには食料、武器ということもあった」

上平は感心したようにつぶやいた。

「マフィアもまた随分と業務拡張したもんだ」

「今じゃ、マフィアとはまるで関係のない組織になってる。というより組織の実体は誰にも摑めないんじゃないか。組織である以上、シンジケートの中枢《ちゆうすう》というのがどこかにありそうなものだが、各国の捜査機関、諜報機関とも全貌を把握とまではいっていないらしい」

しばらくの間、三人は事件後の元特装隊隊員たちの消息について話し合った。特装隊は解散したとはいえ、あくまでも表向きに過ぎないのは、二カ月にわたって芝山、上平、仁王頭が任地を離れていることでもわかる。

仁王頭はミュージシャンが撃たれる寸前、目にした光景を思いだしていた。

「そういえば、新島隊長はどうされてますか。上平主任から聞いたんですが、警察を辞められたとか」

「ああ、今は商社に勤めてる」

芝山が口にした社名を、仁王頭は脳裏に刻みつけた。上平が欠伸をするのを見て、芝山は苦笑いしながら立ちあがった。

9

「いらっしゃいませ」

受付台に並んだ三人の女性のうち、右端にいる一人の前に立つと、声をかけられた。仁王頭も小さく頭を下げる。

「新島さんにお目にかかりたいのですが。新島顕《あきら》さん」

「お約束ですか」

「いえ」

「新島は、どちらの所属か、おわかりになりますか」

「いえ」

「失礼ですが、お客様、お名前は？」

一瞬、ためらった。ズボンの尻ポケットに入れてきた警察手帳を意識する。だが、新島が会社にいるとはかぎらない。芝山、上平の話では、ロンドンにいるらしい。

「仁王頭と申します。新島さんとは古い知り合いで」

「かしこまりました。お調べしてみますので、少々お待ちください」

にっこり頬笑んだ受付嬢はコンピュータの端末を操作しはじめた。何万人もの社員がいるとすれば、コンピュータを使った検索が必要になるのだろう。

いつまでも受付嬢を眺めているのもはばかられ、視線を逸らし、何となく辺りを見まわした。

東京・丸の内、財閥系企業グループの本社が集中している土地のほぼ中央に総合商社も本社を置いていた。巨大ではあったが、それほど新しくはなく、ありふれたオフィスビルに見えた。だが、一階ロビー正面のガラスは分厚く、抗弾性能がありそうに思えた。出入口のガラス戸は五カ所あったが、開いているのは一カ所のみで、あとは閉め切りを詫びる看板が立っている。入口から見て、左右の壁際には濃いブルーの制服を着た警備員が二名ずつ立っており、天井のそこここに監視カメラが吊り下げられていた。

受付嬢の声を背中に聞いていた。

「はい……、仁王頭さんと仰《おっ》しゃられる方がいらしてましして……」

スタジアムでの事件があった日、六四式小銃改に取りつけたライフルスコープで三棟並んだ高層マンションを監視していた仁王頭は、ミュージシャンが狙撃される寸前、テラスに立つ男を見た。気になったのは男が手すりに肘をつき、双眼鏡を使っていたことだ。射撃をするときに使うスポッティングスコープに似ていると感じた。しかし、銃を動かすと目眩がするほど倍率を上げてあったというのにスポッティングスコープだと見極められたわけではない。

いったん通りすぎ、気になってもう一度銃を戻したとき、男は顔を上げていた。白いシャツに黒っぽいズボンを穿いているのはわかったが、顔立ちがはっきり見てとれたわけではない。それでもかつての上司、警視庁公安部第一特殊装備隊の隊長新島顕に似ていると感じた。

よく確かめようとした刹那《せつな》、背後で騒動が起こり、ミュージシャンが倒れていた。

一連の事件のさなか、トリプルタワーの一室でガス爆発事故が起こり、住人である女性の遺体が発見された。仁王頭が新島らしき男を見かけたあたりだが、同じ部屋だという確証は持てなかった。だからたった一人で新島が警察を辞めたあと就職したという総合商社を訪ねることにしたのだ。

事件から二カ月が経過しており、ロンドン在住だという新島が本社にいるはずはないと思っていた。不在であれば、警察手帳を出して身分を明かし、新島のアリバイを調べるつもりでいた。所属するセクションに訊けば、事件があった日、新島がどこにいたかはっきりするだろう。

受話器を置く音につづいて、呼ばれた。

「仁王頭様」

ふり返る。

「ただ今、新島は降りてまいります。今しばらくこちらでお待ちいただけますでしょうか」

「はい。ありがとうございます」

かろうじて笑みを浮かべ、かすれた声を圧しだした。受付の前を離れた仁王頭は、ビルの中央にあるエレベーターホールに目をやった。緊張は、新島が会社にいるはずがないと思っていたところに起因している。何を、どう話すべきか、考えた。まさか、事件当日トリプルタワーにいたかと訊ねるわけにもいかない。

エレベーターが到着したことを告げる音がして、扉が開くのが見えた。中からスーツ姿の男女が降りてくる。一人ひとりの顔を見ていったが、新島はいなかった。ビルが何階建てなのかわからなかったが、降りてくるまでには時間がかかるだろう。

ふっと息を吐いたとき、肩を叩かれ、思わず声を漏らしそうになった。ふり向くと、新島が笑みを浮かべている。

「やっぱりお前だったのか」

「お久しぶりです、隊長」

我ながらぎこちないなと仁王頭は思った。

案内されたのは、広い執務室だ。窓を背にして卓球台ほどもありそうな両袖机が置かれ、壁には腰高ほどの棚が作りつけになっている。革張りのソファにかしこまった仁王頭は壁に掛けられている一枚の絵を眺めていた。

「シャガールだよ」

テーブルを挟んで向かい側に座っている新島がいい、思わず訊《き》きかえしてしまった。

「複製じゃないんですよね」

「本物だよ」新島は愉快そうに笑った。「色々な客が来るから、はったりが半分だが、あとの半分はいざというときに備えているんだ」

「いざというとき?」

「会社が左前になったときに換金したり、政治家にプレゼントしたり」

「それにしてもすごい部屋で仕事をしてるんですね。特装隊時代とはえらい違いだ」

「まさか。私がこんなに立派な部屋を与えられているはずがないじゃないか。うちの本部長、常務取締役の執務室さ。今、アメリカに出張中なんで応接室代わりに使わせてもらっているだけだ。本社には私の机すらないよ」

新島が身を乗りだす。満面に笑みを浮かべていた。特装隊の隊長をしていたころに較べて愛想がよくなったような気がした。民間に出ると、人柄まで変わってしまうのだろうか。

「それにしてもよく訪ねてきてくれた。私に何か用だったのか」

「いえ、この間、芝山係長や上平主任と話をしていたときに隊長がこちらにいらっしゃると聞いたものですから。ちょっと用があって東京駅まで来たんですけど、そういえば、本社は丸の内だったなと思いまして」

ロンドンにいるはずだと思ってましたという言葉は当然嚥《の》みこんだ。

「芝山、上平か。懐かしいな。元気なのか」

「はい。芝山係長は事件で怪我をしましたが、今は杖をついて歩けるようになりました。現場復帰までそれほど時間はかからないでしょう」

「怪我って、この間のスタジアムの？」

「いえ、その前の東関東自動車道での一件です」

「ああ。日本初の自動車自爆テロだな」

大きくうなずく新島の様子を、仁王頭はじっと観察していた。とくにスタジアムと口にしたときに注意深く見たが、緊張している様子は見受けられなかった。仁王頭も警察官である以上、人間観察にかけて素人《しろうと》ではないと自負しているが、新島の方が役者が一枚も二枚も上であることは認めていた。それだけに直接会うにしてもスタジアム事件当日のアリバイを確認してからにしたかったのだ。

それから仁王頭は、新島に問われるまま特装隊に所属していた隊員たちの消息について話をした。自爆テロ事件で命を落とした松久をはじめ、ランドクルーザーに乗りこんでいた隊員たちについて触れたときには、新島は沈痛な面持ちとなり、目を潤ませさえした。ショックを受けているようだが、かえって新島らしくないような気もする。

「今はロンドンでお仕事をされているとお聞きしたんですが」

「そうだよ。だからお前は運がいい。いや、我々は縁があるというべきかな。先週までロンドンにいて、今週末にはまた戻ることになってるんだ」

「日本にはよくいらっしゃるんですか」

「日本にも、といった方がいいかな。アメリカ、ヨーロッパ各国、そのほか色々飛びまわってるよ」

「お忙しそうですね」

「警察にいた頃よりは張り合いがあるがね」新島はテーブルを指した。「さあ、冷めないうちに、どうぞ」

女性が運んできてくれたコーヒーが新島と仁王頭の前に置いてあった。焦げ茶色のプラスチックホルダーに紙コップを入れてある。仁王頭はコーヒーをすすり、テーブルに戻すとあらためて新島を見た。

「今はどのようなお仕事をされているんですか」

口許に運んだカップを止め、新島は探るような目で仁王頭を見た。だが、その目は笑ってもいる。

「企業秘密というところだが、相手がほかならぬおニオウ様だからいいか。今はセキュリティビジネスの立ち上げに奔走している」

コーヒーをひと口飲んだあと、企業秘密といったにもかかわらず新島はあけすけに仕事の内容を説明しはじめた。もっともどこまでが公開されていて、どこまでが秘密なのか、仁王頭に察する術《すべ》はなかった。

かつての傭兵部隊《ワイルドギース》の現代版といったところかと新島はいった。植民地時代の宗主国と、かつての植民地との間に起こった戦争は、今や同じ国民同士で争われている。宗主国であれば傭兵《ようへい》を雇うだけの金もあるが、貧しい国民同士の戦闘にプロの兵士たちは必要ではない。

「素人だって馬鹿にしちゃいけないぜ。実は素人たちの方が厄介《やっかい》なんだ。プロであれば、みすみす犬死にするような真似はしないが、素人は技術がないだけに簡単に命を捨ててくるからな。自爆テロを経験したお前なら、実感できるだろ？」

「ええ」仁王頭はうなずきかけたものの、中途半端に頭を下げる恰好となった。「実感したといい切る自信はありませんが」

「あの爆発に巻きこまれたんだし、スタジアムのときには現場にいたんだろ。立派なもんさ」

新島によれば、旧宗主国がかつての植民地の独立運動、自決権をめぐる異民族同士の争いから手を引き、ワイルドギースたちは職を失ってしまったようだ。一方、宗教を理由とした狂信的テロリストたちは日に日に武力を増強させている。

植民地時代であれば、国軍に警護されていた企業は、民間の警備会社にガードを依頼するしかなく、しかも相手が自動小銃やロケット弾、さらには対空ミサイルまで使いこなすようになると、民間の警備員も対抗しうるだけの武装をしていなくてはならない。

重武装したガードマンたちの斡旋《あっせん》と、武器の手配が現在の仕事だという。

「武器はアメリカで調達するんですか」

「いや、フランス製とロシア製、あとは旧東欧共産圏各国のものが多い。アメリカは内緒で出すだけだが、自分たちのばらまいた武器で自分たちが撃たれてるんだから世話はないよ」

「南アフリカの武器も扱ってますか」

「ああ、南アだけじゃないけどな。南アがどうかしたのか」

「いえ」

わずかにためらったが、仁王頭は思いきって口にした。かつての隊長である新島に対する甘えがあったのも事実だが、超遠距離からミュージシャンを射殺したライフルについて知りたいという気持ちもあった。

「実は、これは公表されていないんですが、新摩天楼の残骸の中から二十ミリ口径のライフルが発見されたんです。南アフリカのメーカーが作ったとか」

「トゥルベロかな」

「そう、それです」仁王頭は膝を乗りだした。「隊長も扱ったことがありますか」

新島は苦笑して、顔の前で手を振った。

「勘弁してくれ。もう隊長じゃないんだから」

「申し訳ありません」

「残念ながら私は取り扱ったことはないよ。ただ武器の見本市で実物を目にしたことはある。私が見たのは、対戦車ライフルだったな。精密な狙撃に向くか、どうか。お前さんと違って、私は狙撃屋じゃないからさ」

「はあ」

「狙撃屋といえば、スタジアムの事件でほかにも射殺体が発見されたといってなかったか。

新聞で読んだ気がするが」

「厄介な話です。スタジアムで大騒動になっている最中に隣りのマンションのテラスに頭から血を流して、倒れている男がいると通報があったんです。所轄署が対応したんですが、マスコミに嗅ぎつけられて、発表せざるを得なくなりました」

言葉を切った仁王頭は、新島を見つめた。新島がにやりとする。

「スタジアムの事件とは関係ないのか。それとも部外者である私には何も話せない？」

「捜査上の秘密ということになりますね」

答えながら仁王頭は瀬踏みをしていた。新島がスタジアム事件の現場にいたという確証は得られていない。だが、話しぶりからすると新島も強い関心を抱いていそうだ。

なぜ、新島はもう一つの死体を気にするのかも気になった。

「ですが、隊長……、失礼、新島さんならまったくの部外者でもないし、何か参考になるご意見があれば、うかがわせてください」

「買いかぶらないでくれよ。今じゃ、武器商人《ガンランナー》に落ちぶれてるんだから」

唇を嘗《な》めて、湿りをくれた仁王頭は言葉を継いだ。

「テラスで発見されたのは年齢四十歳前後の男です。頭を撃ち抜かれていました。即死です。身元につながるようなものを何も持っていませんでしたし、指紋にも該当者がなく、今身元を洗っています」

「日本人なのか」

「そこもはっきりとはしていません。実は、男のそばにライフルが一挺落ちていました。レミントンのM40A1です。どのような経路で日本に入ってきたのかも調査中です。ミリタリースペックでしたし、ユナートルのスコープまで付けてありました」

「簡単に民間人が手にできる代物じゃないな。死んでいた男は警察か、自衛隊か」

「それも調査中です。アメリカにも照会してますが、そっちは答えが期待できるとは誰も思ってません」

「死体が発見されたマンションからスタジアムまでの距離は？」

「四百メートル前後です。ただし、男が発見された場所からではほかの建物に邪魔されて、スタジアムを狙うことができません」

「それじゃ、なぜそんなところに？」

「そこが奇っ怪なんですよ。鑑識の話では、男が倒れている様子からして、おそらくは北側から撃たれたということなんです」

スタジアムの北側、およそ六百メートル離れたところに最高度の要警戒区域S1に指定されたトリプルタワーと呼ばれる超高層マンションが建っていた。トリプルタワーとスタジアムの間には、東西からの風を防ぐように二列になったマンション群が並んでおり、男が発見されたのは、そのうち西側に並ぶなかの一棟である。

「スタジアムは男から見て南東方向にあたりますからね。警備陣の阻止行動によって男が死んだのではないことははっきりしています。だいたい警備陣の狙撃班はスタジアムにだけ配置されてましたから」

「照明塔に張りつけるか。私が指揮していても同じことをしただろうな。狙撃要員が十分に確保できるわけじゃない」

宙に目をやった新島がぽつりといった。

「マンションで発見された男は、トリプルタワーのどこから撃たれたのか」

はっとした。新島らしき男を見かけたのが、まさにトリプルタワーなのだ。だが、新島の表情には格別変化は見られない。

「もし、新島さんが指揮をとられていたら、新摩天楼を警戒されましたか」

「スタジアムまでの距離は？」

「約二千メーターです」

わずかの間、新島は考えこむ様子を見せたが、やがて首を振り、きっぱりといった。

「警戒の対象外だろうな。トゥルベロのことを知っていたとしても、まさかそんなものが日本に入ってくるとは考えない」

「わからないことだらけなんですよ。まず、その男は何のためにそんなところにいたのか。スタジアムは狙えないわけですから。次に男が何者なのか。そして男を撃ったのは誰なのか。

実は謎はほかにもありまして」

思わせぶりに話を進めてみたが、新島は椅子に深く腰かけたまま、足を組んで仁王頭を見返している。表情は落ちついていた。

「もう一人、男が発見されました」

「もう一人？」新島が眉を上げる。「新聞には何も書いてなかったな。その男も死んでいたのか」

「新聞発表はしませんでした。それから二人目の男は意識不明ではありましたが、命に別状はありません。所轄署からスタジアム警備本部に連絡がありまして、現場には本庁公安部が急行したんです。通報があったので、死体は救急隊に搬出してもらいましたが、意識不明の男の方は公安部が連れていきました」

「その部屋の住人なのか」

「いいえ。その部屋は持ち主が転勤して、借り主を探している最中でしたから空き家になっていたんです。部屋の持ち主とも連絡がついていますが、発見された二人の男に心当たりはないそうです」

「事件との関係が疑われるな。狙撃チームだとすれば、射手と観測手だと考えれば、つじつまは合う。外傷はなかったということだが、意識は戻ったのか」

「最近になってようやく戻りましたが、今度は記憶喪失だそうで、自分が何者かもわからない状態です。できるだけ秘密を外部に漏らさないようにするために、スタジアム事件に関わりのある要員は数が制限されています。おかげでこっちは事情聴取にまで駆り出される始末ですよ」

「記憶は戻りそうなのか」

「医者は何ともいえないといっています。死ぬまでこのままかも知れないし、ひょっとしたら何かのきっかけで戻るかも知れない」

「無責任だな」新島は腕時計に目をやった。「色々話をしたいが、申し訳ない、そろそろ会議の時間なんだ」

「お忙しいところ、すみませんでした」

仁王頭は立ちあがった。

新島も立ちあがり、ポケットから名刺を取りだした。

「これに書いてある携帯電話なら世界中どこにいてもたいてい連絡がつく。本社に私宛のメッセージを残しておいてくれてもいい」

名刺を受けとった。新島が仁王頭の腕をぽんと叩いた。

「トゥルベロのライフルのこと、私の方でも調べてみよう。それなりにコネはあるつもりだからな」

「よろしくお願いします」

仁王頭は頭を下げた。

10

もし、自分が右利きのままであれば、あのとき撃ち殺されていただろう——アンナは〈ホムンクルスの絵〉を眺めながらぼんやりと思った。

狙撃手は、アンナから見て右側に建っていたマンションにいた。何階にいたのかまではわからなかったが、少し低い位置だ。すでに夕闇が迫っていた時刻で、スタジアムを狙うためリビングの照明は消してあった。おそらく相手は室内にいるアンナの姿をはっきりとは視認できず、右利きの狙撃手と決めつけて撃ったに違いない。だから弾丸はアンナの左のこめかみをかすめて飛び抜けていったのだ。

長年戦場で暮らし、何度も銃撃されていると弾がどこから飛んでくるかがわかるようになる。気圧の変化を肌で感じることもあるし、音が聞こえることもある。あのときも自分に向かって飛翔してくる高速弾を察知し、逃れようがないことを一瞬にして観念していたのだ。狙撃手が右側から撃ってきたというのが何より幸運といえた。左から狙撃されていれば、右利き、左利きにかかわりなく、銃弾は頭蓋を粉砕していたはずだ。

とにかく初弾は外れた。アンナはADDR05をわずかに右に振り、スコープに相手をとらえた。人工現実感の中で訓練しているときと同じに相手はフェンスに肘をつき、構えたライフルの銃口を向けていた。引き金を切り、ADDR05が吠えた。銃が跳ねあがり、視界がぼやける。それでもアンナは相手の頭が血潮とともに飛びちるのを確認している。

しかし、断片的に浮かんでくる光景が果たして本当にあの瞬間のものなのか、サラエボから始まる戦闘の記憶が蘇っているだけなのか、あるいは人工現実感の訓練シーンが再現されているだけなのか、よくわからなかった。

実は、撃たれた瞬間に起こったことをはっきりとはおぼえていない。また、アンナは撃ち返したあと、脳震盪《のうしんとう》で意識を失っている。どのようにしてあのマンションを脱出したのかもわからない。おそらくはカインが気を失っているアンナを運びだしてくれたのだろう。

応射は、躰が自動的に反応したに過ぎない。

音速を超えて飛ぶ銃弾の周囲には衝撃波が生まれる。こめかみをかすめていったくらいだから衝撃波はまともに脳を揺さぶっていったはずだ。敵に照準し、銃弾を撃ちこんだのは、後天的に培《つちか》われた本能のなせる技であろう。

自分のいたマンションがガス爆発とその後の火災によって失われ、女の死体が発見されたことは、テレビのニュースで知った。女の夫と娘も数日後、放置された車の中で死んでいるのが見つかった。警察は、自殺として処理したらしい。

カインが殺したことはわかっていた。マンションの住人を、仕事が済んだあとにどう処理するかについてカインは嘘をついていたことになるが、大して気にはならなかった。死と欺《ぎ》瞞《まん》だけは子供の頃からアンナのまわりにたっぷりとあった。

「まだ、頭痛がするかね」

執務机の向こう側からソーカーが控えめに声をかけてくる。知らず知らずのうちにこめかみに指をあて揉んでいたことに気がつき、手を下ろした。

「それほどひどくはないが、眠っている間もつねに感じている。我慢はできる。でも、苛立《いらだ》つ」

「わかるよ。しつこい頭痛は頭痛のタネだ」

しゃれたことを口にしたつもりなのだろう。ソーカーはメガネの奥で目を細めて見せたが、アンナは何の反応もしなかった。ソーカーは肩をすくめた。

「その様子では当分トレーニングに戻れそうもないな。ぼくのシステムは直接脳をコントロールしようとするから、頭痛がするんじゃどうにもならない」

マンションで失神し、目が覚めたときにはすでにソーカーの施設に運びこまれていた。目覚めた当初は確かに頭痛もしたが、一晩眠るときれいさっぱり消え失せていたのだ。すでに二カ月になる。その間、頭痛を訴えつづけ、バーチャルトレーニングを拒みつづけているのは、これ以上自分の脳をいじられたくなかったからだ。

「もう二カ月になる。いつまでここでトレーニングしなきゃならないんだ?」

「わからない」ソーカーはふたたび肩をすくめた。「ぼくは上からの指示で動いているだけだからね」

ほぼ毎日ソーカーの執務室へ来ていた。二カ月という時間はアンナが傷をいやすのに十分ではあったが、あのとき撃ち殺した相手が誰なのかは知らなかった。テレビニュースでは、アンナが弾丸を撃ちこんだ現場で男の死体が発見されたと報じていた。アンナを狙うくらいだから警備役の警察官なのだろうと思っていたが、いまだ身元は不明のままとされている。

一体、誰なのか。

出入口のドアがノックもなく開き、カインが入ってくる。驚きはしなかった。ソーカーの執務室に了解も得ないで入ってこられるのはカインくらいでしかない。

カインは椅子を引き寄せ、アンナの隣りに腰を下ろした。しばらくの間、アンナとソーカーを見ていたが、やがて口を開いた。

「ダンテが公安に拘束されている」

アンナは目を見開いた。

ダンテ？――どうしてその名前が今になってカインの口から出てくるのか、アンナにはわからなかった。

混乱しつつもアンナは話をしているカインの横顔を見つめていた。カインによれば、警察はマンションのテラスで射殺された男の死体と、意識不明の若い男を発見したという。自分の撃ち殺した男であることはアンナにもすぐにわかった。

ハイバックチェアの肘かけに手を置き、顎を支えたまま、ソーカーはむっつりとした表情でカインの話を聞いていた。

「最近になって、若い男の方は意識を取りもどしたようだ。だが、記憶を失っていて、自分が誰かもわからなくなっている」

ソーカーが躰を起こし、口を開きかけようとしたのを遮って、アンナは訊いた。

「私が撃った男の正体を、最初から知っていたのか」

薄い目蓋の下でカインの目が動く。真っ直ぐにアンナを見て、うなずいた。

「ダンテと一緒にいたのなら黒木だろう。確証はないが。黒木は〈毒《ポイズン》〉の養成所《キャンプ》で教官をしていた。ポイズンプロジェクトが解散したあとは、ダンテの観測手をしていた」

「どうして黒木が私を撃ったんだ？」

ソーカーが口を挟んだ。

「おそらくダンテに何らかのトラブルがあったからだろう。カインの話からすると、ダンテは人格移行に失敗したようだ。たぶん意識を失うかして、代わりに黒木が撃った」

アンナはソーカーに目を向けた。

「黒木という男も知っているのか」

「同じキャンプにいたからね。ダンテの二重人格を作りあげたのは私だし、黒木はダンテに狙撃術を教えていた。黒木自身、教官を務めていたくらいだから遠距離射撃もそれなりにこなしただろう。ダンテが倒れて、代わりに銃を取ったとしても不思議ではない」

「どうしてダンテが私を撃とうとするんだ？」

ダンテの名を口にするたび、アンナは胸の底がちりちり痛むのを感じていた。

だが、ソーカーは肩をすくめただけで何も答えない。アンナはカインに目を向けた。カインもまた首を振る。

「どうしてダンテが我々を狙ったのか、私にもわからない」

本当に知らないのだろうか、と思ったが、訊《たず》ねたところでカインが答えるはずはなかった。真実を知りたければ、自分で動くしかない。アンナは肚《はら》を決めた。

カインがソーカーに目を向ける。

「意識を取りもどしたダンテだが、どういう状況だと考えられる？」

「直接本人を診てみないと何ともいえないが、おそらくは中間地帯《インターゾーン》にいるんだと思うね」

アンナが目顔で問いかけると、ソーカーはうなずいた。

「インターゾーンは文字通りインターゾーンだ。〈毒〉は、人為的に作られた二重人格だ。ホラー映画にあるだろう、ジキル博士とハイド氏というのが。あれだと思えばいい。ふだん表に出ている人格は常識的で、大人しいくらいだ。だが、もう一方は簡単に殺戮者《さつりくしゃ》になれるし、人を殺してもまったくストレスを感じない。〈毒〉プロジェクトに参加した無垢な息子たち《イノセント・サンズ》は訓練と催眠術、薬品によって二重人格にされたんだが……」

何が参加しただ、とアンナは思った。まるで自ら望んで改造を受けたようにソーカーはいうが、おそらくは誘拐《ゆうかい》され、強制されたのだろう。

「一番のポイントは、二つの人格の間を行ったり来たりできるところにあった。我々はコントロール可能な大量殺人者を作りあげたわけだ。あるスイッチを使ってね」

机の抽斗《ひきだし》を開けると、ソーカーはICレコーダーを取りだし、スイッチを入れて机の上に置いた。

小さなスピーカーから声が聞こえる。若い声で、しかも一人二人ではなく、もっと多くの子供たちが一斉《いっせい》に何かを唱和している。

「訓練中に録音したんだ。当時〈毒〉プロジェクトに参加していた十三人の子供たちの声だよ。ラテン語で詩編二十三を唱和している。我々はこれをスイッチというか、キーに使った。詩編をいくら聞かせても駄目だ。この十三人の子供たちの声、彼らが訓練中のある日、ある時に唱えた、その声だけに反応するように訓練した。この声を聞かせれば、人格が変換する」

手を伸ばし、ソーカーはICレコーダーのスイッチを切った。

「だが、〈毒〉プロジェクトはアメリカ合衆国政府の事情で中断されてしまった。まったく何が二大政党だか。おかげでせっかく訓練した未来の兵士たちはちりぢりばらばらだ。一期生だけでも十三人もいたのに、今では何人生き残っているやら」

背もたれに躰をあずけたソーカーは両手を組みあわせた。自分の手を見つめながら話をつづける。

「私が経過を観察できたのは、彼らのうち、ごく一部でしかない。人為的に人格を移行させることが脳にどのような影響を及ぼすのか、研究は十分とはいえない。ただ観察の結果いえるのは、まず彼らは徐々にスイッチなしでも人格が変わるようになるということだ。最初、彼らは一方の人格になったとき、もう一方の人格のことを忘れている。別人格のときに何をしたか、まるで憶えていない。この辺りは二重人格と同じだ。しかし、人為的に作られたもののせいか否かはわからないが、〈毒〉の場合、夢を思いだすようにもう一方の人格中に起こったこと、自分のしたことを思いだせるようになる。たがいの人格が侵食しあうといえばいいのかな。だんだんと症状が進むと、二つの人格がつねに一人のなかに同居して区別がつきにくくなっていく。脳には、過大な負荷がかかる。それで疲労を回復させるために睡眠が必要になる。彼らは実際よく寝たよ。点滴で栄養分を与えていると、一週間でも一カ月でも眠りつづけた。まあ、昏睡《こんすい》状態に近い」

「昏睡から醒《さ》めたら、どうなる？」

アンナは声を圧しだした。

「さっきもいったようにインターゾーンなんだよ。どちらともわからない。つまりどちらかの人格が目覚めることもあるし、まったく目覚めないこともあり得る」

「目覚めなければ、どうなる？」

「文字通りアイデンティティを喪失するだろうな。何しろ記憶が完璧《かんぺき》に失われるんだ。自分は何者かという問いに対する答えは、大半が今まで生きてきて蓄積された記憶だろう。それが失われるのだから、誰でもなくなるわけだ」

「誰でもなくなるなら問題はない」カインが口を開いた。「だが、もしどちらか一方の状態で目覚められると、厄介なことになる。我々とて〈毒〉とまったく無関係ではないからな。ダンテから情報が漏れるのは阻止しなければならない」

「どうするの？」

カインは目だけを動かし、アンナを見た。

「心配することはない。もう手は打ってある」

カインは日本の公安警察の一員だったのだろう、と察しがついた。そしておそらくは彼が関係した何者かが、ダンテを拉致《らち》するに違いない。

アンナは目を細めてカインを見る。

「どうした？」カインが怪訝《けげん》そうな顔でアンナを見返す。「私の顔に何かついているか」

「別に」

アンナは首を振って立ちあがった。

11

鶏肉《とり》とネギを交互に挟んだ串焼きを半分食べたところで皿に戻し、仁王頭はジョッキに入った焼酎《しょうちゅう》の炭酸割りをひと口飲んだ。塩を振った鶏肉の後味が舌に残っている。午後八時の居酒屋は混んでいた。仁王頭の隣りで上平がジョッキを置き、げっぷをする。

「どうした？　何だか浮かない顔してるな。悩み事か」

「いえ」

ジョッキに伸ばしかけた手を止め、仁王頭は上平を見た。焼き鳥をくわえた上平が眉を上げる。

「何かあるんだったら、いっちまえよ。金と女に関しては相談に乗れないけどな」

わずかにためらったあと、仁王頭は肚を決めた。

「実は、新島隊長に会ったんです。商社の本社を訪ねまして」

「隊長に？　あの人は日本にいないんじゃないのか」

「たまたま先週帰ってきたそうで、週末にはロンドンに戻るといってましたが」

「どうして、また？」

「実は……」

低く唸ると、仁王頭はジョッキに手を伸ばし、中身を飲みほした。もう一杯と注文し、新しい酒が来るまで腕組みをしたまま口を開かなかった。上平はちびちび飲みながら仁王頭が喋《しゃべ》るのを待っている。

酒をひと口飲み、大きく息を吐いた仁王頭は話しはじめた。

「無茶苦茶な話だということは自分でも承知してます。これから話すこと、上平主任に信じてもらえなくても構いません」

「聞いてるよ。もったいぶらずに話せよ」

「あの日、S1区のマンションを監視しているときに隊長らしき人がテラスに立っているのを見かけたんです。あのあとガスが爆発して、火災になった部屋があったでしょう。持ち主の焼死体が見つかった、あの辺りなんです」

「確かなのか」

「断言はできません。最初は双眼鏡を使ってるなと思っただけで、そのまま見過ごしたんですけど、何となくスポッティングスコープを使っているような気がして、もう一度見たんです。あのとき、主任にもいいませんでしたっけ、見てくださいって」

上平は短く唸って腕を組んだが、すぐに首を振った。

「いや、憶えてないな」

「そうですか。実は、おれ、もう一度銃を戻して見直したんですよ。そうしたら男は双眼鏡を下ろしてて、顔が見えたんです」

「会ったんだろ、隊長に。本人に確かめたのか」

「いえ、訊きそびれました」

仁王頭が首を振ると、上平は下唇を突きだし、目蓋を半分閉じた目で見返した。小さくうなずいた。

「お前が訊けなかったのは、何となくわかる。元とはいえ、相手は新島隊長だもんな。おれもあの人の前じゃびびっちまうだろう」

「今、隊長……、新島さんは警備事業の立ち上げをしているそうです。ほら、最近テレビなんかにもよく出るじゃないですか、自動小銃で武装した民間の警備会社がイラクとかで活動しているのが」

「現代版の傭兵だな」

傭兵という言葉を耳にして、新島がワイルドギースといっていたのを思いだした。

「警備会社の人員を集めたり、武器の調達をしたりするのが新島さんの仕事だといってました。世界各国の武器を扱ってるって。例の二十ミリライフルについて聞いてみたら、南アフリカのトゥルベロという会社が作ったものじゃないかっていってました」

一瞬、上平がとがめ立てするような目で仁王頭を見たが、すぐにうなずいた。新摩天楼の瓦礫《がれき》の中からライフルの部品が発見されたことは秘密にされている。だが、相手が新島ということで納得したのだろう。

仁王頭は言葉を継いだ。

「あのとき、もう何秒かじっくりと見ていられれば、新島さんだったかどうか自信が持てたと思うんですがね」

だが、上平は仁王頭の言葉など耳に入っていない様子で焼き鳥を食べつづけていた。酒をひと口飲むと、肩を寄せ、低声《こごえ》でいった。

「あくまでも噂だがな。公安警察内部に結社があるらしいんだ」

「何ですか、それ」

「おれもよくはわからん。国粋主義を標榜している一団らしい。御礼の御に、機動隊が持ってる盾の盾と書いて、御盾会《みたてかい》というらしい。聞いたこと、ないか」

「いいえ」

「第一特殊装備隊が昔っから何て呼ばれていたか、知ってるだろ」

〈さくら銃殺隊〉だ。知っていたが、口にするのははばかられる。黙ってうなずいた。

「そもそも隊の創設も御盾会の肝煎《きもいり》だって話なんだ。まだ、第一特殊装備隊になる前の部隊のとき、副長をしてた前田さんって知らないか。今は本庁で公安局の課長代理をしているんだが」

前田の名前は知っていた。第一特殊装備隊が解散する直前、前田が主催している勉強会に参加しないかと誘われたことがある。誘ったのは、新島だ。

「憂国の士を気取ってるらしい。公安ＯＢの親睦《しんぼく》会とか、勉強会とかいってるよ。ところが、御盾会は公安だけじゃなく、警察全体に影響力を持っている。いや、それどころじゃないな。ほかの官公庁にも浸透しているし、大手の企業、とくに旧財閥系企業が御盾会をバックアップしている」

あくまでも噂だがね、といい、上平は酎ハイを飲みほした。

翌朝。

「今度は一体何を」

させようってのかという言葉を嚥みこんで、仁王頭は白いＴシャツの上に抗弾抗刃《こうじん》ベストを着け、マジックテープで固定した。

朝のブリーフィングで上平と仁王頭は、スタジアム事件のときに発見された記憶喪失の男をつくば市にある民間の研究施設へ押送《おうそう》するよう命じられた。目立たないよう私服で、という。着替えを終えたら桜田門の警視庁本庁――記憶喪失の男は公安部に留め置かれ、取調を受けていた――へ移動することになっている。

ワイシャツを着て、裾をズボンの中に入れ、帯革を締める。黒色のショルダーホルスターに警棒、手錠が所定の位置に入れてあるのを確かめる。受令機のケースは空だ。トランシーバーはズボンのベルトに留めてあった。ナップザックを背負う要領でショルダーホルスターを装着すると、革バンドでベルトに固定する。

スポーツジャケットを羽織って、ロッカーの扉を閉める。同様に私服に着替えた上平がロッカーを閉じる。

「そう仏頂面するな。どうやらおれたちもこの押送でお役ご免らしいぞ」

「本当ですか」

「ちらっと聞いただけだが、まず間違いないだろう。早く喜楽の醬油《しょうゆ》ラーメンが食いてぇや」

「札幌なら味噌ラーメンでしょうが」

「おれは関東の生まれだからな」

第一特殊装備隊が解散したとき、上平、仁王頭は北海道警察本部に配属になった。栃木出身の上平、埼玉出身の仁王頭はともに警視庁に採用され、本来は警視庁管内の転勤しかあり得ない。転勤が全国区になるのは、警視まで昇進し、国家公務員になってからである。特殊な事情により、巡査部長の上平、巡査長の仁王頭は北海道警勤務となっていた。

転勤を拒否すれば、警察にはいられなくなる。不承不承受諾した二人だったが、今では札幌が気に入っていた。喜楽というのは、札幌市郊外にある小さなラーメン屋で、この店が出す昔風のラーメンが二人とも気に入っており、週に一、二度食べに行っていた。

更衣室を出ると、二人は拳銃《すいとう》出納室に向かった。カウンターで職員番号を刻印したプラスチックのプレートを出納係長に提出して拳銃と執行実包十発を受けとる。上平、仁王頭は壁際に置かれた細長いテーブルの前に来ると、弾填《たまご》めを始めた。まず弾倉に九発装塡し、一度銃に差しこんだあと遊底を引いて、第一弾を薬室に送りこむ。もう一度弾倉を抜いて一発補弾して銃に戻した。撃鉄をハーフコックの位置にして、安全装置をかける。

規則に厳密に従うのであれば、上級者が号令をかけ、拳銃操法に則《のっと》って一連の操作をするところだが、時間の節約を優先させた。二人がどのように拳銃を扱おうと、出納係長は欠伸をしながら朝刊を読んでいた。

銃把《じゅうは》の底に突きでている吊環《つりかん》にカールコードのフックを留め、ホルスターに収めると安全止革《とめがわ》をかける。たがいの装備を目で確認したあと、二人は市谷の機動隊駐屯地を出た。十分ほどで本庁の地下駐車場に車を入れた。真っ直ぐ十二階にある会議室に向かう。

廊下を歩きながら上平が訊いた。

「一二〇三会議室だったよな」

「たぶん」

「しっかりしろよ」

「どっちのセリフっすか」

１２０３と刻まれたプレートのついた部屋の前で上平がドアをノックした。すぐにドアは内側に開かれ、芝山が顔を出す。まだ金属製の杖を手にしていた。

「あれ」上平が目を見開いた。「どうしたんですか、係長」

「病院はうんざりだ。今日の押送任務から現役復帰だ」そういいながら芝山は杖を持ちあげて見せた。「だが、こんな状態だからな。満足に走ることはできないからよろしく頼む。足は駄目でも口は怪我してないから、職務には差し支えない」

「逆ならよかったのに」

「何かいったか」

踵を返した芝山につづいて、上平と仁王頭は会議室に入った。十二階は公安部局が使うことになっており、公安部以外の警察官が歩いていることは少ない。

部屋に入り、後ろ手にドアを閉めた仁王頭は眉を上げた。

会議室の窓よりに机が一つ置かれており、上下そろいになった灰色のスウェットを着て、サンダルを履いた男と背広姿の外国人が向かい合っていた。スウェットを着ているのが記憶喪失の男なのだろう。若いと聞いていたが、三十前後に見える。

机のまわりには制服を着た警察官が三人ほど立って、若い男を見下ろしていた。制服の階級章を見て、仁王頭はまた眉を上げた。二人は警視、一人は警視正だ。お偉方ばかりがいるところで軽口を叩いていたかと思うと、芝山の度胸に妙に感心した。

芝山、上平、仁王頭はドアの前に立ったまま、男たちを見ていた。

「今、奴を調べているのがソーカー博士だ」

さすがに芝山は圧し殺した声でいった。上平が芝山に顔を近づけ、囁く。

「東南アジアの人ですか」

上平が訊いたのも無理はない。ソーカーは浅黒い肌をしていた。

「インド系アメリカ人だそうだ。人知研の主任研究員だそうだ」

「ジンチケン？」

「人工知能研究所だと」芝山は上平と仁王頭を素早く見る。「おれもさっき聞いたばかりで詳しいことはわからんのだが、人間の脳をコンピュータに移し替える研究をしているってことだ」

「科学は進んでますな」

上平が能天気な感想をもらしたとき、警視の一人が三人を睨んだ。

ソーカーは若い男の顔を下からのぞきこむようにして英語で話しかけていた。いまだに身元がわからない男だが、外国人なのだろうか、と仁王頭は思った。ソーカーが話しかけている様子からすると、昔から男をよく知っているように見えた。

男の目の前にソーカーはライターをかざして見せた。

芝山がふり返り、低声でいった。

「あのライターだが、あいつと一緒に見つかった男が持っていた物だそうだ」

「頭を撃ち抜かれていたって奴ですか」

上平の問いに芝山がうなずく。スタジアムでの警護任務にあたっていたものの、現場付近で発見された男の死体と記憶喪失の男については地元警察が対処したため、仁王頭たちが知ったのはずっとあとになってからである。死んだ男は頭を撃ち抜かれていたこと、もう一人の男は意識不明だったことくらいしか聞いておらず、所持品等についても知らされていない。

ふいにドアが開き、三人は左右に分かれた。入ってきた男を見て、仁王頭ははっとする。本庁公安部の前田だ。思わず上平に目をやったが、上平は居酒屋での会話などまるで忘れたような顔をして黙礼していた。

前田は三人には目もくれず、窓際に向かった。ソーカーが顔を上げ、前田を認めると小さく首を振った。

さきほどひと睨みでお喋りを制した警視が手を挙げ、仁王頭たちを呼んだ。

「そこの二人、地下へ行って車の準備をしろ」

上平が小さく舌打ちする。

12

主は御名にふさわしく
わたしを正しい道に導かれる
死の陰の谷を行くときも

わたしは災いを恐れない

十三の口から紡《つむ》ぎだされる声は重なり、からまり合って上へ上へと昇っていき、やがて聖堂の天井にぶつかると上昇と同じ速度で舞いおり、唱和する子供たちに降りかかり、押し包んでいく。声は皮膚から浸透し、やがて血肉、細胞の一つひとつに染みこんできて、肉体の器官という器官のすべてを支配しはじめる。

ダンテはゆっくりと息を吐き、鼻の奥に蘇りつつあったかび臭いよどんだ空気の記憶を押しやった。

目の前に蓋を開いたライターが置いてあった。火は点《つ》いていない。重なり合う声はライターから流れでていた。

頭の中に充満していた霧が吹きはらわれた気がした。だが、ごく一部に過ぎない。白っぽいトンネルを通して、小さな視界が開けているだけだ。

トンネルの出口を凝視した。ほかには見るべきところもないからだ。男の顔が見えた。大きな目、鷲《わし》鼻、小さな顎……。ウェーブのかかった髪は漆黒《しっこく》で、撫でつけられ、整髪料で光っている。

見覚えのある顔だ。

「久しぶりだね、ダンテ」

声には深みがあり、さきほどの唱和と同様脳の奥へと浸透してくる。

「ぼくが誰か、わかるか」

「ソーカー」

声を圧しだした。咽がひりひりする。まるで自分の声とは思えないほどひどくかすれていた。

ソーカーは真っ白な歯を見せて頬笑んだ。目を逸らし、傍らに立っている男を見た。ピンストライプのスーツを着ている。がっしりとした躰つきに似合いのふてぶてしい顔をして見下ろしていた。髪は半ば以上白くなっている。顔に刻まれた皺は深く、唇の両端が下がっていた。

まわりにいるのは、ソーカーとその男の二人だけだ。身じろぎしようとして愕然《がくぜん》とする。躰が痺《しび》れ、思うように動かせない。かすかに金属音が聞こえた。手首の辺りだ。

おだやかな笑みを浮かべたまま、ソーカーがつづけた。

「君を起動《アクティベート》させたんだ。それなりの準備はした。筋弛緩剤《きんしかんざい》を投与したし、手錠をかけさせてもらっている。君は、君が考えている以上に危険な状態に陥っている。ぼくは、君を助けに来たんだ」

目は動いた。殺風景な部屋を見渡す。口許は痺れ、呂律《ろれつ》が怪しい。

「ここ……、どこだ?」

「東京メトロポリタンポリスの本部だ」

「どうして、警察に？　おれはミスを犯したのか」

「ミスを犯したという点では、残念ながらイエスだ。だが、君のせいではない。〈毒〉が君の脳に影響を及ぼしている」

「おれが〈毒〉だ」

満足そうにソーカーがうなずく。

「君は、インターゾーンにいる。〈毒〉プロジェクトが解散してから何年もの間、アフターケアを受けないまま過ごしてきたからね。二つの人格の間を行ったり来たりしているうちにどちらにいるか、わからなくなってきているはずだ」

必死にソーカーの言葉の意味を考えようとしていた。だが、脳内の霧が完全に払われたわけではない。

ソーカーが身を乗りだし、テーブルの上に両手を置いた。興味津々《しんしん》の眼差しで実験動物を見るときにも同じ顔をするのだろう。

「このところ、やたら眠くなかったか」

うなずいた。

「それから頭痛だ。ひどい頭痛がしただろう」

ソーカーの瞳が翳《かげ》る。まるで同情しているような顔つきだ。だが、同情心ほどソーカーに似合わない情動はない。

ふたたびうなずく。

「実は、詩編二十三を聞かせるのは一種の賭けだった。君が表面の人格で目覚めるか、ダンテとなるか、あるいは何も起こらない、つまりはそのままの状態がつづくか、ぼくにも予測はできなかった。〈毒〉プロジェクトはまだ研究段階だったからね。経過を観察する必要がまだまだあったんだが、乱暴にも中断させられた」

じっとソーカーを見つめた。

「インターゾーンというのはぼくらが便宜的につけた名称だ。正直にいうと、人間の脳がどのように活動しているのかすべてがわかっているわけじゃない。君の今置かれている状況についても類推しているだけなんだよ。ただし、一つだけはっきりしていることがある」

言葉を切ったソーカーがダンテの目をのぞきこむ。

「インターゾーンは長続きしない。いずれ君が今まで陥《おちい》っていた状況から抜け出せなくなる。おそらくは死ぬまで」

「おれが陥っていた状況……」ダンテは首を振った。「駄目だ。何も憶えていない」

「それじゃ、黒木のことは憶えているか」

ソーカーの声がひたいを打ったように響き、首がのけぞりそうになる。

空き部屋になっていたマンションが浮かんだ。家具は何もなく、板張りの床にベージュの電話機だけが置かれていた。そのほかにはぼろぼろの茶色いゴルフバッグ。蓋を開き、レミントンM40A1を出そうとしていた。そしてライターだ。今、目の前にあるのと同じライターのヤスリを黒木が鳴らし、詩編を唱和する声が聞こえてきた。

だが、記憶はそこで途切れている。

「黒木は死んだ」

ソーカーが低い声でいうのを、うつむいたまま聞いていた。

「アンナ・リャームカニャに射殺されたんだ。これはぼくの想像だが、狙撃の寸前黒木は君をダンテにしようとして詩編を聞かせたんじゃないか。だが、君は人格変換に失敗して、意識を失った。だから黒木は君の代わりにテラスに出て、アンナを撃とうとした」

「詩編を耳にしたところまでしか憶えていない」

「やはりな。ぼくの想像した通りだった」

晴れていた霧がふたたび押しよせてくるのを感じた。望遠鏡を逆さまにのぞいているようにソーカーの顔が遠い。ソーカーは不機嫌そうな顔をした男と話している。声も遠くから聞こえてくるようだ。

「限界だろう。間もなく、意識を失う。二、三時間は目覚めない。あとは研究所《ラボ》で……」

白い霧にすっかり呑《の》みこまれ、もはや自分がどこにいるのか、何者なのか、わからなかった。

地下駐車場を歩きながら上平はぼやいていた。

「それにしても、そこの二人はないよなぁ。そりゃ、あちらは雲上人で、こっちはしがないぺーぺーだけどよ」

「こっちだって向こうの名前を知らないんだから行って来いでしょ」

答えながら仁王頭はコンクリートの柱に記された番号を見ていった。

「B9って出てるから、ここら辺りに停めてあるはずですよ」

駐車場に来る前、名前も知らない警視からキーを渡された。研究所が用意した車を使うよういわれ、帰りは茨城県警の車輛が迎えに来ると告げられた。キーホルダーに付けられたプレートにナンバーが手書きされている。

「おい、こいつか」

上平が見つけたのは、黒塗りのアメリカ車で巨大なワンボックスカーだ。つくばナンバーになっている。仁王頭はキーホルダーのプレートと見比べて、確かめた。

「間違いありません」

「随分でかいけど、普通免許で大丈夫なんだろうな」

「大げさですよ」

ドアロックを解除し、仁王頭は運転席、上平が助手席に乗りこんだ。左ハンドル車でセンターコンソールにはカーナビのディスプレイが埋めこまれている。新車特有のプラスチックの匂いがする。

後部を見た上平ががっかりしたようにいう。

「何だ。図体はでかいけど、中身はからっぽじゃないか」

後部荷室は右の側壁にベンチが作りつけになっているだけで、床は平らで何も置いてなかった。後部に両開きのドア、ボディの左右にスライディングドアがあった。

上平が顔をしかめる。

「いけねぇ、肝心の研究所の住所を聞いてないや。おれ、ちょっと戻って聞いてくるよ」

「待ってください。これで調べてみましょう」

仁王頭はキーを差しこみ、電源を入れるとカーナビを操作した。研究所の名前を思いだそうとして、画面上に〈HOME〉とあるのを見つけ、指で触れてみる。画面が切り替わり、つくば市郊外が映しだされ、中央に四角いマークが表示された。つくば人工知能研究所の文字が添えられている。

「大したもんだ。お前、こういうのに詳しいの?」

「使うのは初めてです」仁王頭は上平をうかがった。「さっき前田さんが来てましたよね」

「忘れろ」

上平はカーナビのディスプレイを見たまま、間髪を入れずにいった。

「この間は酒の上とはいえ、おれも調子に乗ってべらべら喋りすぎた。根も葉もない噂だよ」

「実はおれも前田さんに……」

いきなり上平は仁王頭の襟《えり》をつかむと、絞《し》めあげた。尋常《じんじょう》ではない力がこもっていて、息が詰まる。だが、仁王頭を驚かせたのは追いつめられたような上平の表情だ。

「忘れろ。いいな」

かろうじてうなずくと上平は手を離し、シートにもたれて目を閉じた。口を開け、荒い息を吐いている。まるで首を絞められたのが上平であるような顔だ。

三十分ほども二人は車内で待たされた。中身ががらんどうのアメリカ車が用意されたわけがようやく理解できた。

若い男はストレッチャーに乗せられ、運ばれてきたのである。制服姿の警官がストレッチャーを押し、ソーカー、芝山が付き添ってきた。仁王頭と上平も車を降り、後部扉を開いてストレッチャーごと積みこむのを手伝った。

若い男は目を閉じたまま、何の反応もしない。

ふたたび助手席に戻ろうとしたとき、芝山が上平の腕を摑んだ。

「お前は後ろで博士と一緒だ。おれが前に乗る」

「了解」

上平は挙手の礼をすると、スライディングドアを開け、ソーカーに乗るようにいった。

13

桜田門の警視庁を出て、首都高速に乗り、常磐自動車道へ入って谷田部《やたべ》インターチェンジで降りたが、すべてカーナビゲーションシステムの女性の声に従っただけで、途中の景色や特徴のある建物などほとんど憶えていないことに仁王頭は気がついた。サイエンス通りという名前には思わず苦笑したが。

助手席では、膝の間に杖を置いた芝山が腕組みをしていた。眠ってはいない。ルームミラーを見上げると、上平とソーカーは目をつぶっている。ストレッチャーに乗せられた男に変化はない。

「係長」

そっと声をかけた。

「何だ?」

「今回の押送が終わったらそれぞれの所属に戻れると聞いたんですが、何か聞いてます?」

芝山は後ろをうかがい、前に向きなおった。

「そう、これが最後の仕事になる。だからおれもあえて志願したんだ。志願というほど大げさなものじゃないか」

うっすらと苦笑いした芝山が付けくわえる。

「二カ月ちょっとか。さすがに今回ばかりはきつかった」

芝山の言葉が仁王頭の胸に重くのしかかってくる。二カ月前、成田空港に到着したアンナ・リャームカニャの監視をするため、上平と仁王頭は北海道から呼ばれた。アンナを拘束するのが目的で、無事終了すれば、すぐ北海道へ戻ることになっていた。だが、そこから大混乱が始まった。

何人死んだのだろう、と思う。殉職者だけでも相当な数にのぼり、一般市民の犠牲者はさらに多い。アメリカ合衆国大統領と〈アフリカの曙光〉は何とか無事に帰すことができたが、ミュージシャンは警備陣の真ん中で殺されてしまった。

「十五戦全敗……」芝山がつぶやく。「とはいわないまでも惨敗だったな」

「新摩天楼から狙撃した犯人についてはなにかわかってるんですか」

わずかにためらったあと、芝山は首を振った。

「犯人は狙撃したあと、自ら仕掛けた爆弾で死んだかも知れないし、逃亡したかも知れない。陸上自衛隊のヘリコプターが撃たれてから新摩天楼がふっ飛ぶまで三分しかなかった。瓦礫の下から発見された遺体は損傷が激しくて、完全に身元が確定したわけじゃない」

「逃げたとして、どんな方法が？」

「おそらくエレベーターは使っていない。爆発と同時に四十八階まで造られていたエレベーターも建築資材を運びあげる方も緊急停止した」

「七十一階と見られているんでしたっけ。そんな上から階段を使って降りてくるのにどれくらいかかるんでしょう」

「さあな。十五分後には所轄署と千葉県警の警備課が新摩天楼を包囲していたから逃げだしたのは、それ以前ということになる」

「十五分じゃ、いくらなんでも不可能でしょう」

「たぶん。爆発に巻きこまれてもいない、階段もエレベーターも使っていないとすれば、飛びおりたことになる。パラシュートかハンググライダーを使ったのかも知れない。しかし、習志野の空挺部隊の連中でも難しいといっているらしい。現場周辺で墜落した死体は見つかっていない。ハンググライダーも、パラシュートも」

「被疑者リストは作ってるんでしょう?」

仁王頭の問いに、芝山は首を振った。

「おれにはわからん。さっき引き合いに出した習志野の空挺部隊の隊員やOB、スカイダイビングやハンググライダーを趣味にしている連中をピックアップしているだろう。自衛官なら射撃訓練も受けているだろうが、二キロも離れたところに立っている人間を撃てる奴はなかなかいない」

「そうですね」

芝山は本当に知らないのだろうか、と思った。警察には秘密主義の体質がある。部外にはもちろん、同じ警察内部でも課、係が違えば、たがいの手の内を晒すことはしない。まして公安部局の秘密主義は警察のなかでも図抜けている。

前を見たまま、芝山がいった。

「ニオウは札幌に帰りたいか」

「不思議ですね。今ではすっかり北海道に馴染んでしまいました。係長は福岡でしたっけ」

「ああ、単身赴任だ。こっちに家を建ててるし、娘が中学生なんだ。受験をひかえているから東京に残しておきたいって女房がいってね。福岡といわれたときに単身は覚悟してたけどね」

「それじゃ、今回の招集があったおかげで家族が一緒にいられたわけですか」

「そうでもないさ。警備は泊まり込みだったろ。それからは入院してたし」

口許に浮かびかけた苦笑が途中で消え、芝山は情けない顔つきになった。

「自宅にいてもどうだったろうな。中学生くらいの娘は難しいよ。親父を何だか汚《きたな》らしいものでも見るような目つきをしやがって。話をするっていっても、共通の話題なんかありゃしない。ニオウ、結婚は？」

「まだです。彼女もいませんよ」

「三十過ぎると、男も女もいわれるよな。そろそろ将来のことを考えないとって。でも、将来って何だろう。結婚して、子供を作って、家を建てて……」

芝山は首を振った。

「何かしたいことがあるんなら独り者でいる方がいいんじゃないかと思うようになったよ。おれには、これといってしたいことがあったわけじゃないから結婚するくらいしかなかったのかも知れない」

「いずれは本庁に戻れるんじゃないですか。やっぱり家族一緒の方がいいでしょう。娘さんはお父さんと一緒にいるのに慣れていないだけじゃないんですかね。独り者のおれがいえた義理じゃないですけど、同じ家に住むようになれば、少しずつ昔みたいに暮らせるようになっていくんじゃないでしょうか」

「どうだろうな」芝山は首をひねった。「おれも特装隊から足抜きしようと思ったことがある。最近は射撃訓練もろくにしてないんだ。県警本部の警備課でデスクワークが多い。昔なら焦りもしただろうが、歳《とし》のせいか、目もかすんできたし、ターゲットがよく見えないんだ。おれたち狙撃屋は目が命だろ。普通のお巡りさんに戻って余生を過ごすのも悪くないかなと思ったりする」

そのとき、後部から電子音が聞こえてきた。目を上げると、ルームミラーの中でソーカーが身じろぎし、携帯電話を取りだすのが見えた。隣りで上平がはっとしたように目を見開く。上平は助手席の芝山、ストレッチャーに寝ている若い男と視線を走らせたが、順番が逆だろうと仁王頭は胸の内で語りかけた。

ソーカーがふいに叫んだ。

つづいて上平が怒鳴る。

「すぐ車を停めろといっている」

「何だ」芝山が上体をひねって後ろを見た。「何があったっていうんだ?」

じっとソーカーを見つめていた上平の顔が引き攣《つ》った。

「アンナだといってます。アンナからの電話で、ただちに車を停めろ、と」

「駄目だ。ニオウ、突っ走れ。何が狙いかわからないが……」

突然、車内で起こった凄まじい爆発に芝山の声は途切れた。熱い空気が膨れあがり、仁王頭は運転席のドアに叩きつけられる。

目の前に電柱が迫ってきた。

とっさにブレーキを踏み、ギアを抜こうとした。

間に合わなかった。

運転席の松久は右手で首筋を押さえ、のけぞっていた。助手席の芝山がハンドルを掴み、怒鳴っている。

アクセルを踏め、踏みつづけろ——。

いや、松久は死んだはずだ。失血があまりに多すぎて救急車が臨場《りんじよう》するまで命を取り留めることはできなかった。

はっと目を開いた。斜めになった電柱がすぐそばに見えた。フロントグラスがひび割れている。左ハンドルの車の運転席にいることをようやく思いだした。爆発が起こり、ドアに叩きつけられたことを思いだした。目を動かす。エンジンは止まっていたが、運転席はきれいなままで飛びちった破片もない。右を見た。フロントグラスの右側もひび割れている。目を凝《こ》らした。ひび割れは放射状に広がっており、中心には穴が開《あ》いていた。さらに視線を移動させていった。

助手席のシートに背中をあずけ、芝山は眼球がこぼれ落ちそうなほどに目を見開いていた。歪んだ唇が開き、食いしばった歯がのぞいている。首から下が真っ赤に染まっていた。飛散した血は助手席の窓にも付着している。

撃たれたのだ。

密閉された空間に銃弾を撃ちこむと、逃げ場を失った空気が圧縮され、ガスが爆発したように感じるというのを聞いたことがある。窓を閉め切った車でも同じ現象が起こるのだろう。車に乗っている最中に撃たれたのは、初めてだ。

地下茎でつながっているように記憶が次々蘇ってくる。ソーカーの携帯が鳴り、上平が怒鳴った。

アンナ。

あわてて躰を起こそうとして、シートベルトに引き戻される。金具に手をやったが、見つからない。うなり声を発しそうになったとき、こめかみに堅いものを強く押しつけられた。激しい痛みに目を閉じそうになる。目を見開いたまま微動だにしない芝山を見つめ、何とか堪《こら》えた。

女の声が聞こえた。

「動くな《フリーズ》」

その程度の英語はわかる。声のした方に顔を向けようとした。こめかみに当てられた堅いもので押しやられた。唸り声が漏れる。上平のあわてた声が聞こえた。

「逆らうな、ニオウ。いわれた通りにするんだ」

ゆっくりと両手を挙げる。大きな怪我はしていない。ふたたび上平がいった。

「アンナだ」

うなずくと同時に狙撃されたことを悟った。ソーカーの携帯電話を通じて停止を命じられたとき、芝山は突っ切れと怒鳴った。目的地は目の前に来ていた。スピードを上げれば、五分で到着しただろう。

仁王頭は両手を挙げたまま、フロントグラスにうがたれた銃弾の跡を見ていた。打ちこまれたのは一発だ。だが、その一発で芝山は即死し、膨れあがった空気に吹き飛ばされて仁王頭は失神した。

アンナが低い声で何かいい、上平が返事をする。

「ニオウ、拳銃を後ろへ放れ。左手だけでなす環を外して、銃を抜いて、後部に放りだすんだ」

警察官が所持している拳銃には盗難、紛失、落下を防止するため、吊り紐《ランヤード》がつけられている。ランヤードを留める金具をなす環という。

「なす環なんて、知ってるんですか、この女」

「お前の頭に突きつけられているのは、おれの拳銃だ」

舌打ちしたとたん、銃口でこめかみを突かれた。食いしばった奥歯が軋《きし》む。

「おかしなことを考えるな。アンナは躰中にＣ４を巻きつけてる」

高性能爆薬Ｃ４と聞いて、また東関東自動車道の自爆テロが浮かんだ。パネルトラックがバスの陰に消えた直後、爆発は起こった。震動も音も聞こえない。テレビでくり返された自爆テロの瞬間というシーンを思いだしているだけかも知れない。

いわれた通りに左手でスポーツジャケットの前を開き、ショルダーホルスターを剝きだしにする。こめかみに当てられたままの銃口は動かなかった。拳銃をケースに収めたまま、なす環を外し、安全止革も外すと親指と人差し指で銃把をつまみ、Ｐ２２０を抜く。運転席と助手席の間から後ろへ放り投げようとしたとたん、荒々しくもぎ取られた。

思わず躰を起こし、運転席のすぐ後ろに立っているアンナを見上げた。

色の白い女だ。セルフレームのサングラスをかけている。レンズの色が濃く、目をはっきりと見ることはできなかった。右のこめかみに白っぽいケロイドがのぞいている。髪は黒く、成田空港で見たときと同じ髪型をしていた。

黒っぽいシャツの上にサスペンダーを着けていた。上平がいった通り、サスペンダーには四角い箱が並んでいて、黄色の文字でＣ４と印刷されている。

手を挙げ、アンナを睨みつけたまま、上平に声をかけた。

「怪我は？」

「おれは大丈夫だ。ぶつかったときに転がり落ちてストレッチャーに頭をぶつけたが、ちょっとおでこを切っただけだ」

「博士は？」

「怪我はない。自分のいうことに逆らうからこんなことになるって喚《わめ》いてる」

こんなこととといわれ、また芝山に目をやった。唇を嘗《な》め、声を圧《お》しだした。

「係長は……」

「わかってる」遮るように上平はいったが、声を荒らげはしなかった。「弾はシートも貫通してるからな」

いった。

「眠ったままだ。薬でも打たれているんだろう。全然目を覚まさない」

アンナが遮るように銃を振った。仕種《しぐさ》の意味がわからない振りをした。上平が沈んだ声で
「男は？」

「逆らうな、ニオウ。この女が巻きつけてるC４の量を見ただろ。辺り一帯吹き飛ぶぞ。博士もこの男もお前も死ぬし、おれもまだ死にたくない。爆弾で木っ端微塵《こっぱみじん》なんてごめんだ」

「でも、エンジンがかかるかどうか」

アンナが拳銃の撃鉄を起こした。引き金をひけば、ダブルアクションで第一弾を発射できる。撃鉄をコックしたのは、脅し以外の何ものでもない。

効果はあった。ソーカーが咽を鳴らして息を吸いこむ。

前に向きなおると、仁王頭はイグニッションキーをひねった。アメリカ車のエンジンは何事もなかったように息を吹き返した。

第三章　究極の狙撃手

1

仰向けになったまま、ダンテは焦げ茶色の天井を見上げていた。剝《む》きだしになった梁《はり》や屋根裏は古く、雨だれの染みがついている。空気が埃《ほこり》くさかった。

躰を起こそうとしたが、動けない。ブルーのシーツがかけられた下では、躰がベルトで拘束されているのに気がついた。

首を曲げ、右を見た。男が二人、転がされている。どちらにも見覚えはなかった。背中を向けている男は後ろに両手を回され、手錠をはめられていた。もう一人はこちらを見ているが、眠っているのか、目をつぶっていた。両腕とも後ろにあるところを見ると、同様に手錠をかけられているのかも知れない。

左側に顔を向け、ぎょっとした。女が立っていた。女にも見覚えがない。濃い色のレンズが入ったサングラスをかけている。右のこめかみにケロイドがあるのを見つけて、はっとした。

「どうやら私が誰かわかったようね、ダンテ」

「アンナか」

形のいい唇が歪み、冷笑を浮かべた。

「助けてもらったんだ、お礼のひと言くらいいってもいいんじゃない、ダンテ？」

「ぴんと来ない。確かにおれの名前なんだが、躰に合わない服を着せられているようだ」

「インターゾーンか」

「何？」

「気にするな」

「助けてくれたようだが、一体何のために？　それにここはどこだ？　手錠をかけられている男たちは？」

「あの男たちが誰で、ここがどこか。それはどうでもいい。自分の心配だけをしなさい、お馬鹿さん。なぜ、私がお前を助けたのか」

「どうしてだ？」

「殺すためだよ」

そういうとアンナは拳銃を取りだし、銃口をダンテのひたいにあてた。撃鉄を起こす。金属音が直接頭蓋骨《ずがいこつ》に響いてきた。

「なぜ、おれを殺す？　殺されるにしても理由くらい知りたい」

「天使を殺した罰」

引き金にかかったアンナの指の関節が白っぽくなった。

瞬《まばた》きすらしないでダンテはアンナを見返していた。


十五世紀末、ボスニア地方を併合したオスマン帝国は、アドリア海とバルカン半島の内陸部を結ぶ交通の要衝としてミリャッカ川沿いのヴフルボスナの地に町を建設した。町は周囲を丘陵に囲まれていた。

それがサラエボ、アンナの生まれ故郷である。

バルカン半島におけるイスラム教とイスラム文化の中心都市であり、二十世紀初頭オーストリア・ハンガリー帝国に併合されたあとも数多くのイスラム教徒が住みつづけ、オスマン時代の面影を残していた。

一九八四年には冬季オリンピックが開催されたが、そのわずか八年後に戦争が勃発《ぼっぱつ》、首都サラエボは主戦場となり、四年にわたって包囲された。

かつては天然の城壁となった四囲の丘陵地帯には戦車、野砲がびっしりと配置され、戦闘機、偵察機が上空を飛びまわった。市街地の通りという通りはすべて監視され、市民は歩くだけでもつねに銃撃の恐怖にさらされていた。

食料、水は不足し、電気、ガソリンは皆無、おかげで家庭用暖房機は冷たいまま、交通機関は途絶した。電話など通じるはずがなく、紙、鉛筆まで手に入らない。市民は雨水で渇きをいやし、拾い集めた薪《たきぎ》で暖を取り、庭に作った畑でほそぼそと野菜を育てて食いつないだ。わずかながらの食料と医薬品は、悪臭に満ち、太ったネズミが跋扈《ばっこ》する下水道を使って運ばれ、家庭菜園を耕す作業も深夜に音をたてずに行わなければならなかった。

街の中心部を流れる川には、石造りの橋がいくつもかかっていたが、いずれも弾痕でぼろぼろになっていた。商店、住宅、学校、病院、すべての建物という建物は窓ガラスが割れ、激しい戦闘で破壊されたのちも瓦礫《がれき》は撤去されないまま放置されていた。

アンナの家族が住み、平和に暮らしていた通りは、皮肉にもスナイパーストリートと名付けられた。狙撃兵たちが通りの両側に並ぶ建物に身を潜《ひそ》め、敵兵のみならず市民までも的にしていたのである。アンナもまた狙撃兵の一人として戦うことを余儀なくされていた。都市の中心部は、身を隠すのに絶好のポイントがそれこそ無数にあり、サラエボは狙撃兵の天国と称され、同時に墓場であった。

狙撃兵が市民をも狙ったのは、敵兵が市民を装っていたからでもある。いや、市民の大半が銃を取り、戦う兵士であった。アンナが狙撃旅団の一員であったように、アンナのたった一人の姉も市民の一人として戦っていた。結婚して、幼い娘がいたが、娘を乗せた乳母車に武器を隠して運ぶ活動をしていた。

重苦しい雲に覆われた暗い秋の昼下がり、姉は乳母車を押して通りを歩いていた。アンナはアパートの一室でドラグノフSVDのスコープをのぞき、敵兵を撃ち倒した直後のことだ。姉の娘は生後三カ月、カールした柔らかな金髪と青い目は天使そのものだった。ミーシャ――名前が脳裏を過《よぎ》るたびにアンナの胸はきりきりと痛んだ。

姉はミーシャを乗せた乳母車で武器を運んでいた。だが、自動小銃は乳母車には大きすぎ、産着《うぶぎ》の一端では隠しきれなかった。一撃で姉が射殺され、二発目は乳母車に乗っていたミーシャを撃ち抜いた。

通りの真ん中で乳母車から噴きあがった赤い霧をアンナは今でもはっきりと憶《おぼ》えている。その夜、狙撃旅団の上官であり、アンナにとっては狙撃の手ほどきをしてくれたクリュチコフがいった。

『赤ん坊を平気で撃てる連中がいる』

『人間とは思えない』

『そう、人間じゃない。奴らは人工的に作り替えられた兵士だ』

サラエボは狙撃兵の天国、墓場、そして実験場でもあったのだ。

他人の生命を奪うことにまったく痛痒《つうよう》を感じない人造兵士、それが〈毒《ポイズン》〉であり、ダンテこそミーシャを撃った男だ。そうカインに教えられた。カインがどのようにして経緯を知ったのか、また本当にダンテが撃ったのか、アンナにはわからなかったが、今、躰の自由を奪われたダンテが目の前に横たわっている。

訊ねてみればいい。

アンナは、日本警察の自動拳銃をダンテのひたいに押しあてていた。

「サラエボにいただろう」

アンナの問いにダンテはうなずいた。拳銃を押しつけられているというのにダンテの目には恐怖も狼狽《ろうばい》もない。

「そして私の姪《めい》を撃った」

「だれを撃ったかまでは憶えていない」

「乳母車だ。お前は乳母車を押している母親を撃ち、そのあと乳母車を赤ん坊ごと撃った」

「ああ、あれか」ダンテはまるで表情を変えずにうなずいた。「そんなこともあったな」

「そんなこと？」

銃口をダンテのひたいに押しあてたまま、左手で撃鉄を起こした。撃鉄がコックする際の金属音がじかに骨に響いているはずなのに、相変わらずダンテは無表情のままだ。

「観測手が撃てと指示したものを撃つ。観測手が目で、おれは指だ」

「黒木か」

「いや、別の男だ。クラッシュというコードネームだった。黒木は教官で、キャンプにいたころは実戦に参加していない」

観測手はチャーリー要員、狙撃手はデルタ要員と呼ばれていたとダンテはいう。

「その観測手は？」

「死んだ。おれが撃ち殺した」

「話せ。サラエボでのこと、憶えているんだろう？」

爆弾によって壁の一部が崩れた四階建てのアパートでダンテは跪《ひざまず》き、サコーTRG—42狙撃銃を構えていた。

ユナートル社製八倍のライフルスコープの丸い視野には石造りの壁に背中を押しあて、空を仰いで顔をしかめている若い民兵をとらえていた。だが、ダンテの銃には安全装置がかけられ、人差し指は真っ直ぐに伸ばしてトリガーガードに触れていた。ダンテと観測手のクラッシュに与えられていた命令は、民兵を撃つことではなく、守ることにあった。

サコーライフルをわずかに振る。民兵は三人がひとかたまりになって壁に身を寄せ、先頭の一人が壁の角から通りを観察していた。

クラッシュは通りのそこここに観的眼鏡《スポッティングスコープ》のレンズを向け、敵兵、とくに狙撃兵の姿を探している。任務が容易ではないことはダンテも理解していた。民兵はまだ軍服を着用しているが、敵は二十年以上も着古したコートを着ている。市民そっくり、いや、市民そのものが撃つべき敵なのだ。

ふいに銃声が響き、三人のうち、しんがりにいた若い兵士の胸元が破裂した。

銃声のした方向に目をやったダンテは舌打ちした。五階建てのアパートから狙撃されたに違いなかったが、通りに面した部屋の窓は大半が手すりを吹き飛ばされ、窓ガラスもない。どこから撃ったものか判断がつきかねたし、ダンテから見て左手にあるため、窓の奥を見通すことができない。

眼下の通りでは、市民たちがふいに起こった銃撃戦に備え、壁に身を寄せて立ちつくしている。

ダンテは撃たれた若い兵士をスコープ越しに見た。彼は弾《はじ》けた胸を見下ろしていた。ブルーの瞳は信じられないとでもいうように大きく見開かれている。兵士の胸に命中した弾丸は回転しながら皮膚、筋肉、骨を破壊し、肺組織の大半を体外に引きずりだしていた。弾丸が射出していった方向に引きずられるように倒れたときには絶命していただろう。

ふたたび左手のアパートから銃声が響き、クラッシュが罵《ののし》る。

「クソッ」

次弾で三人並んでいたうち、先頭の中年兵士が射殺された。真ん中にいた三十代の兵士が撃たれた若い兵士に近寄ろうとするのを制し、姿なき狙撃兵を求めて周囲を見まわしつづけていた男だ。

第二弾は中年兵の背中の右寄りに命中していた。ライフル弾のエネルギーは凄まじく、衝撃で中年兵は吹き飛ばされ、中央の兵士にぶつかった。銃弾は中年兵の背と腹を裂き、射出したあと中央の兵士の右太腿《ふともも》に突き刺さったようだ。中央の兵士は自動小銃を放り投げ、右手で太腿の傷を押さえつけた。唯一の生き残り兵は歩道を這《は》いずり、何とかその場を逃れようとした。

すぐわきでクラッシュが肩につけた無線機のマイクがかすかな音を立てた。マイクは、送信スイッチを入れていないときには通信をモニターするためのスピーカーとなっている。

〝前線司令部《ポスト》から猫目班《キャッツアイ》……、猫目班？　スナイパーか……〟

〝二人、やられた……。洋品店の先……〟

二人？――狙撃銃を構えたまま、ダンテは眉間に皺《しわ》を刻む――三人だろう。

誰が答えているのか、わからなかった。少なくとも太腿を押さえて逃げだそうとしている兵士でないことははっきりしている。声を出すことはおろか、呼吸すらままならなくなっているに違いない。

無線機が甲走った声を発する。

〝現在の状況を伝えろ。くり返す、現在の……〟

〝撃たれた。三人目も重傷……〟

激しいノイズが溢れだし、顔をしかめたクラッシュが無線機のスイッチを切った。市街戦を戦っている兵士たちの装備は武器、無線機いずれも二、三十年前の代物だ。

〝クソッ、どうなってるんだ。空電……〟

〝……よけいな……、とにかく……〟

〝救出？　ネガティブ、状況は最悪……〟

顔をしかめたくなるほど凄まじいノイズの間から途切れ途切れに声が聞こえるだけだったにもかかわらず、状況は的確に伝わってくる。本部がどこにあるのかはわからなかったが、たとえ撃たれた兵士の様子を直接見ていなかったとしても、通信を聞いているだけで惨状がありありと浮かぶだろう。

そのとき、クラッシュが叫んだ。

「ダンテ、通りだ。乳母車を押している女」

ＴＲＧ―42を振った。スコープに女の姿をとらえる。レティクルは女の胸元に載っている。

「見えた」

「武器を持っている」

女はコートを着ているためにひどく太って見える。片手を乳母車にかけ、もう一方の手で細長い包みを持っていた。布がめくれ、確かに自動小銃の前部銃床と銃口がのぞいている。

「撃て」

自動的に指が反応し、サコーが吠え、銃身が跳ねあがった。女の頭が吹き飛ぶのを見ながらもダンテは右手で槓桿《こうかん》を引き、空薬莢《からやっきょう》を弾き飛ばして次弾を装塡していた。

「次は乳母車だ」クラッシュが耳元でいう。「赤ん坊など乗っちゃいない。偽装だ。撃て、ダンテ」

レティクルが乳母車の上で揺れる。こんもりと盛りあがっている産着の下には何があるというのか。

産着が動いた。あるいは動いたように見えただけかも知れない。

ふたたびクラッシュが叫んだ。

「撃て、ダンテ。あの女、領事館に突っこんで自爆するつもりだったんだ。乳母車は爆弾」

クラッシュが焦《じ》れ、声に苛立《いらだ》ちが滲《にじ》む。

「撃つんだ、ダンテ。何してる。早くしろ」

ふたたび自動機械と化したダンテの指が引き金を切った。

銃声が通りを駆けぬけていき、周囲に静けさが戻る。三発目の弾丸を装塡したダンテは乳母車を見つめていた。白い産着が真っ赤に染まっている。クラッシュが無線機のスイッチを入れた。

ほどなくマイクからは男の声が流れてきた。

〝撤収しろ、クラッシュ……、ほかのチームはバックアップにまわれ〟

「了解」

クラッシュが答えた。

その日、アンナは一日で三人の兵士を撃ち殺した。記念すべき日となったが、同じ日に姉と生後三カ月の姪が射殺された。兵士たちを撃った直後のことだ。

報復に対する報復、さらに報復への報復……、憎悪の連鎖が途中で断ちきられることはない。戦争が終わってもアンナは市民生活に戻ることができなかった。憎悪の連鎖という呪いから逃れられなかったのだ。

拳銃を持つ手から力が抜けそうになる。

姉と姪が殺されたのは、アンナが三人の兵士を射殺したためだ。兵士たちに恨みなどなかった。たまたま着ている軍服の色が違っただけに過ぎない。ダンテもまた同じなのだ。市民の姿をした兵士たちを撃つのが任務だった。

アンナはようやく口を開いた。

「クラッシュを撃った、といったな」

「山間《やまあい》の教会だ。おれは日本政府が作った危機管理センターに雇われていた。〈毒〉部隊で狙撃手をしていたとき、おれのコーディネーターをしていた女は日本人だった。彼女が日本に戻り、日本独自の対テロ組織として危機管理センターを作るとき、おれはデルタ要員として連れてこられた。人工的に作られた二重人格者だ。まともに生活はできなかった。誰かが……、事情を知っている誰かの管理を必要としていた」

「山間の教会か」

「お前も憶えているだろう。おれたちは標的を挟んで撃ち合った」

空洞になっているはずの眼窩《がんか》で、今はない右目が痛むような気がした。

ダンテはアンナを見つめたままつづけた。

「そのときの標的がクラッシュだった。クラッシュは〈毒〉が解散したあと、ロシアに放置されていた核兵器を売りさばく仕事をしていた。買い主の一人が日本人で、危機管理センターは核兵器の持ち込みを阻止しようとしたんだ」

「お前がクラッシュという男を撃ったのだとしたら……」

「黒木だ。あのとき黒木は観測手であり、バックアップを務めていた。黒木がお前を撃った」

スタジアムでコンサートのゲストとして来ていた〈アフリカの曙光〉を撃とうとしていたとき、アンナは狙撃された。初弾が外れ、応射で相手を殺した。知らず知らずのうちにアンナは失われた右目と右手の敵討《かたきう》ちをしていたことになる。

「あのとき、黒木は五〇口径のライフルを使っていた。まさかお前が生き残っているとは思いもしなかった」

「黒木はうますぎたんだ。弾丸はライフルスコープとライフルの機関部を滅茶苦茶にしたが、その衝撃で大きく逸《そ》れた」

　手袋をはめたままの右手を見せる。

「だが、無傷というわけにはいかなかった。右目と、右手を半分失った」

「なるほど」ダンテはうなずいた。「おれの知っていることはすべて喋った」

「どうして話す気になった？」

「秘密にしておく理由がない。お前が聞きたがっていた。だから話した。それだけだ」

「死ぬのが怖くないのか」

「怖いんだと思う。だが、正直にいうとわからない。ここ一年ばかりの間に躰に変調を来《きた》している。自分が何者なのか、どこから来たのか、わからなくなる」

「アイデンティティは記憶だといった奴がいる」

「記憶か」ダンテがうっすらと笑う。「なるほど。おれは人格移行するときにいつも記憶を失っている。自分が何者かわからなくなっても当然か」

「子供の頃の記憶は？　どんな家に住んでいたとか、どこの学校に通ったとか？」

　ダンテは首を振った。

「何一つ憶えていない」

「親のことも？」

「知らない」

アンナは銃口を天井に向けると安全装置をかけた。

「お前の過去を知っている奴がいる」

「ソーカーか」

「そうだ。ここに連れてきている。サラエボでのことも含め、ソーカーは色々知っているはずだ」

「過去をほじくり返してどうなる」

「少なくとも自分が何者なのかを見つけることはできるだろう」

ダンテの躰を覆っていたシーツを剝《は》がすと、アンナはダンテを拘束していた幅の広いバンドを外しにかかった。

2

ストレッチャーから足を下ろした。古い木の床が軋《きし》み、躰が沈む。一瞬、踏み抜いたのかと思った。違った。膝《ひざ》に力が入らずによろけたのだ。アンナが素早く右手を差し伸べた。失われているはずの人差し指、中指、親指がしっかりとダンテの腕をつかんでいる。

「大丈夫か」

「ああ」ダンテはうなずいた。「まだ、薬が多少残っているのかも知れない。ソーカーに一服盛られたんだ」

自分の腕をつかんでいる赤い革手袋をはめた手に目をやると、アンナが微苦笑を浮かべた。

「高性能の義肢だ。脳からの指令を電気信号に変えてサーボモーターが作動する。その気になれば、お前の腕をねじ切るくらいパワーアップできるそうだが、腕の太さが今の三倍になるモーターに付け替えなくてはならないといわれた。それで断った」

にやりとしたアンナがつけくわえる。

「私もあんたと同じ、ソーカー作の出来損ないの改造人間だ」

「出来損ないか、なるほど」

革手袋越しの感触は確かにプラスチックのように硬質であるような気がした。

ストレッチャーに手をついたまま、慎重に立った。躰が少しだるかったが、目眩《めまい》も吐き気もない。

あらためて周囲を見渡す。木造の物置小屋のような造りだが、かなり広い。左右に大きく開く扉の前は車庫のようになっていて、大型のワゴン車が入れてある。フロントグラスの右側には明らかに弾痕とわかる穴が開いており、放射状のひびが広がっていた。左側にもひびが入り、フェンダーがつぶれ、ライトも割れている。

車のわきに人が寝かされていた。ブルーのシートがかけられているが、革靴を履いたままの両足がのぞいている。フロントグラスの弾痕からすると、助手席に座っていたのだろう。

ダンテは車に目を向けたまま、訊ねた。

「おれを殺すために奪還したといったな。それなのに殺さなかった」

「いつでも殺すことはできる」

ふり返った。アンナの表情はおだやかで殺意は感じられない。床に転がされている二人の男に目をやった。二人とも後ろ手に手錠をはめられたまま、身じろぎもしない。

「死んでいるのか」

「死人に手錠は要らない」

「何者なんだ？」

「おそらく警察官だろう。お前を護送してきた」

目を上げ、梁が剥きだしになった屋根裏を見渡す。

「ここは、どこなんだ？」

「わからない。適当に車を走らせて、山の中の廃屋を見つけた。大きな納屋があったんで取りあえず車を隠すのに都合がよかっただけだ。いずれにせよ長くはいられない。お前が到着しなければ、カインが探しはじめるだろう。おそらく公安警察も動くに違いない」

「カイン？」

「私をヨーロッパから呼び寄せた男だ。ある男を撃てといわれた」

アンナがダンテを睨む。残された左目が憎悪に光る。

「お前は、どうして私を狙った？〈アフリカの曙光〉じゃなく、私を」

「黒木に頼まれた。例の教会での撃ち合い以来、あんたとは因縁がある。決着をつけるのに力を貸してくれといわれた。しかし、できなかった」

出来損ないの改造人間といったアンナの言葉が脳裏を過る。ソーカーはダンテが〈毒〉に犯され、インターゾーンにいると表現した。脳の状態を表しているのだろうが、意味はよくわからなかった。

「ソーカーは？」

「あまりに喚《わめ》き散らすんで別の部屋に閉じこめてある」

「ちょっと訊きたいことがある」

「私も、だ」アンナが顎《あご》をしゃくった。「こっちだ」

アンナ・リャームカニャと、正体不明の男が出ていくまで、仁王頭は目をつぶったまま聞き耳を立てていた。後ろ手に手錠をかけられていては、反撃どころか躰を起こすことさえできない。

「ニオウ」囁《ささや》くように上平が声をかけてくる。「生きてるか」

「ええ、何とか。主任は？」

「おれも怪我《けが》はない。だけど腕が痺《しび》れて、それに抜けそうなくらい痛い」

「いわれてみると、確かに」

両腕とも背中に回され、腰の辺りで手錠を打たれている。肩から上腕にかけて筋肉が強張《こわば》り、痺れていた。

「ここがどこら辺りか、わかるか、ニオウ」

「北上しましたから筑波山麓《つくばさんろく》へ向かってきたのはわかります。標識もいくつか見てますが、山道に入ってからもしばらく走っているので正確な位置は、ちょっと……」

山道を走りつづけているうちに道路脇に廃屋を見つけた。離農した農家のようだが、周囲には畑の痕跡も見つからない。大きな納屋と母屋とが並んで建てられており、アンナが納屋の方へ車を入れるようにいった。

車を隠すと、ストレッチャーごと若い男を車から降ろし、芝山の死体を助手席から出した。芝山を取りあえず床に寝かせ、放置してあったシートをかけた。その後、俯《うつぶ》せになるようにいわれ、仁王頭も上平も自分の持っていた手錠をかけられた。拳銃だけでなく、携帯電話と手錠の鍵、警察手帳、財布などすべてを奪われている。

部屋を出て行ったアンナと若い男の様子をうかがっていた上平が床の上を芋虫《いもむし》のように移動し、近づいてきた。

「起きあがれそうか」

「何とかなりそうなんですが……」

仁王頭は顔をしかめた。車が電柱と衝突した際、左の足首をひねっていた。半ば無意識のうちに踏ん張っていたところへ衝撃が来たためだろう。アンナの指示にしたがってストレッチャーや芝山を降ろすときにも片足を引きずっていたが、今はさらに痛みがひどくなっている。足首が三倍にも膨《ふく》れあがったようで、熱っぽく感じられた。

「足が駄目みたいです」

「歩けないのか」

目を大きく見開いた上平にうなずいて見せる。

「主任、何とか一人で逃げだしてください。おれにどこまでできるかわかりませんが、少しは時間稼ぎをします。何とか本部に連絡を取ってください」

「しかし」

「時間がありません。やるなら今です。奴らが戻ってこないうちに」

俯せになると、仁王頭は膝と顎を床について尻を持ちあげはじめた。隣りで上平が同じ恰好をする。

起きあがった二人は、たがいを見交わした。

「取りあえずニオウもここを出た方がいいんじゃないか。そろそろ日が暮れる」

二人そろって出れば、上平は仁王頭が安全に身を隠せるまで離れようとしないだろう。わずかでも時間を無駄にすれば、それでなくとも小さなチャンスがさらに失われる。

「この足じゃ、すぐに見つかります。それより主任、早く」

うなずいた上平は手錠で両手を拘束されたまま、車のわきを通り抜け、出口に向かった。

そのとき、アンナと男が向かった納屋の奥の方で物音がし、悲鳴が聞こえた。上平がふり返る。

仁王頭は上平を睨みつけ、顎をしゃくった。

あらかじめアンナが先に入ってくることを予想していたのだろう。戸口のわきに身を潜めていたソーカーがアンナの右側から襲いかかった。右目を失っているアンナにすれば、死角になる。

だが、アンナはわずかな動きでソーカーが振りおろした角材を躱《かわ》した。勢いあまったソーカーがたたらを踏み、前のめりになる。アンナが蹴りを入れると、ソーカーは悲鳴を上げて床を転がった。

戸口に立っていたダンテはアンナの背に声をかけた。

「まるで見えていたみたいだ」

「見えるもんか」アンナが背を向けたまま、首を振る。「だが、何となく感じた。右目を失ってから右方に対する警戒心が強くなったような気がする。気配を感じただけで躰が反応するようになった」

床に座りこんだソーカーはアンナに蹴られた腰の辺りを撫でながら罵りつづけている。アンナが先に入り、ダンテは後ろ手に引き戸を閉めた。納屋につづく小さな部屋には、泥まみれながら畳が敷かれている。

「見えないのに、感じた、か」ソーカーがアンナを睨みつけて吐き捨てた。「父が聞けば、随分喜びそうな台詞《せりふ》だ」

アンナが足を踏みだすと、ソーカーは腰に手を当てたまま後ずさりする。ダンテは引き戸にもたれかかって二人を眺めていた。

「お前の父親がどうしたっていうんだ？」

アンナの問いにソーカーが顔を引き攣《つ》らせる。

「父の研究テーマさ。肉体的な機能を一つ失ったとしても、失ったものを補ってあまりある能力を身につけられるようになる、というのがね。人間であれ、動物であれ、同じことだ。父はそれを一種の超能力と考えていたんだ」

「お前はそうは考えなかったのか、ドク・ソーカー」

「ぼくは脳そのものの研究に進んだ。二人の道は分かれたんだよ」ソーカーはちらりとダンテを見た。「〈毒〉プロジェクトが消滅した瞬間からね」

「親子で〈毒〉プロジェクトに参加していたのか」

「最初に参加していたのは父だ。父は有能な大脳生理学者だったんだ。そこへ〈毒〉プロジェクトの話が来て、研究が進むと大学の研究室でくすぶっていたぼくを引きこんだ」

「〈毒〉が何を研究するものなのか、わかっていたんだろう」

アンナの問いに、ソーカーは冷笑で応じ、大きくうなずいた。

「わかっていたさ。人為的に二重人格を作り、その一方の人格を快楽殺人者に仕立てあげることだ」

「仕立てあげる……」アンナが息を吸いこむ。「人間にそんなことをして、許されると思っていたのか」

「先進的な研究に惜しみなく投資できるのは、軍事面に応用できることに限られる。今に始まったことじゃない。コンピュータにしろ、核エネルギーにしろ、すべては兵器として使うことから始まったんじゃないか」

「自分の研究のためなら悪魔に魂を売るのも平気か」

「君にそんなことをいわれる筋合いはないな、アンナ。君が左利きの狙撃手になるために使った機械だって決して安いものじゃない。人間の大脳に夢を送りこむためには、ペタフロップス級のコンピュータが必要だったんだからな」

「悪夢《ナイトメア》だ」

「何とでもいえ」

「何だ？　そのペタ……、というのは」

「ペタフロップス。一ペタフロップスは一秒間に一千兆回の演算ができるだけの速度ということだ」

ソーカーがにやりとして顎を上げる。

「君らのような人間に説明してやったところで理解できるとも思わないが、まあ、教えてやろう」

ダンテは腕組みしたまま、とくとくと語りはじめるソーカーをじっと見ていた。単に自慢話をしたがっているようにも見えるが、別の意図が隠されているようなきな臭さが感じられた。

ソーカーは尊大な態度を崩さず、スーパーコンピュータについて話しはじめた。

一九四六年生まれの世界初汎用電子計算機ＥＮＩＡＣには、一万八千本の真空管が使われ、総重量は三十トンにも及んだ。ＥＮＩＡＣは一秒間に五千回の演算ができ、人間の能力をはるかに上回る速度で弾道計算をしたのである。

その後もコンピュータは長足の進歩を遂げ、わずか三十年後の一九七六年にクレイリサーチ社が製作したＣＲＡＹ1の計算速度は、一秒間に一億回を突破した。一秒間に十億回の演算を処理できる速度を表す単位が一ギガフロップスとされ、一ギガフロップス以上の演算速度を持つコンピュータがスーパーコンピュータと呼ばれるようになった。

二十世紀の末になると一秒間に一兆回の演算ができるテラフロップスがスーパーコンピュータの能力を測る尺度とされるようになり、スーパーコンピュータ誕生からほぼ三十年を経過した現在では三十五から七十テラフロップス、一秒間に三十五兆回から七十兆回もの演算を行うコンピュータが実用化されている。

「スーパーコンピュータが誕生してから世界最速のコンピュータを作っていたのはすべてアメリカのメーカーだった。だが、二〇〇二年に日本のメーカーが世界最速の称号をかっさらっていったんだ。スプートニクならぬコンピュートニクとまでいったものさ」

一九五七年、ソ連が打ち上げたスプートニクが人類史上初の人工衛星として名前を刻まれることとなり、宇宙開発競争でしのぎを削っていたアメリカは先を越され、深刻なショックを受けた。二〇〇二年、日本メーカーによる最速コンピュータの開発はそれ以来の衝撃だったとソーカーはいうのである。

「その後アメリカはちゃんと巻き返して、世界最速の地位を奪還しているがね。しかし、一番の問題は一九九〇年代半ばにクレイリサーチ社がSGI社に買収されたことにあるんだ。以来、SGIはクレイリサーチが得意としていた高速演算専用チップを開発するより、そこらへんで売っている汎用チップをずらずら並べて速度を上げる方式を採ることにした。その方がはるかに安上がりだからな」

いきなりソーカーが目を剝いた。

「馬鹿げてる。誰が見たって簡単にわかることじゃないか。千人、万人の凡人を集めてきたところで、一人の天才にかなうはずがないんだよ。この程度の計算もできない連中が世界最速のコンピュータを作ってるなんて、悪い冗談だ。まさに悪夢だ。二〇〇二年に世界ナンバーワンとなった日本メーカーは、何十年も前から高速演算専用チップを研究してきた。アメリカのメーカーが汎用チップをつなげることに汲々としている間も、ね。我々が欲しいのはより速いコンピュータなんだよ。人間の知性が産み出す限界のコンピュータなんだ。それを作っているのは、日本のメーカーだ。だからぼくは日本に来たのさ。誰が作ったかが問題じゃなく、作られたものが役に立つかどうかが肝心なんだ」

ＩＢＭは世界初のペタフロップスマシンという触れ込みで〈青い遺伝子《ブルー・ジーン》〉を開発したが、実用なったマシンは七十テラフロップスがようやくという有様で、ソーカーはそこに並列汎用チップ方式の限界があるという。

唾《つば》を飛ばし、汗をかいて熱弁をふるうソーカーを見下ろして、アンナが訊いた。

「どうしてそんなに高速が求められるんだ？」

「今、スーパーコンピュータがやっているのはさまざまなシミュレーションだ。日本のメーカーが世界最速の称号を得たコンピュータは地球温暖化やエルニーニョ現象についてのシミュレートを行っている。だけどそのマシンを使ってさえ、シミュレートできるのは地球上の一部分に過ぎない。求められるのは、温暖化によって起こりうる気象状態を地球全体で再現する能力だ。もっとも気象のシミュレートは一例に過ぎないがね。アメリカの国家安全保障局《NSA》は世界中の携帯電話やファックスを傍受しているが、彼らが目指しているのはインターネット上のやり取りをリアルタイムですべてモニターすることなんだ。中東やアフリカのどこかで誰かがチャットに爆弾と書きこめば、すぐにＮＳＡのコンピュータが反応したり、南米の小さな街で麻薬取引について電子的な会話が交わされたら、その証拠を摑んだりする。そのためにはより高速のコンピュータが必要になる。何十億ものやり取りを同時にモニターするだけじゃなく、そこで使われているあらゆる暗号を破らなくちゃ意味がない。コンピュータの暗号を破るためには、暗号を作ったコンピュータよりはるかに高速のマシンで可能性のすべてを検証してみる必要がある」

「日に日に暗号は進化し、インターネット上でのやり取りは増える。どうどう巡りか」

「手に負えないとわかっていてもアメリカはやらざるを得ないよ。だが、肝心なのはこれだ」

そういうとソーカーは自分のこめかみを人差し指でつついて見せた。

「どれだけ高速になろうとコンピュータは所詮道具に過ぎない。肝心なのは、道具を使う人間の発想なのさ。アンナ、君に夢を見させたのは、君の大脳の中を流れている微細な電流を磁場によってコントロールしたからなんだ。さっき話しただろう。地球全体で起こっている温暖化現象をシミュレートする、と。地球上の特定の地域で、特定の条件下、どのような現象が起こるか、それを計算で出しながら地球全体への影響をさらに計算する。ぼくがやったのは、それを人間の脳の神経細胞一つひとつに置きかえてシミュレートしてみることだったんだ。誰がそれだけのコンピュータをそろえてくれる？　何のためなら金を出してくれる？　武器以外にないじゃないか。金を生む最大の源泉は、いつでもどこでも恐怖なんだよ。相手が自分より強力な兵器を手にしているかも知れないという恐怖なんだ」

ソーカーはアンナを指さした。

「君も」

そして指を動かす。

「ダンテも、新しい兵器に過ぎない。兵器開発には惜しみなく金が支払われるが、早急に結果も出さなくてはいけない。自分の研究を進めるためなら、君がいうように誰にでも魂を売るさ」

ソーカーの長広舌《ちょうこうぜつ》が止まらない。

ダンテは板を打ちつけられている窓に近づいた。

3

「君たちは、いわば、試作品《プロトタイプ》というわけだ」

そういいながらもソーカーは窓に近づくダンテを目で追っていた。ダンテは窓に打ちつけられた板の間から外をうかがった。アンナはソーカーのこめかみを流れおちる一筋の汗を見つめていた。夕闇が徐々に迫り、気温はむしろ下がっているというのにソーカーのひたいは濡れて光っている。

「プロトタイプ？」

アンナが声をかけると、ソーカーはあわてて視線を戻し、目をしばたたいた。

「そうだ。〈毒〉は父が作りあげた。ぼくも多少は手伝ったがね。ぼくが作ったのは、バーチャルトレーニングシステムだ。アンナ、君の場合、右利きを左利きに矯正《きようせい》するだけでしかなかったが、バーチャルトレーニングシステムにはもっと広範な応用が考えられる。米軍では今、兵士がためらいなく敵を殺せるようにテレビゲームを使っているが、ぼくのシステムを使えば、よりリアルに体験できるだけでなく、トレーニングにかかるコストも大幅に削減できるだろう」

バーチャルトレーニングシステムで見た光景を、アンナは思いだしていた。都市に身を潜め、戦う狙撃兵。街並みは確かにリアルで、匂いすら感じられた。見覚えのある光景はサラエボに似ている。アンナにとってすべての始まりとなった街に――。

ふたたびソーカーはダンテを見ていた。ソーカーが必死に喋っているのは、アンナとダンテの注意を自分に引きつけておきたいためだろう。

「さっき父親の話をしていたな」

サングラスを外し、アンナはソーカーに顔を見せつけた。暗い穴でしかない眼窩で睨みつけられれば、いい気持ちはしないだろう。ソーカーは口許を歪めた。

「身体的機能を失うと、補ってあまりある能力が発達する、と。それが父親の研究テーマだといった」

目を伏せたソーカーは唇を嚙んだ。アンナがさらに一歩踏みだす。ソーカーはアンナの爪《つま》先《さき》に向かって何度もうなずいた。

「その通りだ」

「お前の父親も〈毒〉以後、プロトタイプを作ったのか。兵器開発は早急に結果を求められるんだろう？」

ソーカーはかたく目を閉じた。眉間に深い皺が刻まれる。汗の量がどっと増えた。アンナがもう一歩踏みだすと、ソーカーはあわてて口を開いた。

「ぼくも詳しいことを知っているわけじゃない。ただプロトタイプということなら、ぼくではなく、君が見ているはずだ」

「私が？」

スタジアムでの光景が浮かんでくる。アンナがライフルスコープにとらえていた黒人の巨漢が頭を吹き飛ばされて倒れた。銃声がアンナのところまで届いたのは着弾のあとだ。新摩天楼からスタジアムまでは二キロ、さらにアンナの射撃位置までスタジアムから約六百メートルあった。

「新摩天楼から撃った男か」

うつむいたままソーカーが何度もうなずく。

「だけど、詳しいことは知らない。ぼくがカインから聞かされていたのは、一連の事件は新製品の見本市のようなものだということだ。ダンテ、アンナ、そして父が作りあげた究極の狙撃手だ」

アンナはふっと笑った。

「究極の狙撃手か。確かに二キロも離れたところから人間の頭を撃ち抜いてみせるのは並大抵じゃない」

「父が作った狙撃手は、一人で仕事を行う」

いつの間にかダンテもソーカーを見ていた。だが、顔を上げないソーカーはダンテが見ていることにも気づいていない。

「狙撃手にはバックアップの人間が必要だ。君の場合はカインが観測手をしていたし、ダンテには黒木がついていた。父が作った狙撃手はたった一人で行動する」

ステージに立つミュージシャンを撃ったあと、新摩天楼の射手は陸上自衛隊の攻撃ヘリコプター二機をたてつづけに撃墜して見せた。

「それじゃ、私やダンテ、お前の父親が作ったという狙撃手も皆同じ組織に招集されたというのか」

「シンジケートは単体というわけじゃない。たくさんの細胞の塊だと考えた方がいいだろう。

細胞同士、生き残りをかけて競い合っている」

「なぜ？」

「シンジケート内部の勢力図が塗り変わってきているという話だ。新しい強大な力が加入して、そこがシンジケートを統合しつつある。兵器開発を行っている組織は、新しい力に取り入ろうとしているわけだ。いや、新しい力といったが、新秩序というべきかも知れない。シンジケートそのものが変質しかかっているらしい」

ソーカーが顔を上げた。目は赤く、涙を流していた。同時に異臭が漂ってきた。股間が濡れ、尻の下に染みが広がっていた。

「同じターゲットを狙わせて、成果を競う。だけど、〈毒〉は最初に開発されただけにもっとも遅れていたんだ。それで黒木は同じフィールドで戦わず君を狙う方を選んだ。ダンテは壊れかかっていたからよけいに焦りも感じていたんだ。黒木も父の開発した新しい狙撃手については何一つ摑むことができなかったんだろう。だから一つでも競争相手を減らそうと、君を狙わせたんだ」

「競い合うといっても同じシンジケートに属しているわけだろう」アンナは首を振った。

「わからないな」

「適者生存だ。不適格者は排除される。カインも黒木も単に狙撃の観測手というだけでなく、新兵器のコーディネーターでもあった。ダンテの失敗はすなわち黒木自身の失脚となって跳ね返ってくる」

「シンジケート内の新しい力とは何だ？」

「わからない」ソーカーはすがりつくような目でアンナを見た。「本当に知らないんだ。カインもそこまでは教えてくれなかった」

ダンテが近づいてきた。ソーカーが悲鳴を上げて頭を抱える。だが、ダンテはアンナのそばに来た。

「手錠の鍵をくれ。警察官たちを解放する」

「どうして？」

「ピラニアのいる川を渡るときは、あらかじめ牛を放す。どうやら博士《ドク》は厄介な連中を呼び寄せたようだ。まわりは囲まれてる」

ダンテの視線がきつくなった。

「奴らは辺りが本当の闇に包まれるまで襲っては来ないだろう」

アンナはうなずき、ズボンのポケットから鍵を出すとダンテに渡した。何らかの方法でソーカーが自分のいる場所をカインに知らせたとすれば、送りこまれてくるのは夜戦を得意とする特殊部隊に違いなかった。

そして彼らの登場はすべての事情の抹消を意味する。

「見たのか」

アンナの問いにうなずくと、ダンテは小部屋を出て行った。

目が合った。いきなり引き戸が開き、若い男が立っていた。逃げ場を失った仁王頭は男の顔を見つめたまま、立ちつくしていた。引き戸越しに様子をうかがっていたのだが、男が戸口に近づいてくるのにまるで気がつかなかった。

後ろ手に手錠をかけられ、惚《ほう》けたように突っ立っている。我ながら間抜けな恰好《かっこう》だ。男は無造作に手を伸ばすと仁王頭の顔を摑み、後ろへ押しやった。思わずくじいた左足で踏ん張り、激痛に悲鳴が漏れ、そのまま尻餅《しりもち》をついた。

男は引き戸を閉めると、仁王頭に目もくれようとせず、車が置いてある方へ歩いていった。しばらくの間は足首の激痛に背中を丸めて唸《うな》っているしかなかったが、薄目を開けて男の様子を観察していた。

男は車のまわりを歩きまわっていたが、上平がいなくなっていることについて、何も訊ねようとしなかったし、外へ出ようともしない。上平の脱出に気づいていないというよりまったく関心がないように見える。

しばらくして男が戻ってくる。仁王頭は目をつぶって唸りつづけた。男が目の前でしゃがむのを感じたが、目を開けなかった。足首の痛みはつづいていたが、唸るほどではない。だんだん唸っているのが馬鹿らしくなってきた。

目を開くと、男がのぞきこんでいる。

「相方はずらかったのか」

思わずうなずいてしまったが、男は驚きもしなかった。

「ご苦労なことだ。それより起きあがれるか」

唸るのをやめた仁王頭は躰を起こそうとした。男が手を差し伸べ、助けてくれる。

「足を痛めたのか」

「車をぶつけたときにひねったらしい」

「それで逃げなかったってわけか。相方一人の方が絶対に速く動けるもんな。うるわしき同僚愛か」

男の口調には不思議と皮肉っぽい響きが感じられなかった。値踏みでもするように仁王頭を見ている。

「あんた、名前は」

「仁王頭だ。そっちは」

反射的に訊いてしまってから男が意識不明で発見され、意識は戻ったものの記憶を失っていたことに気がついた。ところが、男はあっさりと答えた。

「野々山だ」

「あんたは記憶喪失じゃなかったのか」

「記憶というか、人格の喪失だな」

首をかしげる仁王頭を見て、野々山が苦笑して答える。

「説明するのは面倒だし、今は話をしている余裕はない」

そういうと野々山は右手を目の前に出した。黒く小さな鍵が握られている。

「これから手錠を外す。逃げたければ逃げてもいい。だが、その足じゃ歩くのも難しそうだ。助かりたければ、おれのいう通りにしろ」

「まず何をするのかいってもらおう。それからじゃなければ……」

いい終わらないうちに野々山は仁王頭の背後に回るとあっさり手錠を外した。腕が自由になると肩の強張りが一気にほどけ、肩と腕に血がめぐるのを感じる。手錠が食いこんでいた手首を撫でた。

野々山は手錠を床に放り捨てると、立ちあがった。

「何も難しいことをやれというんじゃない。簡単な雑用の手伝いをして欲しいだけだ」

「断って、ここから出ていく」

「好きにするさ。だが、おれたちはすでに夜行者《ナイトウオーカーズ》たちに囲まれてる」

「夜を歩くって、何だ、そりゃ」

「夜戦専門の特殊部隊だ。暗くなればなるほど力を発揮する。おれたちが奥に引っこんだ直後に相方が出ていったとすると」

顎を上げた野々山は右手の親指で咽《のど》を掻《か》き切る仕種をしてみせる。

「ナイトウォーカーズは掃除屋《そうじ》なんだ。不始末が生じると、跡形もなく始末をするために派遣される」

にわかには信じられなかった。野々山は真っ直ぐに仁王頭を見て訊ねた。

「さあ、どっちにする？　手伝うか、逃げだすか」

離農したあとに放置された納屋だったので、役立つものが見つかるかも知れないと期待はしていた。車が置かれている物置の入口付近の棚に手作りの工具箱があり、金ヤスリが何本か入っているのを見て、希望の光が見えた。

まさに希望の光だ——野々山は胸の内でつぶやく。

アルミニウムは自動車の部品を何か外そうと考えたが、アルミの空き缶が見つかった。あとは錆《さ》びた鉄筋の切れ端でいい。削りにくい鉄筋を仁王頭にまかせ、野々山はアルミの缶にヤスリをかけていた。二人は金属粉を新聞紙の上に溜めていった。

左足をひどく捻挫《ねんざ》している以外に怪我のない仁王頭は唇をとがらせ、一心不乱に鉄筋を削っている。顔にうっすらと汗をかいていた。

アンナとソーカーは奥の部屋からまだ出てきていなかった。

プロトタイプという言葉が野々山の脳裏を過っていく。ソーカーの話では黒木はダンテを売るつもりでいたらしい。ソーカーの話がどこまで真実なのか、カインという男がソーカーに何を話したのか、何一つわからない。だが、黒木が死んでしまった以上、本人の口から直接聞くことはできないし、野々山にとってもどうでもよいことだ。

野々山は仁王頭に声をかけた。

「あんた、警官だって？」

怪訝《けげん》そうな顔をして仁王頭が野々山を見る。その表情を見て悟った。おそらくはインターゾーンとやらにはまりこんでいる間、仁王頭にも会っているのだろう。かまわずに質問をつづけた。

「スタジアムで狙撃があった日、あんた、あそこにいたのか」

「いた」

「何があったのか、話してくれないか」

一瞬、仁王頭は躰の奥深いところに痛みが宿ってでもいるように顔を歪めた。警護役の一人だったのだろうか。ソーカーがいっていた通りだとすれば、護りを固めている最中に標的を撃たれたことになる。

「狙撃があったんだってな。相当の遠距離射撃だった」

「二千メートルだ」

仁王頭は手を動かしながらも舌先で唇を嘗《な》め、野々山を見ていた。やがて口を開いた。

「南アフリカ製のライフルが使われた可能性がある。口径二十ミリの超遠距離射撃用ライフルだ」

「トゥルベロ製か」

仁王頭が目を見開く。

「あんた、何か知ってるのか」

「銃を専門に扱っている雑誌にいくらでも載ってるだろう。おれもライフル射撃をするから変わったライフルが目につけば記憶には残る」

記憶をすっかり失っていた自分が記憶の話をしているのが何となくおかしかった。苦笑いして首肯する。

「なるほどね。トゥルベロの二十ミリなら二千メートル先の標的に撃ちこむのも不可能じゃない」

「ちょっとおれには信じられないけどな」

不満そうにぶつつぶつぶやく仁王頭を見て、野々山はおや、と思った。ひょっとしたらこの男も狙撃手なのか、と。

自分の技量を信頼していなければ狙撃などできないし、つねに自分は誰よりも優れているという自負がなければ、心安らかに引き金をひけるものではない。自信が落ちつきを生むのだが、ときに高慢にさえなる。

仁王頭が狙撃手か、確かめてみたくなった。

「二千メートル射撃をやった奴は一人で行動していたそうだ。観測手はいない」

弾かれたように顔を上げた仁王頭が目を見開き、まじまじと野々山を見る。その表情を見て狙撃手だと確信しつつ、言葉を継いだ。

「一人で風を読んで、二千メートル先の標的を射抜いた。ソーカーにいわせると究極の狙撃手だそうだ」

仁王頭の表情を注意深く見つめつつ、野々山は訊いた。

「警察は何か摑んでいるか」

ほんのわずか間があった。野々山を見返している仁王頭の目の焦点がずれたように見える。

「被疑者リストを作ってはいるだろうが、おれは何も知らされていない」

「警察が被疑者と考えているのは、どんな連中なんだ?」

「スカイダイビングかハンググライダーをやっている連中、それからライフル射撃をしている連中、当然、特殊部隊員としての訓練を……」

仁王頭は途中で言葉を切ると、口をぽかんと開けて納屋の奥に目をやった。ふり返る。引き戸が乱暴に開かれ、ソーカーが飛びだしてくる。アンナも戸口に姿を見せたが、あわてた様子はなく、ソーカーを追いかけようともしていなかった。

座りこんで金属片にヤスリをかけている野々山と仁王頭に目をくれることもなく、ソーカーは車のわきを抜けると観音開きの戸に体当たりをくれた。戸がわずかに開くと、躰を斜めにして出ていった。

直後、鈍い破裂音が聞こえた。減音器《サプレッサー》付きの自動小銃を発射したのだろう。わずかに開いた戸の隙間から、のけぞって倒れるソーカーの姿が見えた。

やはり交渉の余地はないようだ。

傍《かたわ》らに来たアンナが野々山と仁王頭の手元をのぞきこむ。

「へえ、うまいことを考えたもんだ」

仁王頭が顔をしかめ、アンナと野々山を見る。自分が何をしているのか、まだわかっていないせいだろう。あるいは、単に英語が理解できないだけなのかも知れない。

4

鉄筋の切れ端をヤスリで削るようにいったあと、野々山はほとんど口を利かなかった。納屋に満ちる緊張が息苦しい。

アンナと野々山が言葉を交わしたのもたった一度、それも仁王頭の左足首についてらしかった。応急処置をしようとアンナがいい出したことでわかった。

応急処置をしている間、アンナはおもに左手を使った。元々左利きなのだとすれば、右手の指と右目を失っても狙撃は不可能ではないが、そうなると仁王頭たちが受けとっていた情報が間違っていたことになる。

野々山がストレッチャーに乗せられていたときに使っていたブルーのシーツを細く裂き、アンナは仁王頭の左足首にきつく巻いていった。ここを押さえろと手真似《てまね》で示されたときだけ仁王頭も手を出したが、ほとんどはアンナが巻いてくれた。要はテーピングの代わりだ。捻挫した部分をきつく圧迫することで一時的に痛みをやわらげてくれる。

シーツを細く裂いた即席の包帯を仁王頭の足首に巻きつけている同じ手が芝山の命を奪った。大型ワゴン車の助手席で、普通のお巡りさんに戻りたいといった芝山の様子が浮かんでくる。

そもそも仁王頭が札幌から呼び寄せられた理由こそ、目の前にいる女、アンナ・リャームカニャにある。〈アフリカの曙光〉が来日するのとまるでタイミングを合わせたように成田空港に到着したアンナを監視するよう命じられたのである。

リムジンバスに乗ったアンナを尾《つ》けるため、シルバーのスカイラインで出発したときには、芝山も松久も生きていた。それからあとの出来事が仁王頭の脳裏に明滅する。追いすがってきた黒いセダンから突きだされる散弾銃、車線変更する白のパネルトラック、オレンジ色の炎の塊、激突し、ひしゃげる車、車、車、頭上を飛び交う陸上自衛隊の対戦車ヘリコプター、新宿公会堂のステージ、スタジアムのステージ、市谷機動隊駐屯地の日々、そしてふたたびすぐ隣りで咽から大量の血を流し、目を大きく見開いて絶命した芝山の横顔が過っていった。

不思議な展開と思わざるを得ない。アンナは今、仁王頭の手当をしている。逃げるか、とどまるかと野々山に問われたとき、最初は脱出を考えた。それなのになぜとどまることにしたのかと自分に問いかけてみる。

夜戦を得意とする特殊部隊に包囲されているといった野々山の言葉は、インド系アメリカ人の科学者が納屋を飛びだし、直後に射殺されたことで図らずも裏打ちされた。不祥事を抹消してしまうための掃除屋だという説明も、かつては〈さくら銃殺隊〉と呼ばれた部隊に所属する仁王頭には理解できなくもない。逃げだせば殺されるだけだという野々山の言葉は信じるに値した。

そもそも野々山とは何者なのか。スタジアム事件の現場近くで頭を撃ち抜かれ、死んでいた男のそばには狙撃銃が落ちていたという話からすれば、野々山自身も狙撃手か観測手だと推察できる。科学者が殺された瞬間にも眉一つ動かさなかった落ちつきぶりからして何らかの修羅場を経験してきていることも間違いない。

アンナの行動も仁王頭の想像を超えていた。芝山を射殺し、野々山を拉致《らち》した理由は、彼を殺すためだといった。だが、今は野々山と協力して包囲を突破しようとしているし、仁王頭に手当まで施している。

疑問符は何十と並んでいるのに答えは一つもなかった。一つだけはっきりしているのは、野々山とアンナから離れれば答えには一生手が届かないということだ。

警察官という自分の職務を考えるならば——とうてい不可能だとしても——、スタジアム事件と何らかの関係がある野々山、芝山を射殺した犯人としてアンナを逮捕しなくてはならない。少なくとも逮捕する努力をしなければならない。

いずれにせよ今追いこまれている窮地を脱しなければ、次のステップは存在しない。

アンナが細く裂いたシーツを巻き終え、しっかり結びつけると仁王頭の足をぽんと叩いた。自然と言葉がこぼれた。

「サンキュウ」

アンナは素っ気なくうなずき、野々山に目を向けた。二人が早口の英語で会話を交わす。仁王頭には二人を交互に見ているくらいしかできなかった。

話が終わると、アンナはサスペンダーに取りつけてあったC4爆薬のパッケージを一つ取って野々山に手渡した。さらに肩に取りつけてあったケースからナイフも抜いて渡す。野々山はC4を箱から取りだすとナイフで削りはじめた。

プラスチック爆弾であるC4は粘土状でナイフで簡単に切ることができる。薄くそぎ落とされた爆薬と、アルミと鉄の粉末をアンナが混ぜはじめた。

二人の様子を見ていた仁王頭が口を挟む。

「何をしてるんだ?」

「ちょっとした仕掛けだ。うまくいけば、おれたちは脱出できる」

「アンナとは何を話していた？」

「どっちがスイッチを入れるかって話だ。アンナは片目だし、あんたはたぶんこういう工作に慣れていない。だからおれがやるしかないって」

「うまくいきそうなのか」

「保証はできない。いずれにせよ残された時間はわずかでしかないよ。ナイトウォーカーたちは自分の手さえ見えない暗闇になったら必ず襲ってくる。そこがおれの狙い目でもある」

狙い目？——訊ねようとしたが、野々山が答えそうもなかったので口をつぐんだ。

爆薬を削り終えた野々山は立ちあがり、ワゴン車に近づくと運転席のシートを起こし、バッテリーを外しはじめた。

金属粉と爆薬を混ぜ終えたアンナが立ちあがり、両手を突きあげて伸びをする。欠伸《あくび》さえした。

仁王頭は緊張感に息さえ詰まりそうだというのに二人は拍子抜けするほどのんびりして見えた。

5

黒インクが眼球の中に流れこんでくるような闇の中、ダンテは壁を背にして座りこんでいた。ハンカチを斜めに頭に巻き、眼帯のように右目をふさいでいる。左目はいっぱいに見開いていたが、納屋の中に満ちる闇を透かしてみることは不可能だ。

それでも闇の底をゆっくりと蠢《うごめ》く気配は感じていた。

暗視眼鏡《ノクトビジョン》を装着しているナイトウォーカーたちはダンテの姿をはっきりととらえているだろう。まるでリングの中で目隠しをされたままプロボクサーと殴り合うようなものだ。逃げ場はなく、こちらは相手の姿が見えない。

耳と左目、そして肌に感じる空気の動きに神経を集中し、敵をカウントしていく。一人、二人、三人、四人までは確かめられた。いずれも音を消し、息を殺して床を這《は》いよってくる。すべては錯覚かも知れなかったが、今は自分の感覚を信じるよりなかった。

右手に中の銅線を剝きだしにした二本のリード線があり、握りこむだけで通電するようにしてあった。チャンスは一度だけしかないだろう。タイミングが早すぎれば、仕掛けは空振りに終わり、遅ければ命はない。

最初の一撃は銃か、ナイフか。

ナイトウォーカーたちの逡巡が嗅ぎとれた。ダンテがあまりに無防備にあぐらをかいていること、アンナの姿が見えないことを警戒しているのだ。

直後、気配を感じた。

目の前で何者かが躰を起こす。

右手を握りしめた。

鈍い破裂音とともに閃光《せんこう》が閃《ひらめ》く。闇に慣れた左目に激痛が走る。歯を食いしばった。ほんの一瞬、光を受けて真っ白になった男たちの姿を見ることができた。

目の前にいる男はナイフを振りあげようとしていた。単眼鏡式のノクトビジョンを着けたまま、口を大きく開いている。男の絶叫と銃声が重なる。次の瞬間、すぐ鼻先でノクトビジョンがふっ飛び、男の顔が破裂する。

生暖かい血が降りかかってきた。


ワゴン車の屋根の上に貼りつくようにしてアンナは伏せていた。目を固く閉ざしている。それでも鈍い破裂音とともに閉じた目蓋《まぶた》の裏側が強い光に真っ赤に染まった。

光が消えると同時に躰を起こし、両手に持った拳銃を構えた。爆発の余波が壁に燃え移り、物置小屋の内部をかすかに照らしていて、彼らを見分けるのに不自由はしなかった。

ダンテの前で膝立ちになり、ナイフを振りあげている男の顔に最初の一発を叩きこむ。顔に装着していた単眼鏡がふっ飛び、ダンテに向かって倒れかかる。

残りは三人だ。

一人は小屋の入口付近で顔を押さえてうずくまり、あとの二人はノクトビジョンを外して目を押さえている。

アルミニウムと鉄の粉を一対一の割合で混ぜ合わせ、C４爆薬で加熱してやれば、テルミット反応が起こる。反応の結果は凄《すさ》まじい閃光と二千度を超える高温だ。光を数千倍に増幅するノクトビジョンを着けていたナイトウォーカーズは、何万個分のストロボを眼前で焚《た》かれたようなものだろう。視神経は焼き切られ、激痛で動けなくなる。

三人のナイトウォーカーズに銃弾を叩きこむと、アンナはワゴン車の屋根から飛びおりた。フリッツヘルメットを被り、抗弾ベストを着込んでいても顔面は剝き出しにせざるを得ない。まず床に倒れている二人の眉間に二発ずつ撃ちこんでとどめを刺し、入口の前に倒れている男に近づいた。

俯せになった男の肩に爪先を引っかけ、躰を反転させる。だが、相手はその瞬間を待っていたかのようにアンナの足首を摑むと思い切り引っ張った。

アンナは足を滑らせ、尻餅をつく。

躰を起こした相手はナイフを抜いて、アンナに襲いかかってきた。目蓋は固く閉ざされたままだ。おそらく何も見ることができず、目の奥に宿った激痛に苛《さいな》まれているだろう。アンナは銃を向けようとしたが、間に合いそうもなかった。

ナイフが振りおろされようとした刹那《せつな》、背後で銃声がして、ナイフを構えたナイトウォーカーのひたいに穴が開いた。銃弾のマンストップパワーによって男の躰は棒立ちとなり、次いでゆっくりと後ろ向きに倒れていった。

ふり返るとダンテが右手に持っている拳銃から薄く煙が立ちのぼっていた。ナイトウォーカーたちの拳銃には大型の減音器《サプレッサー》が取りつけられていた。アンナも倒れた男の腰についているホルスターから拳銃を抜き、傍らに落ちていたノクトビジョンを拾いあげた。

納屋に忍びこんできた四人とは別に外にはバックアップがいるだろう。まだ戦いは終わってはいない。

手製テルミット弾から発した炎は納屋の壁から屋根へと広がろうとしていた。

疾《はや》かった。

理由などまったく説明されずに、目をつぶっていろと野々山にいわれた。納屋の奥の壁際に腰を下ろした仁王頭は顔を伏せ、律儀に目蓋を閉じていた。どうせ目を開いていたところで何も見えるわけではない。

どれほどの時間が経過したのか、わからなかった。ナイトウォーカーズと野々山が呼ぶ連中が忍びよってくる気配は感じたが、我慢して目をつぶりつづけていた。むざむざ殺されるつもりはなかったが、闇の中で戦うための装備をそろえた連中に素手で立ち向かうのは無駄以外の何ものでもない。

そして突然の閃光だ。目蓋を透かして血管が浮いて見えそうな強い光は一瞬にして消えた。たまらず目を開くと、ワゴン車の屋根に乗ったアンナが両手に持った自動拳銃ＳＩＧ　ＳＡＵＥＲ／Ｐ２２０を突きだしているのが見えた。仁王頭と上平の拳銃だ。

アンナの手の中でＰ２２０の発射炎が閃き、空薬莢が薄煙を引いて飛んだ。野々山の前で膝立ちになり、ナイフを振りあげていた男が顔面を撃ち抜かれて昏倒《こんとう》する。それからアンナは三人の男たちを矢継ぎ早に撃ち、車から降りるととどめを刺していったのである。

しかし、入口の近くで俯せになっていた男のダメージは小さかったようだ。いきなり反撃に転じるとアンナの足首を摑んでひっくり返し、ナイフで突き殺そうとしたのだ。

野々山が撃った。

閃光がほとばしってからアンナが四人を撃つまで十数秒となかったのではないか。それからとどめを刺していき、最後に野々山が反撃してきた男を撃つまでにも一分とは経過していなかっただろう。

四つん這いになった仁王頭は音を立てないように気をつけながら、床に倒れている男たちの方へ近づいていった。彼らは減音器付きの拳銃を抱えている。アンナにも野々山にも気づかれることなく、一つの死体のそばまで行くと、ホルスターに収めてある拳銃に手をかけた。

頭に堅いものが突きつけられる。いつの間にか野々山が後ろに立っていた。

「左手で抜いて、こちらに渡せ」

溜めていた息を吐き、いわれた通りに大きな拳銃を抜くと肩越しに渡した。二挺のＰ２２０、男たちの持っていた四挺の拳銃で合計六挺になる。

「お前は千手観音《せんじゅかんのん》かってえの」

ふてくされ、ぼやいた直後、連続的に金属音が響きわたり、ワゴン車の周囲に火花が散り、後部ドアの窓ガラスが砕《くだ》け散った。自動小銃から発射された弾丸は簡単に納屋の壁や戸を貫通する。野々山とアンナは姿勢を低くし、納屋の裏手へ向かった。仁王頭も取りあえず床に転がっていたノクトビジョンを掴むと、二人につづこうとした。

躰のすぐわきに弾着し、木片が吹きあがる。

床に伏せ、頭を抱える。

「チクショウ」

喚いたとたん、頭上から重い音が降ってきて、顔を上げた。閃光によって発した炎は壁から屋根、梁へと広がっている。

ふたたび銃撃され、一本の梁が折れると、火が点いたままワゴン車の上に落ちてくる。

唖然とした拍子に充満する煙を吸いこみ、激しく咳《せ》きこんだ。

涙を拭いながら匍匐《ほふく》する。

相手の意図がようやく理解できた。梁と柱を自動小銃弾で破壊し、火の回った納屋をつぶそうとしているのだ。古い農家の納屋など数挺の自動小銃があれば、あっという間にばらばらにできるだろう。

銃撃はさらに激しさを増し、梁が次々に折れ、納屋全体が不気味に軋む。今にも屋根が落ちてきそうに思えた。

「冗談じゃねえや」

弾かれたように起きあがると、仁王頭は駆けだした。頭のわきを銃弾がかすめ、首をすくめる。だが、足は止めなかった。ふたたび一連射が追いかけてきて、足下《あしもと》に弾ける。たたらを踏み、外へ出ようとしたとき、裏口のへりでつまずいた。

幸運はどこに転がっているかわからない。

前のめりに倒れた仁王頭の上を小銃弾が飛び抜けていく。表から掃射をくわえ、裏口をかためるというのは定石だ。おのれの間抜けさを罵りながら仁王頭は草むらへと転がりこんだ。

直後、燃える納屋が轟音とともに崩れ落ちた。

二度目の幸運は脱出と納屋の崩落が同時だったことだ。周囲を明るく照らすほどの炎が立ちのぼったため、ノクトビジョンを使っていたナイトウォーカーたちの視界は白濁していたのだろう。何とか納屋を離れることができた仁王頭は頭を低くして、ひたすら草むらを這った。

納屋から遠ざかり、辺りがふたたび闇に包まれてから手にしていたノクトビジョンを装着する。緑色に染まった世界を見渡して、またしても嘆声を漏らしそうになる。

周囲が昼間のように明るく輝き、草むらの間さえ透かしてみることができた。今まで何度もノクトビジョンを使った訓練を行ってきたが、これほど高性能の代物には一度もお目にかかったことがない。

新たな疑問が湧いてきた。

これだけ高性能の機器を装備できるナイトウォーカーズとは何者なのか、と。

また、高性能のノクトビジョンのおかげで仁王頭は野々山とアンナが重装備の男たちを次々に殺戮《さつりく》していく様子を目にすることになった。もっとも二人が直接手を下す瞬間を目撃したわけではない。ある者は突然のけぞったかと思うと次の瞬間掻き切られた咽から血を噴出させ、ある者はヘルメットが前にずり落ちたようにしか見えなかったのに、そのまま動かなくなった。

無音の殺戮がしばらくつづくなか、ふたたび激しい銃撃が起こった。同時に自動車のエンジン音が近づいてくる。

草むらに伏せたまま、仁王頭は車を見ていた。警視庁から野々山を運ぶのに使ったのと同じ型のワゴン車が猛スピードで突っこんでくる。ボディわきのスライディングドアがいっぱいに開かれ、身を乗りだした男が自動小銃を乱射していた。

ワゴン車はライトを点けていない。運転席の男が単眼鏡を装着しているのがはっきりと見えた。

助手席にも誰かが座っている。銃撃している男に何かいっているようで、後ろを向いていた。

ワゴン車がノーズを振る。タイヤが小石と砂埃を巻きあげ、車体を覆った。同時に男が三人草むらから飛びだしてくると、ワゴン車に飛びついた。

襲撃部隊の生き残りだろう。野々山とアンナが何人殺したのかはわからなかった。

ドアから身を乗りだした男が自動小銃を乱射する。

そのとき、助手席にいた男が燃える納屋に一瞥《いちべつ》をくれた。

仁王頭は思わず身を乗りだし、男の顔を凝視した。

6

門柱にかけられた〈柊《ひいらぎ》病院〉の名前を確認すると、仁王頭は玄関に向かった。二階建てで、それほど大きな建物ではない。ガラスの自動ドアから中に入り、受付を通さず案内板を頼りに病棟へ向かった。

自動小銃を乱射しながらスピンターンし、ナイトウォーカーズの生き残りを回収したワゴン車の助手席に男がいた。その顔を見紛《みまが》うはずはなかった。

かつては第一特殊装備隊の隊長と仰ぎ、警察を退職したあとは大手商社に転じている。

新島顕は今、民間警備ビジネスを担当しているといい、武器と人員の斡旋《あっせん》に取り組んでいるといっていた。

二階に上がると、病室の番号を確かめながら歩いていった。教えられた番号の部屋は、廊下の突き当たりにあった。開きっぱなしになったドアから中をのぞく。

小さな部屋で左右の壁際にベッドが一台ずつ置いてあった。入口から見て右側のベッドに男が一人寝ている。左側のベッドは空いていて、マットレスにはシーツさえ敷かれていなかった。

仁王頭は横たわる男に近づいた。すっかり顔の肉が落ち、頭蓋骨に薄い皮膚が張りついている。青白い顔にはところどころ血管が透けて見える。落ちくぼんだ目は閉じられていた。声をかけようか、迷っているといきなり目蓋が持ち上がり、どんよりと曇った目が仁王頭を見上げた。

男が弱々しく頬笑む。口は暗渠《あんきょ》で歯がなかった。

「仁王頭か」

うなずくと、男も弱々しくうなずき返した。

「夢野《ゆめの》だ。そこらに丸椅子があるだろう。座ってくれ」

いわれた通りに丸椅子を引き寄せると、仁王頭は腰を下ろした。夢野はじっと仁王頭を見ている。

「本物の〈さくら銃殺隊〉に会うのは、初めてだ」

「〈さくら銃殺隊〉も第一特殊装備隊《イチトクソウ》も今は存在しません。自分は北海道警察の人間です」

第一特殊装備隊が解散に追いこまれたのは、現職の警察官が現職の警察官を殺害するという事件が発端だ。殺したのが上司で、殺されたのは部下、しかも女性捜査員である。一度だけ仁王頭は女性捜査員に会ったことがあった。彼女は第一特殊装備隊が公権力の暴力装置として暴走した事件の真相を究明していて殺された。

上平から御盾《みたて》会の名前を聞き、廃屋となった農家で正体不明の特殊部隊に襲撃された。その上、新島を目撃した今となっては、殺された女性捜査員が危険な領域で単独行をしていたことが理解できる。

もっとも殺された彼女も、彼女を殺した上司も第一特殊装備隊にはまったく関係のない人間だ。警察は二人が不倫関係にあり、痴情のもつれから殺人にいたったものと発表した。だが、ある衝撃的な映像とともにインターネット上に彼女の遺志が載せられることによって当局のでっち上げは木っ端微塵に吹き飛ばされたのである。

その後、警察は彼女が追い求めていた真相については蓋をし、代わりに第一特殊装備隊を解散して隊員たちを全国に散らす方法を採った。

彼女の死にまつわる衝撃的な映像とは、地面に座りこんだ彼女の口に上司が拳銃の銃身を差しこみ、後頭部をふっ飛ばす瞬間をとらえたものだ。

くだんのシーンを撮影したのが夢野であり、インターネット上でばらまいたのも彼だという噂があった。夢野は神奈川県警察の一巡査部長に過ぎなかったが、県境付近にある小さな所轄署から一度も異動することなく、日がなパソコンに向かっていた男だ。人事に関して異例ともいえるわがままが通ったのは、彼が天才的なハッカーとして捜査に役立ってきたからだといわれている。

「長い間、死ぬんだったら糖尿病だと思っていたよ」

夢野はおだやかな口調でいった。肌に艶《つや》も張りもなく、死という言葉があまりに似合いすぎる。

「だけど、癌《がん》とはね。自分でもびっくりしている。ここは癌専門の病院でね。患者の半数は生きて出られない。ぼくも間もなくチューブを何十本とつながれて、いわゆるスパゲティ状態になるだろう。そうなっちゃうと生きているんだかいないんだかわからなくなる。本人も意識が混濁するみたいだし、そこまでして生きていたいのかなと自分でも疑問に思う」

遮《さえぎ》るように仁王頭が訊いた。

「あの噂、本当なんですか」

「噂って?」

「夢野さんがインターネット上に加藤《かとう》主任の……」

加藤裕子《ゆうこ》が上司に射殺された女性捜査員の名前であった。思わず口にしてしまったものの、最後までいうことができなかった。

夢野の瞳にわずかに生気が戻り、にやりとしていった。

「世間《ゼィ》の通説《セィ》だよ」

真実を語るつもりはないのだろう。だが、仁王頭は信じた。夢野が孤独な女性捜査員の遺恨、遺志を受けつぎ、第一特殊装備隊を解散に追いこんだ。だが、御盾会まで手が届いたのか、仁王頭には知りようもない。

「だいぶ、お悪いようですね」

「大したことはないよ。ここに寝ているのもあとひと月か、ふた月だから」

ひやりとする言葉を打ち消そうとしたが、仁王頭の口許は強張った。不謹慎でもあるし、間が抜けても見えるだろう。仁王頭は泣きそうな顔をして笑みを浮かべているに違いないと思った。

夢野という男がいることは第一特殊装備隊時代から知ってはいた。神奈川県警の警察官らしいというところまではわかっていたが、名前と、現在の所属を調べるのには苦労した。神奈川県警に異動になった元の第一特殊装備隊員に調べてもらったのだが、一つだけ不思議なことがあった。

警視庁から野々山を運んだ仁王頭は、死んだ芝山や逃げだしてその後の消息がわからない上平と同様行方不明か、ひょっとしたら職務放棄の扱いを受けているはずなのに、神奈川県警の元同僚はその点に何一つ触れず、夢野について調べてくれた。夢野がとっくに退職して現在は入院中であるとの返事をくれたときにも、パック入りの札幌ラーメンを送ってくれといわれただけで済んだ。

何とか言葉を圧しだす。

「電話でお願いした件なのですが……」

「仁王頭勇斗《ゆうと》、現在北海道警察警備部特殊装備隊。仕事自体は〈さくら銃殺隊〉時代とあまり変わらないんだな」

「だいぶ違いますけどね」

「君に頼まれたことを調べるのも大変だったが、君自身についての調査にも骨を折った。自分が会うのがどんな人物か、興味を持って当然だろう？　だが、君の情報にアクセスするのはものすごく危険だった。何があった？」

一連の事件について、仁王頭は包み隠さず話した。元警察官だからではなく、夢野が唯一の味方に思えたからだ。廃屋での銃撃まで話し終えると、夢野は納得したようにうなずいたが、同時にひどく疲れ切った顔になっていた。

「なるほどね。そんなことになっていれば、君の情報にアクセスしようとするのは危険なわけだ。無理もない。実は、君の元上司についても同じような、ある意味、もっと危険な罠《わな》が仕掛けられていた。奴の情報にアクセスすると、表面上は何事もなく情報を見られるんだが、その実トレーサーが放たれて、ぼくのところまで追いかけてくるようになっている」

「大丈夫なんですか」

「見つけられてしまったよ。だけど、ぼくにはもう怖いものはない。ただ、残念ながら君の元上司については、君が摑んだこと以上にわかることはない」

「そうですか」

「一つだけね、気になることがある。それが手がかりになるかどうかはわからないが、新島某がちょっと珍しいことに取り組むんだな」

仁王頭は膝を乗りだした。夢野は苦しそうな息の下から、彼が摑んだ情報について話しつづけた。

「こんな車しかなかったの？」

助手席に座ったアンナの声にはなじるような響きがあった。運転席のダンテは肩をすくめた。

二人はツードア、クーペタイプのメルセデスベンツに乗っていた。アンナがなじったのは、ボディカラーがシャンパンゴールドである点だ。

「目立ってしようがない」

「他人の目なんか気にすることはない。自分が思っているほど、自分は他人にとって価値ある人間じゃない」

助手席に身を沈め、アンナはため息をついた。

シャンパンゴールドのメルセデスクーペは黒木の愛車であり、万が一黒木が死んだときには形見として渡すという約束になっていた。黒木は、〈毒〉プロジェクトが解散したあと自ら狙撃手として、あるいは裏ビジネスのコーディネーターとして仕事をつづけるかたわら家業である詩集専門の古書店をやめようとはしなかった。かなりの収入があったはずだが、暮らしぶりは慎ましやかで古書店の親父の範疇《はんちゅう》を決して越えるものではなかった。唯一の例外が車といえよう。それだけに黒木はメルセデスの存在を隠してきた。かつて日本政府関係の仕事をしたときに築いたコネクションを利用して、名義を架空のものとするだけでなく、実際に車を置いておく場所も秘密にしていたのである。

ライフルという趣味も古本屋の親父には似合わなかったな、とちらりと思う。

筑波山麓の廃屋で襲われ、ナイトウォーカーズを撃退したあと、ダンテ、アンナ、そして仁王頭は山を降り、駐車場に停められていた古い車を盗んだ。

ドアの鍵を開き、エンジンを直結させて動かしたのは仁王頭だ。捜査講習がまさか車を盗み出すのに役立つとは思わなかった、といいながら複雑な顔つきをしていた。

三人は東京に戻り、ダンテがメルセデスの隠し場所へとほかの二人を案内した。

ダンテは仁王頭を解放するつもりでいた。だが、仁王頭が離れようとしなかっただけでなく、彼の提案にアンナが乗ったのだ。

仁王頭は、新摩天楼からスタジアムのステージに立っていたミュージシャンを撃ち殺した狙撃手に迫るためには警察の情報が必要だといい、自分もその狙撃手の正体を突き止めたいといいだした。だが、表沙汰にはなっていないとはいえ、仁王頭にしても今さらのこのこ警察に帰っていけるはずがない。

伝手《つて》がある、といって彼が連れてきたのが横浜郊外にある小さな病院だ。もっとも探している相手が重病で入院していることを調べるのには、苦労していたようだが。

フロントグラス越しに病院の門を眺めながらダンテが訊いた。

「どうして、仁王頭のいう通りにしようと思ったんだ？」

「あいつは昔の上司を襲撃現場で見たといった。ワゴン車の助手席に座っていた、と」アンナはダンテの横顔に目を向けた。「あの男が所属していたのは、日本の公安当局なんだろう？」

「そうらしいな。国民にはあまり知られていないが」

「ソーカーの父親が作りあげたという狙撃手について、日本の公安当局は何か摑んでいるかも知れないし、彼がワゴン車の助手席にいたという男についても気になる」

「なぜ」

「私も同じ男をあの夜に見ているからだ」

「知っているのか」

「私が知っている名前は、カインだけど」

仁王頭が門から出てくるのを見て、ダンテはシフトレバーをＤレンジに入れた。メルセデスをゆっくりと発進させ、歩道に立つ仁王頭の前で停める。仁王頭がドアを開くと、アンナは助手席に座ったまま、シートを前へ倒した。ツードアクーペの後部座席に誰かが乗りこむとすれば、助手席の人間は窮屈な思いを強いられる。

アンナはひとしきり罵った。

7

双発のターボプロップ機スーパーキングエアB200の胴体ドアは取り外され、開口部から強い風が吹きこんでいる。風は、円筒形の機内に二列に並んでいる男女九名が着ている色とりどりのジャンプスーツの袖や裾をばたつかせていた。ヘルメットを被り、透明なゴーグルで目元を覆った男女の顔には緊張と期待とが綯《な》い交ぜになって浮かんでいた。全員が背中にメインパラシュート、腹に予備パラシュートを着けているので座席を取り外した床に座っているとはいえ、狭苦しさは免れなかった。

リーダーの橋場《はしば》が胴体開口部に手をかけ、下をのぞきこんでいるレイジの肩を叩く。レイジが顔を上げると、橋場はまず人差し指を立て、次に人差し指と中指でVサインを作った。レイジがうなずく。スーパーキングエアが、予定されていた高度一万二千五百フィートに達したことを知らせたのだ。

レイジは地表に目をやった。

気温摂氏二十一度、風は二百三十度の方向から風速五メートルと飛行場の掲示板に出ていた。だが、あくまでも地表近くの気象状態であり、また気温も風も刻々と変化する。

開口部から身を乗りだすようにしたレイジの頰を風が打つ。

スーパーキングエアは風下から風上に向かって飛行していた。レイジは機尾を見上げた。垂直安定板の上部に水平安定板が取りつけられている、いわゆるT字型尾翼であるため、スーパーキングエアはスカイダイビングに都合がよかった。開口部から飛びだしたダイバーが浮かびあがり、水平安定板に衝突する事故は珍しくなく、その点、T字尾翼であれば、事故の心配が少ない。

ふたたび橋場が肩を叩く。ふり返ると、口を大きく開け、ゆっくりと動かした。

「お、ま、え、が、た、よ、り、だ。た、の、む」

レイジはしっかりうなずくと同時に苦笑を禁じ得なかった。聴覚障害者であるレイジは手話のほか、相手の唇を読む訓練を積んできた。万国共通といわれる手話だが、やはり会話の相手は限られる。とくに相手が健常者――レイジはこの言葉があまり好きではなかった――の場合、手話を身につけていないことが多く、日常生活で不便を強いられる。

確かに少し大げさに唇を動かしてくれた方が読みやすいが、極端に遅くする必要はない。普通に喋っても読みとるのに支障はないのだが、橋場がレイジを相手にするときにはことさらゆっくりと話す癖があった。

「た、い、か、い、が、ち、か、い。み、ん、な、は、り、き、っ、て、る」

橋場の言葉にもう一度うなずき返す。

リーダー橋場が率いるチーム〈エアロ・ダンシング〉は、間もなく競技会に出場する予定になっている。レイジと橋場をふくめ、総勢八名が空中で手をつないだり、フォーメーション演技をするのである。八名の演技者のほかにカメラマンが随伴して降下し、空中での様子をビデオに収める。そのテープも審査の対象となるのだ。

橋場はこれまで何度も競技会に出場しているが、現在のチームを率いて参加するのは今回が初めてであり、すでに何度も練習ダイビングを行っているというのにメンバーの誰より神経質になっていた。

レイジはふたたび地表に目をやった。

降下目標地点《ドロップゾーン》付近の草むらや森をじっと見つめる。個々の動きから大気の動きを読みとらなくてはならない。チームはまずレイジが機外に飛びだし、そのあとを追うようにメンバーとカメラマンが順次飛びおりる。空中で八人が連携し、地上から見て美しい文様を描くためには、細かな風も無視できない。飛びだしたとたん、突風にあおられ、メンバーがばらばらになったのでは競技会での高得点が望めないどころか、場合によっては二人以上のダイバーが接近しすぎて危険でさえあった。

腕に着けた高度計を見た。橋場が告げた通り、一万二千五百フィートを指している。それからレイジは装着したハーネスの金具が外れていないか、緊急時に作動する自動開傘《かいさん》装置の電源が入っているかなどを点検した。すでに橋場とたがいの装備をチェックしていたが、最後にもう一度自分の目で確かめることにしている。

たとえチームのリーダーであり、スカイダイビング歴の長い橋場であってもミスを犯すことはある。万が一パラシュートが開かず時速九百キロ近い速度で地面に叩きつけられるような事態に陥っても自分の目で確かめてあった方が納得できる。

　橋場に向かって頬笑むと、レイジはいった。

「ダイジョウブ、マカセテ。カゼ、トモダチ」

二歳の時に発した高熱で聴覚を失ってから自分の声を聞いていない。どのような声なのか、音のない世界にいるレイジには想像もできなかった。橋場がにっこりとうなずき返す。

　外を見やった。

　聴覚を失ったことによってレイジには視覚と皮膚感覚で風を読む能力が備わったといえる。指導してくれたのは、聡明な顔立ちをしたインドの老人だ。

　師《グル》と呼んでいた。

　風が見えてくる。あるところでは上昇し、別の場所では下降している。衝突し、うねり、ときによどんでいる。

　目をすぼめたレイジは自分の躰が透明になり、吹き抜けていく風と一体になる瞬間を待った。

次の瞬間、レイジは機体を蹴り、空中に舞っていた。

おれは一体何をやってるんだ?——空を見上げていた仁王頭は胸の内でつぶやいた。

立てたジャンパーの襟に顎が触れ、もう何日も剃《そ》っていない髭《ひげ》がかさかさと音をたてた。尾行する刑事がジャンパーの襟を立てるなど映画の中だけの話で、現実には気障《きざ》な恰好はかえって人目を引く。だが、気弱な逃亡者である仁王頭は少しでも顔を隠さずにいられなかった。

8

目を細め、明るい空を飛ぶ飛行機の姿を探した。川縁《かわべり》にある滑走路を飛び立った白い双発機はいったん西へ行き、百八十度旋回して飛行場上空へ戻ってくるはずだ。見えた。目を凝らせば、双発機らしいとも思えたが、まだ小さな黒点に過ぎない。

空を見上げながら仁王頭の脳裏には、蠟《ろう》のような色をした夢野の顔が浮かんでいた。末期癌だといっていた。

全国四十七都道府県警のホストコンピュータに自在に出入りしてみせる天才的なハッカー夢野をもってしても公安部局のネットワークにはなかなか侵入ができなかった。彼をして摑めた情報は元第一特殊装備隊隊長の新島が関係していそうなイベントがあり、何度か電子メールによるやり取りが見られたという、ただそれだけでしかなかった。

そのイベントがスカイダイビングの大会なのだが、新島とスカイダイビングがどのように結びつくのかまでは掴めなかった。ただ一つ考えられるとすれば、新摩天楼の狙撃犯は犯行後、建設中の建物に爆薬を仕掛けて脱出した際、パラシュートかハンググライダーを使ったのではないか、と見られている点だ。

顔を下ろした仁王頭は無印のベースボールキャップのひさしを掴み、深く被り直した。ゆっくりと歩き、周囲を見渡す。

広大な河川敷に造られた民間飛行場にはスカイダイビングの大会ということで数千人規模の人出があった。飛行場とはいっても滑走路のまわりは草原という小規模なものに過ぎない。土手を降りたところに飛行場の管理事務所棟と三つの格納庫があり、管制塔はなかった。事務所棟は駐機場《エプロン》に面しており、エプロンの向こう側に滑走路がある。滑走路のわきにはヘリポートも併設されていて、単発、双発の小型飛行機のほか、ヘリコプターも離着陸していた。

事務所棟と土手の間は大きな駐車場となっていて、大会参加者と見物人の車がびっしり停められていた。駐車場だけでは収まりきらず土手の上の路上にも車が並んでいる。土手上の一台にシャンパンゴールドのメルセデスクーペがあった。窓には目隠し用のシールが貼ってあるので中にいるアンナの姿は見えなかった。日本語のわからないアンナはメルセデスの中で双眼鏡を使い、会場を観察しているはずだ。

ふたたび会場内に視線を戻した仁王頭は、ほどなく野々山を見つけた。事務所棟の前で、テレビ番組のスタッフらしい一団が、降りてきたばかりのチームを取り囲んでインタビューするのを少し離れたところで眺めていた。

ふたたび仁王頭はぶらぶらと歩きだした。上下つなぎになったジャンプスーツを着た参加者や家族連れの観客など見るともなしに目を向けるが、何を探せばいいのかわかっていないだけに視線はいたずらにさまようばかりだ。

取りあえず仁王頭は会場内の人々の耳に注目していた。私服の警察官、警備の担当者であれば、トランシーバーから伸びたイヤフォンを差しているはずだ。そうした男たちの動きを注視すれば、新島の居所がわかるかも知れないとかすかな望みを抱いていた。分の悪い賭けであることは承知している。新島が来場していたとしても人目につくようなところに立っているはずはないだろうし、逆に仁王頭は無精髭を生やし、帽子とサングラスで顔を隠しているつもりだが、効果のほどは疑わしい。

大会本部と立て看板のあったテントで配っていたパンフレットによれば、本日の競技はフォーメーションと呼ばれ、四人ないし八人が一組となって降下する。チームは空中で手や足を取り合って環になったり、一定の隊形を作ったりして演技の内容を競うものだ。各チームには必ずカメラマンが随伴し、一緒に降下しながら演技の模様を撮影する。もちろんカメラマンもチームの一員であり、着地後、大会本部に提出されたビデオテープも審査に加味されるという。

上空に迫った爆音に仁王頭はふたたび顔を上げた。白い双発機が飛行場上空にさしかかろうとしていた。

足を止め、目を凝らす。

胴体からいくつかの影が離れるのが見えた。人影を数えていく。四人のダイバーにカメラマンがつく4ウェイと、八人とカメラマンの8ウェイでは飛行機から飛びだすときの高度が違うはずだが、つい先ほど読んだばかりのパンフレットの中身が思いだせなかった。

人影は七つまで数えられた。おそらく上下に重なって一つの人影にしか見えないダイバーもいるのだろう。少なくとも4ウェイのチームではなさそうだ。

人数が多いほど演技内容も多彩になり、それだけ高空から飛びだすことになっている。何メートルから出るんだっけ?——仁王頭はぼんやりと思いをめぐらせていた。

高度一万二千五百フィート、約三千八百メートル。

キングエアB200の真対気速度《トウルーエアースピード》は競技規定に定められた八十ノット、時速約百五十キロに合わされているが、プロペラ後流が加わるため真っ向から吹きつける風の強さは倍になっている。開放された胴体ドアのへりに手をかけ、レイジは眼下に広がる飛行場を見つめていた。

川と平行に北東から南西に向けて作られた、全長六百メートル、幅二十五メートルの灰色の滑走路が視認できる。滑走路と土手の間できらきら光っているのは駐車場を埋めつくす自動車の屋根やフロントグラスだろう。いつもなら緑の中にぽつんと見える飛行場もカラフルな点描をまとわりつかせていた。

降下点《ドロップゾーン》上空に近づくにつれ、レイジの脳裏には過去数カ月にわたって、うんざりするほどくり返してきた練習の数々が過《よぎ》っていた。炎天下、飛行機の胴体出入口に見立てた模型《モックアップ》に四人がぶら下がり、飛び出しのタイミングを計ったこと、灼《や》けたコンクリートの上で腹這いになり、たがいの足首や手を握りあって隊形作りを研究したこと、全員がばらばらに飛びだし、誰一人としてチームメイトを捕まえられなかった最初のスカイダイビング等々……、すべてはこの一瞬のために存在した。

目を上げた。すぐ隣りで肩を密着させているリーダーの橋場と目が合う。風圧で頬を震えさせながらも落ちついた表情の橋場が小さくうなずいた。橋場の隣りには鮮やかなパープルのジャンプスーツを着た橋場の妻、さらに向こうにヘルメットに小型のビデオカメラをつけたカメラマンが並んでいた。三人とも両手で胴体出入口の内側に設けられたバーをしっかり握っていた。

ド《D》ロップゾーン《Z》に到達するタイミングを計り、レイジが飛びだすと間髪を入れず、橋場、橋場の妻、カメラマンが機体を離れ、次いで中から三人、二人と組になって、残りのチームメイトが飛びだす段取りになっている。

レイジは飛行場に目を凝らした。滑走路脇に立てられたポールの吹き流しが見える。吹き流しとキングエアの胴体はきちんと平行になっていた。風下からＤＺに接近するのが鉄則だ。風を読むための指標はいくつもあるが、一つにとらわれてはならない。風の動き、大気のうねりを、レイジは視覚と皮膚感覚で摑もうとしていた。

耳の後ろにあった脈拍が落ちつき、遠のいて、やがて何も感じなくなる。強烈な風が胴体にしがみついている四人の躰を嘗《な》め、でこぼこした気流になっているのを感じた。気流はレイジの腕、足に衝突し、二つに分かれ、後方へと過ぎ去っていく。風は悪意をはらみ、出入口のへりを摑んでいるレイジの手をもぎ放そうとしているようだ。

じりじりと真下に近づくドロップゾーンを睨みつけたまま、レイジは顎を上げた。両手で出入口のへりを摑んでいる以上、手で合図を出すのは不可能である。代わりに大きくうなずくことを合図とする。

どこで飛びだせばいいのか、誰が教えてくれるわけではない。パイロットが告げてくるのはおおむねＤＺの上空に到着したという一点に過ぎなかった。最終判断の基準は、ファーストダイバーの内にしか存在しない。

吹きつけてくる風がレイジの腕に浸透し、やがて肉体は消え失せて風と一つになる。

見えてくる。

飛行場を中心として巨大な空気の塊が膨れあがり、三千八百メートル上空を飛ぶキングエアを突きあげようとしている。上昇気流によって向こう側の景色が歪むわけでもなく、滑走路わきの吹き流しが特別な合図を送ってくれるわけじゃない。

だが、レイジにはわかった。

顎を一気に下げ、同時に出入口のへりを摑んでいた両手を離して左足で蹴る。橋場、橋場の妻、カメラマンと糸でつながっているように次々機体を離れ、さらに三人、二人ずつひとかたまりになって飛行機を飛びだしてきた。

最初に飛びだしたレイジは、両手両足を広げ、空中で俯せの大の字を描くことによって落下速度にブレーキをくれながらほかのメンバーたちが周囲に集まってくるのを待つ。まず橋場が妻の手を握り、もう一方の手をレイジに向かって伸ばしてくる。レイジも手を伸ばし、橋場の手を摑んだ。たがいにしっかり握り合う。その間にカメラマンは横滑りし、撮影ポイントへ移動する。毎秒八・九メートルずつ加速しながら垂直に落下しているにもかかわらずカメラマンは空中を泳ぎながら水平に移動しているようにしか見えなかった。

あとから飛行機を飛びだした五人もたがいの手を握り合うことでさらに抵抗を増した三人に追いつき、次々に手と手を繋《つな》いでいく。最後に八番目のメンバーとレイジとが手を取り合って環ができた。

橋場がカメラマンを見やり、カメラマンは右手でOKサインを作った。

すぐに手を離すと、今度は左隣りにいるメンバーの右足首を摑み、橋場の合図で思い切り突き放した。その場でダイバーたちはへそを支点としているように水平にスピンした。一回転したところでたがいの手を握り合い、もう一度環を作る。

演技時間は約五十秒でしかない。その間、ダイバーたちは飛行機を飛びだした高度一万二千五百フィートからだいたい五千フィートまで降下する。開傘《かいさん》下限高度は三千フィートとされ、ダイバーが三千フィートを割ると自動的に失格とされた。その五十秒間に何度環を作り、回転し、スピンできるかによって得点が違ってくる。

外側の四人がポジションを変えずに水平スピンする間、内側の四人は二人ずつ手を取り合って同じく水平スピンするインターを行い、三人が柄となり、四人目が躰を横にして頭部となるハンマーを二つ作り、滑りながらたがいの位置を変えて、ふたたびインターを行ったところで右手に着けた腕時計型の高度計が短く一度震動した。

四人がすぐにパラシュートを開き、三人が外側へ向かって花が開くようにスライドしていくなか、レイジだけが両手を躰につけ、足を閉じて頭を下にする。高度計が二度目の震動を腕に伝えると、外側へ滑った三人がパラシュートを開く。

開傘したとたん、ダイバーたちは強い力で上空へ引っ張り上げられるように見える。まず四人がパラシュートを開き、次に安全な高度差を取って三人、そして最後に一気に下限高度三千フィート近くまで落ちたレイジが開傘する。

頭を下にして、一本の杭となって地表めがけ落ちていくときだけ、レイジには風が歌うのが聞こえた。

風の歌は、力強く、同時に底なしに優しい。

瞬きする間に滑走路の大きさが倍になるほどの速度で落下しながらレイジはいつしか頬笑んでいた。

三度目に始まった高度計の震動は三千フィートまで断続的にくり返される。レイジは両手、両足を大きく開き、顎を上げ、躰をのけぞらせた。空気の塊がレイジの躰をぐいっと持ちあげる。

一瞬の無重量にレイジの恍惚《こうこつ》は極みに達する。

右手でDリングを強く引いた。パイロットシュートが引きだされていき、次いでメインパラシュートが飛びだしていく。空中に赤く四角いパラシュートが展張し、ハーネスが股間を突きあげる。

風の歌が途絶え、レイジは音のない世界に戻る。

ローカルテレビ局の女リポーターは何度も脱色をくり返し、すっかり艶を失った髪の先端をつまみ、枝毛取りに余念がなかった。片手にマイクを持ったまま、唇をとがらせ、傍らにいる男性スタッフにぶつぶついっている。

少し離れたところにいるダンテは大会本部でもらってきたパンフレットを開いた。競技は半分ほど終了しており、今降りてきたのが八人編成最後のチーム〈エアロ・ダンシング〉である。

女がふてくされたようにいう声が聞こえてきた。ダンテが見ている間中、女は目につくすべてのものに不平を漏らしていた。

「そりゃ、イベントの取材だから仕方ないかも知れないけど、どうしてあたしがこんなTシャツ着なきゃならないわけ。すっげえだせえじゃない。あたし、久しぶりのロケだっていうから、わざわざ衣装買ったんですよ。それなのにこんなTシャツなんて。信じられない」

女リポーターが着ているTシャツには、胸元に大きくスカイダイビング大会のロゴが入っていた。Tシャツの下は洗いざらしたというよりただ古くぼろなジーパンを穿いており、サンダル履きだ。

「埃っぽいし、喋ってても咽ががらがらするのよ」

男性スタッフはぞんざいにうなずいていた。テレビ局の取材チームといっても男女二人だけで、男が手にしているのは家庭用のビデオカメラに過ぎない。

「ねえ、あと何チームあるんですか」

「まだ、半分だよ。そういわないでよ、千晶《ちあき》ちゃん。今度埋め合わせするからさ」

「田崎《たざき》さんの埋め合わせって、あてにならないからなぁ。この間だって食事おごってあげるっていったあと、あたしが酔っぱらったらホテル行こうとしたじゃないですか」

「あれは千晶ちゃんがだいぶ具合悪そうだったからさ。辛かったろう」

「普通です」

千晶という女は、一度も男を見ようとしない。やがて大会のスタッフに連れられて、たった今降りてきたばかりの男がやってきた。ぞんざいに丸めたパラシュートを片手で抱え、ゴーグルの食いこんだ跡が目の周囲に生々しく赤かった。

女リポーターはそっぽを向いて、思い切り顔をしかめたあと、ダイビングを終えたばかりの男に向きなおった。本人は輝くばかりの笑顔と思っているのかも知れないが、ずらりと並んだ義歯が白すぎて気味が悪いだけだ。

「お疲れ様でしたぁ」

語尾を伸ばす。女の手にはマイクもない。撮影用の機材がホームビデオなのだ。

「あんな高いところから落ちてきて、怖くないですか」

「すっかり慣れました。元々好きだったんでしょうか、最初のときからそれほど恐怖はありませんでした」

「あ、いけない」女がわざとらしく舌を出し、自分の頭を叩く真似をする。「あたしってば、お名前を訊くのを忘れちゃいました。何だか皆さんが高いところからダイビングしてくるのを見て、亢奮してるみたいです。すみません」

ダンテはため息を嚥《の》みこんだ。女は違うチームをインタビューするたびに同じ台詞をくり返している。演出なのか、本当に名前を聞き忘れているのかわからない。どのように編集するのか他人事ながら心配になる。

インタビューを受けている男は、にっこり頰笑んで答えた。

「8ウェイ部門に初めて参加しました、チーム〈エアロ・ダンシング〉のリーダー、橋場といいます」

「橋場さんですね。あらためまして、よろしくお願いします。リポーターの後藤《ごとう》千晶と申します」

「こちらこそ」

「今、橋場さんは初めて参加されたといわれましたけど、スカイダイビングを始めて、どれくらいになるんですか」

「ぼく自身は、もう二十年近くやってます」橋場は苦笑した。「すみません。ぼくの言い方が悪かったですね。うちのメンバーはそれぞれ七、八年から十年、ぼくみたいに二十年くらいスカイダイビングをしている連中ばかりなんですが、チームを組んで出場するのは今回が初めて、ということで。全員A級のライセンスを保持してます」

「そうなんですか。皆さん、ベテランということですね」

「一応」

競技の第一組から順にインタビューを受けているのを聞いてきたが、これまでのところ、手がかりになりそうな話はなかった。仁王頭の知り合いだという元警察官が警察庁、警視庁、そのほか公安部局のホストコンピュータに侵入して情報を集めたものの、今回のスカイダイビングの大会が引っかかってきただけだ。

ダンテは唇の裏を嚙み、橋場という男が答えているのを眺めていた。

女リポーターが訊く。

「それで本日の出来はいかがだったでしょう？」

「提出したビデオを見ていないので何ともいえないですが、ぼくとしてはふだん練習で行っている通りの演技ができたんじゃないかと思っています」

「かなり自信あり、ですね」

「いやぁ、皆さん、お上手ですから。ただぼくたちには、ほかのチームにはないアドバンテージがありまして」

「何ですか、それは？」

「風を読める男がいるんです」

女リポーターが素っ頓狂な嬌声《きょうせい》をあげ、ダンテは眉を寄せ、橋場を注視した。

風を読める男、とは？

「何だかかっこいいですね。どんな方なんですか」

「うちのチームにいる宮前レイジ君なんですが、一応、ぼくがリーダーということになっていますけど、飛行機から飛びだすときの合図から空中での各フォーメーションのタイミングの取り方まで、うちのチームでは全部レイジの指示に従っているんですよ」

「へえ、ぜひお目にかかりたいですね。近くにはいらっしゃっていないんですか」

「もう道具を片づけに行ってると思います。彼、あまり人前で話すのが得意じゃないんです。実は、彼には聴覚障害がありまして、耳が不自由なんです」

ソーカーの父親は、肉体的機能の欠損を埋めるべく発達する能力を〈超能力〉と称し、より優れた兵士を作りあげようとしていた。

「耳が不自由なのにスカイダイビングができるんですか」

「彼は風の音が聞きたくてスカイダイビングを始めたといってました。飛んでいる間だけ、風と一体になれるといいまして……」

ダンテはインタビューの場をそっと離れた。

9

死に直面することによって生を実感できる。否、死の恐怖なくして生の実感はあり得ないのだ。だから目の前まで迫った死をやり過ごした直後には歓喜が爆発する。

ダイビングを終えたあと、それもいつもの練習とは違って大会本番でのスカイダイビングを無事にやり遂げたばかりなのだからチームメイトたちが大はしゃぎするのも無理はなかった。しかし、音のない世界にいるレイジには少し苦痛だ。ありがたいことに無理に笑みを浮かべ、チームメイト全員とハイタッチをしただけで解放された。リーダーの橋場は大会役員が呼びに来て、どこかに行った。チームメイトたちはしばらくの間降下中の演技や、一瞬一瞬のたがいの顔つき、仕種についてお喋りをするだろう。レイジは一人、出場選手たちの控え室に足を向けた。

控え室といっても三棟ある格納庫のうち、現在は使用されていない古ぼけた一棟で、がらんとした屋内に細長いテーブルと折りたたみの椅子がそれぞれいくつか置かれているに過ぎなかった。出場選手はここで装具の脱着をすることになっていた。

テーブルに近づいたレイジは腕に抱えていた主傘を置き、首にかけていたゴーグルを外した。次いで腹部に取りつけてあるリザーブパラシュートを外す。どちらのパラシュートも一度開いて乾燥させ、もう一度たたみ直す必要があった。それから肩から股間にかけて躰を拘束しているハーネスを取った。

すべての道具をテーブルに並べ、大きく息を吐いた。

腋《わき》の下が濡れているのを感じた。風と一体になるのはレイジにとって至上の快感に違いないが、それでも恐怖を完全に払拭《ふつしよく》することはできないのだろう。右手首に巻いた高度計まで外すと躰が軽くなった気がする。髪を手ですき、根元近くが汗に濡れているのに気づいて、苦笑する。髪まで濡れているというのは、大会出場ということで普段とは違った緊張を強いられていた結果だろう。いつもなら降下を終えた直後でも髪は乾いている。

傍らにあった折りたたみ椅子を引きよせようと、伸ばした手が止まった。

飛行機を出し入れするための扉は開放されていて、大きく開いている。その開口部にレイジは背を向けていたが、誰かが立っているのを感じた。相手にはレイジの背中が見えているだろう。しかし、謎の相手は入口に立ったまま格納庫に入ってこようとはしない。

ゆっくりとふり返った。

滑走路の周囲に広がる草むらは午後の陽光をいっぱいに受けて輝き、そのため入口に立っている人影は逆光で黒くなっていた。目をすぼめる。男だ。ほっそりとした男が立っている。初めて見る顔だったが、驚きも恐れもなかった。

そのときレイジは直感した。

『いつか〈毒《ポイズン》〉が私のところへもやってくるだろう』

師《グル》はいつも口にしていた。〈毒〉が何を意味するのかレイジは知っていたし、師にとっては自分の子供のような存在であることも理解していた。

椅子から手を離し、背を伸ばして真っ直ぐ向きなおると、男は格納庫に踏みこんだ。

はっとした。背後に動きを感じたからだ。真後ろと左後方に一人ずつ。正面から近づいてくる男はレイジを観察していたのではなく、注意を自分に引きつけておき、その間にレイジを包囲したのだ。

今のところ、正面から近づいてくる男からも背後の二人からも殺気は感じられなかった。

男はレイジの前に立った。

「おれのいうことがわかるだろう」

日本語だ。うなずいた。男の声は聞こえなかったが、唇の動きは読める。わざとゆっくり喋るような真似をしないところにわずかに好感が持てた。

うなずくと、ふたたび男が口を開いた。

「全然驚いた様子がないな」

「後ろに立ったときから気づいていた」

「でも、後ろの二人には気づかなかった。いや、気づくのが遅れた」

肩をすくめて見せた。男が顎をしゃくると、背後で人の歩く気配がした。空気の動き、コンクリートの床から伝わってくるかすかな震動で知覚できる。現れたのは、一人は男、一人は女だ。

最初の男はスタンドカラーの黒のジャケットを着て、黒いスラックスを穿いている。全身黒ずくめなのでほっそりと見えただけで、師の待ちつづけた男であれば、決して針金のように痩《や》せてはいないだろう。女は、薄手の長いコートを着ていた。前は開いている。シルクらしいシャツに躰にぴったりした革のパンツを穿き、足下はがっちりとした作りのブーツで固めていた。もう一人の男はそれほど背は高くないが、全身バネといった印象を受ける。茶色のジャンパーを着て、両手をポケットに突っこんでいる。紺色のベースボールキャップを目深《まぶか》に被り、ジャンパーの襟を立てていた。

女は左手をコートのポケットに入れている。右手には赤い革の手袋をしていた。左手で武器を握っている。ジャンパーの男は目つきこそ険しかったが、丸腰だ。最初に現れた男だけは読めなかった。武器を身につけているのかも知れないが、気配が読みとれない。もっとも注意を要するタイプだ。

最初の男がふたたび口を開く。

「おれが何者か、察しがついているようだな」

「ポイズン」

男はうなずきもしなかったが、表情がまるで変わらなかったことが肯定の証《あかし》だ。言葉を継いだ。

「おれはダンテ、そこにいるのがアンナ、仁王頭だ」

「レイジ」三人を順に見ながら答えた。「宮前レイジ」

ダンテがうっすらと笑みを浮かべる。

「少しばかり間抜けな図だが、これでたがいの紹介は済んだ。さて、おれたちが何のためにお前のところに来たのか、わかるか」

否という代わりに首を振った。嘘だ。師《グル》はたびたび口にしていた。

『あの者どもは、いつか私を殺しに来るだろう。私が彼らにしたことを考えれば、殺したいと思っても無理はない。人格をきれいに破壊した上に殺人者の人格を構築した張本人だからな』

ダンテはレイジの嘘を見抜いていたのかも知れないが、表情は変化しなかった。

「スタジアム」

ダンテの唇の動きに心臓がつまずく。とっさに表情を消そうとしたが、うまくいったかどうかは自信がない。ダンテがつづける。

「どのようにやったのかはわからない。だが、お前は新摩天楼からトゥルベロの二十ミリライフルで狙撃をした。殺したのは、ミュージシャンだったが。二キロ、離れていた。見事なものだ。そのあと、お前は新摩天楼に爆薬を仕掛け、パラシュートを使って飛びだした」

今度は無表情のまま押し通すことができた。しかし、あえてレイジの表情を読みとろうともしていないダンテに対し、いくら面のような顔を作って見せても無駄な気がしてくる。アンナの唇が動く。

「英語《イングリッシュ》は？」

うなずく。師と話すときは、英語を使ってきた。唇を読むのに英語、日本語の区別はない。

アンナの唇が動く。形のよい唇だ。どんな声なのか、聞こえないのを残念に思った。

「見本市だったんだ。私、ダンテ、そしてあんたを競わせることで次世代狙撃兵という新兵器として売り込むのが目的だった」

アンナが英語に切り替えて話しかけてもレイジはまったく苦にした様子を見せなかった。日常的に英語を話す生活に慣れている証拠だろう。

英語での受け答えにもよどみがない。また、レイジは新兵器の見本市とアンナがいったことにも驚いた様子を見せなかった。

注意深くレイジを見守るうち、ダンテはレイジの英語にかすかな訛《なま》りを感じた。英国風の発音ではあるが、クィーンズイングリッシュとは微妙に違う。だが、まったく初めて耳にする発音ではない。

ダンテは思いをめぐらせた。

レイジにスタジアムでの狙撃が新型狙撃兵の見本市であることを教えた人物がいる。その人物は訛りのある英語を話し、しかもつい最近まで、あるいは今でもレイジとごく近しい関係にある。

そしてレイジの英語にある訛りは、ダンテにとって古い記憶に結びついた。

聖堂で十三人の子供たちが詩編二十三を唱和していた。降りそそぐ声を満足そうに目を細め、眺めていた小柄な男、金属縁のメガネをかけ、白衣を着て、両手を腰の後ろに組んでいた。彼が話す英語は、長年彼の母国を支配していた大英帝国の残滓《ざんし》を引きずっている。

間違いなく、レイジはソーカー・シニアの作品だ。

ダンテは右手を挙げた。アンナとレイジが同時に目を向けてくる。ダンテは真っ直ぐにレイジを見て口を開いた。英語を使った。日本語で話している間はアンナが退屈そうな顔をし、英語に切り替えたとたん仁王頭が困惑した顔つきになる。厄介なことだが、仕方がなかった。

「スタジアムでの狙撃が見本市だということを知っていたのか」

「見本市という言い方ではなかったが、ぼくの力を誰かに売りつけるために必要だといわれた」

「だが、お前はミスをした。殺したのはアフリカ某国の首相ではなかった」

「最初から歌手を撃てといわれていた。だからミスでは決してない。そのうえ優秀な狙撃兵なら、たとえ相手が戦車やヘリコプターで襲ってきても対処できると証明してみせた」

高く売れるはずだとでもいうように傲然《ごうぜん》と胸を張る。

確かに新摩天楼に接近した二機のヘリコプターは撃墜されている。ダンテは所在なさそうに立っている仁王頭に声をかけた。

「レイジはヘリコプターを撃墜したといっている」

仁王頭はうなずいた。

「詳しい報告書に目を通したわけじゃないが、おそらくはテイルローターを破壊したんだろう」

仁王頭の口許を見つめていたレイジがにやりとする。それから仁王頭に向かって指を一本立ててみせた。

「一発だっていうのか」目を剝いた仁王頭が大声をあげる。「いくら二十ミリ口径の弾丸を使ったって一発でコブラを仕留めるのは不可能だ」

亢奮した仁王頭は顔を紅潮させ、早口で言いつのったが、レイジは唇の動きを正確に読んでいる。もう一度にやりとする。

「風の裂け目にライフル弾をねじこめば、一発で落とせる。とくにあの型のヘリコプターは古いものだからテイルローターは剝き出しになっている。ローターの軸を破壊するのは造作もないし、破壊すれば、操縦不能に陥る。一機は真っ直ぐぼくのいたビルに近づいてきた。正面からではテイルローターを撃つことはできない。だからぼくは、ヘリコプターが右か左に機首を振るのを待っていた。幸いぼくがあのビルから撃ったとは思われていなかったみたいで、ヘリコプターは左右に首を振りながら飛んでいた。テイルローターが見えたとき、メインローターが回転して作る円盤の下すれすれを狙って撃った。二機目は逃げようとして横向きになったから撃ちおとすのはもっと楽だった」

口を開きかけた仁王頭だったが、結局何もいえないまま、ふてくされたような顔つきでレイジを睨んだ。

ふたたびダンテは右手を動かしてレイジの注意を引き、目が合うと間髪を入れずに訊ねた。

「ソーカー・シニア博士と一緒にいるんだな」

初めてレイジが表情らしい表情を見せた。困惑で目をぼんやりさせたのだ。日本語のままだったが、ソーカー・シニアの名前を出したのでアンナにも話している内容は理解できたはずだ。

ダンテはたたみかけた。

「おれもお前も、ソーカー・シニア博士に作られた化け物《クリーチャー》という点で兄弟みたいなものだ。アンナはソーカー・ジュニア博士が作ったシステムで訓練されたんだが」

レイジが目だけを動かして、アンナを見る。アンナは右手の手袋を取ると、手の甲をレイジに向けて見せた。親指の付け根から中指、人差し指にかけ、掌のほぼ半分が人工物に置きかえられている。精巧に作られてはいるが、ひと目で作り物だとわかった。アンナは真っ直ぐにレイジを見て、指を動かして見せた。

かすかにモーターの音がする。

何を今さらクリーチャーなどと気取るのか、とレイジは胸の内で毒づいた。

音が満足に聞こえないというただそれだけのことで、子供の頃からどれだけ爪弾きにされ、気味の悪い怪物か、雨に打たれて尻尾を垂らしている野良犬のような扱いを受けてきたことか。なかには優しくしてくれる者もいたが、みじめな動物を憐れんでいるようなもので、たいていはレイジに声をかけている優しい自分の姿にうっとりしていただけだ。

ヒーロー物のアニメについて、師が説明してくれたことがある。正義の味方も悪の権化《ごんげ》も異形《いぎょう》の者という点で同じなのだ、と。超人に変身して化け物どもと戦っているヒーローにしたところで、所詮は一般の人間とは容貌も能力も違う。

『真に力を有する者は、所詮社会に馴染《なじ》まない者なのだ。お前は子供の頃から特殊な力を身につけていただけなんだよ』

障害による苦痛を乗りこえるきっかけを与えてくれたのは、確かに師だった。

手袋を外して醜悪な右手を見せたアンナはコートのポケットにそそくさと入れた。手袋を着けなおす間、拳銃から手を離すのが不安なのではない。おそらく一刻も早く隠したいのだろう。

サングラスで覆われてはいるが、右目のあたりに醜い傷があることにも気がついていた。アンナもまた息を潜め、人目を避けて暮らすことが当たり前となっているのだ。

ふたたびダンテが口を開いた。

「ポイズンについては、どの程度知っている？」

アンナにも聞かせるつもりなのだろう。ダンテは英語でつづけた。

「師《グル》が手がけた研究だというくらいは……」

「グル？　ソーカー・シニア博士を師《グル》と呼んでいるのか」

「子供の頃からずっとそう呼んできた。師がぼくにしてくれたことを考えれば、グルと呼ぶのがもっとも相応《ふさわ》しいだろう」

そのとき、格納庫の開口部に一団の人影が見えた。いずれもジャンプスーツを着て、手に手に丸めたパラシュートを持っている。先頭を歩いていた橋場がダンテたちを見つけるとぎょっとしたように足を止めた。

とっさにレイジは手を挙げ、笑みを浮かべていった。

「古くからの知り合いなんです。大会のことを知らせておいたらわざわざ見に来てくれて」

チームメイトに説明している間、一瞬の混乱を突く恰好で仁王頭が出ていった。ほかの人間がいるためなのか、ダンテもアンナも止めようとはしなかった。

小走りに格納庫から遠ざかりながら仁王頭はジャンパーのポケットの中に入れた携帯電話を握りしめていた。掌《てのひら》は汗でぬるぬるになっている。英語に切り替えられると、彼らが何を話しているかわからなくなったが、それでも驚きの連続であったことに変わりはなかった。

スカイダイビング大会の人混みの中をあてもなく歩いていたとき、野々山が顎をしゃくるのが見え、古い格納庫へ一緒に行くようにいわれた。そこにいたのがレイジという聴覚障害のある男だ。

残り少ない命を投げうって夢野が摑んでくれた手がかりだけに何か新たな情報につながれ

ばと期待していたが、野々山が引き当てたのは、新摩天楼からミュージシャンを撃ち、二機のコブラをたてつづけに撃墜した張本人だったのだ。

一気に駐車場を横切り、土手を駆けあがった。シャンパンゴールドのメルセデスクーペが停めてあるのとは反対側に向かって走りながら携帯電話を取りだす。古い格納庫を見たが、仁王頭につづいて誰も出てくる様子はなかった。

走る速度を少し落とし、携帯電話に一連の番号を打ちこんでいった。絶対に記録に残さないよう命令されている緊急連絡用の番号である。だが、仁王頭が電話番号を教えられたのは第一特殊装備隊時代で今も同じ番号が通じるか疑問があった。さらに不安を駆り立てるのは、パスワードが仁王頭の職員番号なのだ。仁王頭の籍は今、北海道警察本部にある。

番号を打ち終え、電話機を耳にあてる。取りあえず接続され、呼び出し音が聞こえた。

「はい」

男の声がいった。背後からは何の音もしない。息を切らしながら職員番号を告げる。

「8、8、9、5、6、7、8、4」

「何番へおかけでしょうか」

教えられた手順では、もう一度職員番号をくり返すことになっている。古い格納庫をふり返りつつ、告げる。

「8、8、9、5、6、7、8、4」

「パスワードおよび声紋チェック終了」

ぎょっとする。声紋でも確認されるなど聞かされていなかったからだ。相手は淡々とつづけた。

「ご用件を。仁王頭巡査長」

「本庁公安局公安一課の前田課長代理につないでください。至急ご報告したいことがあります」

「そのままお待ちください」

ノイズが流れ、やがて男性の声が聞こえてきた。

「はい」

本当に前田本人なのか、実は仁王頭には確認する術《すべ》がない。今まで一度も前田と言葉を交わしたことがなかったからだ。

「北海道警察警備部の仁王頭です。元第一特殊装備隊の……」

「知っている」

「今、私は三人の被疑者を確認しました。そのうちの一人はアンナ・リャームカニャで、もう一人は野々山と名乗っています。三人目は宮前レイジといいまして……」

さすがに息がつづかない。唾を嚥みこみ、何とか声を圧しだす。

「スタジアムでアメリカから来たミュージシャンを狙撃した犯人です」

10

エレベーターに乗りこむとレイジはプラスチックのカードを取りだし、階数ボタンの並んだ操作パネルのわきにあるスリットに差しこんだ。何の変化もなかったが、レイジはカードを抜き、ダンテをふり返った。

「このエレベーターには二十階までしかボタンがありませんが、二十一階から二十三階まではそれぞれワンフロアを占有している住人がいます。師は最上階に住んでいますが、そこへ行くにはカードを差しこむ以外に方法はありません。二十一階、二十二階の人たちもそれぞれカードを持っていますが、自分が契約している階しか行けないようになっています。ぼくが今使ったカードでもほかの階へは行けないんですよ。カードを差しこんだ時点でエレベーターにはロックがかかり、ほかの階から乗りこんでくることも、ほかの階へ降りることもできなくなります」

ダンテが〈毒〉であることがわかってからレイジの態度に変化が見られた。言葉遣いも丁寧になっている。

「随分用心深いんだな。ところで、ソーカー・シニアには何人護衛がついている」

「ぼく一人ですよ。今の師が求めているのは、静謐《せいひつ》だけです。物騒な連中がまわりをうろついていたのでは落ちつけないといって、誰も寄せつけません。ザ・シンジケートの研究部門から完全に足を洗った今となっては、自分のような年寄りに何の価値もないだろうといっています」

「でも、お前を作ったわけだろう」

「趣味みたいなもの、といっています」

「護衛役のお前が〈毒〉であるおれを引きこんだんじゃ、役目を果たせないだろう」

「確かにダンテのいう通りでしょう。でも、あなたと……、いや、正確にいえば、〈毒〉の一員と再会することが師の最後の希望なのです」

「最後の?」

「師はもう八十二歳になります。ご自身ではこんなに長生きするつもりはなかったといっています。それでいて思い残すのは、〈毒〉の結末を見られなかったことだ、と」

「結末か」ダンテはほろ苦く笑った。「確かにおれは〈毒〉の結末そのものかも知れない」

スカイダイビング大会の会場から出たあと、ダンテ、アンナ、レイジの三人はシャンパンゴールドのメルセデスクーペに乗りこんだ。愛銃ADDR05を回収したいというアンナを最寄り駅で降ろし、ダンテはレイジの案内にしたがって熱海《あたみ》にあるリゾートマンションまでやって来た。すでに日は落ち、辺りはすっかり暗くなっている。それでも高い崖となった海岸にそそり立つ真っ白なマンションは浮かびあがって見えた。

「一つ、訊いてもいいですか」

「何だ？」

「仁王頭という男のことです。途中で姿をくらましたでしょう」

「あの男は元々仲間ではない。公安警察の特殊部隊員なんだ」

「警察なんですか」

「気にすることはない。警察といっても公安部局ならシンジケートの勢力下にあるから。あとは内部で始末してくれるよ」

「あの男、公安警察に駆けこみますかね」

「ほかに行き場はない。公安警察を相手にできるのは公安警察でしかないんだ。公安警察をコントロールできるのも公安警察でしかないがね」

エレベーターが止まり、扉が左右に開いた。エレベーターを降りるとそこはだだっ広い部屋になっていた。部屋の左右は大きなガラス窓になっており、中央にはいくつかソファとテーブルのセットが置いてある。柔らかな照明が部屋全体をぼんやりと照らし、ところどころに置かれたスタンドが光のアクセントをつけている。ソファのわきにロウチェストが配されていたが、それ以外、調度はほとんどなく、シンプルな部屋といえた。

二人が降りると、エレベーターはすぐに降下を始めた。

部屋をぐるりと見渡したダンテは誰もいないのに気がついた。

「ソーカー・シニアはもうやすんでいるのか」

「いえ、こちらです。師はもうほとんど眠ることがありません。何年もの間、ぐっすりと眠ったことなどないと仰《おっ》しゃっています」

そういうとレイジは右の方へ進んだ。大きな窓が開かれていて、風をはらんだレースのカーテンが膨らんでいる。窓の外は広々としたテラスになっていて、白いデッキチェアが何脚か置かれている。そのうちの一つに小柄な男が座っていた。

テラスに出たレイジが声をかけた。

「ただ今戻りました」

小柄な男がゆっくりとふり返った。白く、薄いシャツを着ている。記憶の中にあるソーカー・シニアも年寄りだったが、ふり返った顔はさらに年老いていた。頑丈そうな金属縁のメガネだけが変わらず、月光がレンズに反射してきらりと光った。

八十二歳といったが、ソーカー・シニアの眼光には一点の曇りもなく、驚異的な頭脳はいささかも衰えがないことを表していた。

しばらくの間、ソーカー・シニアはダンテを見つめていた。ダンテは黙って見返している。

やがてソーカー・シニアが口を開いた。

「お前は？」

「ダンテ」

「ダンテか」ソーカー・シニアの口許に苦笑が浮かぶ。「十三人のなかでもっとも出来損ないのお前が来るとは、これも私の運命なんだろうな。人生は退屈と皮肉、落胆の連続だというのが今さらながらよくわかる」

誰かの命を奪うのに快感を抱きこそすれ、ストレスを感じないように訓練する過程で、小動物を抱き、撫でた直後に首の骨を折って殺すという項目があった。キャンプでの訓練中、ダンテはすべての過程を最優秀の成績で突破しながら、修了後、雨に打たれた仔犬を拾いあげたことがある。同情や憐憫《れんびん》が兆《きざ》したか否か、今となってはダンテ自身にもよくわからない。教官の一人がただちに仔犬を殺すよう命じた。ダンテはただちに絞め殺した。命じた教官の方を——。ソーカー・シニアのいう出来損ないというのは、その事件を指しているのであろう。

人格の分裂、破綻《はたん》は仔犬を抱き上げ、濡れて、震える躰を掌に感じたときからすでに始まっていたのかも知れない。

「私を殺しに来たのか、ダンテ？　お前の人生を奪い、人格を破壊した私に恨みがあるだろう」

「恨みはあるのかも知れない。でも、殺しに来たわけではない」

「ほう」メガネの奥でソーカー・シニアは目を見開いた。「お前たち無垢な息子《イノセント・サンズ》たちには殺人以外の表現方法を教えなかったんだがな」

「訊きたいことがあるだけだ。おれは恨みで人を殺しはしない」

メガネの奥でソーカー・シニアの眼光がきつくなる。ダンテは付けくわえた。

「おれは殺人者ではない」

小さく首を振ったソーカー・シニアが立ちあがろうとした。眼光は昔のままいささかの翳《かげ》りもなかったが、さすがに躰は弱っているようで肘《ひじ》かけを摑んだ手も、足も震えていた。レイジが駆けより、ソーカー・シニアの肘を支える。

「中へ入ろう。話が長くなりそうだ。おだやかな夜だが、夜気は年寄りの躰には負担だ。レイジ、温かい茶を淹《い》れてくれ」

「かしこまりました、グル」

三人は広大なリビングに戻った。


小柄なソーカー・シニアがちょこんと腰かけているため、白い革張りの椅子が巨大に見えた。ダンテが自分の身に起こったことを話し終えるまで、ソーカー・シニアはひと言も口を挟もうとしなかった。

テーブルに置かれたティーカップの茶はすっかり冷めている。ダンテはソーカー・シニアと向かい合って座り、レイジは傍らに立っていた。

ダンテの話が終わると、ソーカー・シニアはぽつりとつぶやいた。

「インターゾーンか」

ティーカップを口許に運び、ひと口すすってカップを戻すと、ゆっくりとした口調で言葉を継いだ。

「我々はイノセント・サンズを作りあげるにあたって、まずは十歳前後まで、つまり被験者がそれまでに経験してきたことのすべてを記憶から消し去った。個体差によって記憶を消す方法は様々だった。手術をした者もいれば、薬品を使った者もある。催眠術やそのほか脳に直接刺激を与える方法も使った。記憶がうまく消去できなかった被験者は、次のステップに進むことができなかった。最初、イノセント・サンズの候補に上げられた子供たちは二百名以上いたんだ。そのなかから選ばれたのが十三人だった」

ダンテは身じろぎもしないでソーカー・シニアを見つめている。

「我々はテストに合格しなかった者のうち、死亡した者については解剖した。程度の差はあったが、いずれの場合も脳の様々な部位に形態的な変化が見られた。ある器官が肥大化している者もいたし、逆に縮小したり、ひどいケースになると消滅していたりした。脳が分解してしまったんだ。我々は脳が脳を食ったといっていた。今から思えば、神をも恐れぬ行為だといえる。だけど、あのころは夢中だった」

「解剖をしなくとも脳の形状について調べられるんだろう。あなた方のことだ、生き残った連中の脳も調べ尽くしたに違いない」

「その通り」

「同じような結果が見られたんだな」

「程度の差こそあれという点では死亡した被験者たちと同じだが、例外なく変化は見られた」

「肝心なのは、今までのことじゃない。これからだ」

「人間の細胞は傷つけば再生する能力がある。ナイフで切られたとしても傷口の肉は盛りあがり、やがてふさがる。見た目まで完璧というわけにはいかないし、たとえばトカゲの尻尾と違って人間が指なり、腕なりを失えば、新たに生えてくることはない。だが、動物の細胞のなかにはどれほど小さなものでも再生しないものがある」

ソーカー・シニアの瞳はさらに深みを増し、ダンテは自分が聖堂で詩編二十三を唱えていたときの子供に戻っていくのを感じていた。いや、躰はさらに小さくなり、ソーカー・シニアの瞳の中へ落ちこんでいくようにすら感じられた。

皺《しわ》だらけの乾いた唇を、色の悪い舌で嘗《な》めたソーカー・シニアがゆっくりといった。

「神経細胞だ。脳に可塑《かそ》性はない」

「つまりおれの脳は二度と元には戻らないということだ」

「先ほどからいっているようにすべて個体差がある。今後変化が起こるとしてもいつになるのか、どのように変化していくのか、誰にも予測することは不可能だ。脳は、宇宙や深海と同じで人類にとってまだまだ神秘の領域なのだ」

「それが理由か」

ソーカー・シニアが怪訝そうに目を細める。

「人間の脳をいじくってみた理由さ。神秘の領域に踏みこんで、神にでもなるつもりだったか」

「人間の可能性を追求したかっただけだ。叡智《えいち》を結集すれば、新たなる人類が生まれる、と」

ソーカー・シニアは胸の上で両手を組んだ。

「〈毒〉プロジェクトが消滅したあと、私は別の研究テーマに取り組んだ」

「レイジだな」

ソーカー・シニアがうなずく。

「聴覚を失いながらレイジは風の歌を聞きたいといった。私は、レイジの望みをもう一歩進めたのだ。レイジに風を見せてやろうと決心した」

「どうやって？」

「視覚、嗅覚、味覚、触覚を高度に発展させることによって、だよ。とくに注目したのが触覚だ」

ソーカー・シニアの瞳が強い光を放つ。

「鮫《さめ》だ」

「鮫？」

「鮫がどのようにして数マイルも先にいる獲物の存在を感知するか、お前にわかるか」

「血の臭いを嗅ぎつけるんだろ」

「嗅覚も重要な要素だが、溺《おぼ》れかかっている獲物の混乱した動きを、鮫は皮膚で感じる。最初は単に波動を感じとっているだけかと思ったが、違うんだ。触覚で感知しているだけじゃなく、ある種の電気信号として受けとっていることがわかった。鮫は皮膚で電気を感じている。風というのは空気の動きで、そこには必ず静電気が生じる。レイジは、それを肌で感得できる」

「まさか」

「それがレイジの正体だ。肌の感覚を高めるために訓練が必要だったたし、多少の電気的な刺激を利用した。だが、今回は催眠術も薬品も使わなかった」

「〈毒〉は失敗だったからな。失敗から学んだということか」

ダンテは首を振り、立ちあがった。ソーカー・シニアも顔を上げる。

「私を殺す気にはなれないか」

「あんたは間もなく死ぬだろう。おれに殺されることを期待しているのは、少しずつ近づいてくる死の恐怖に耐えられないからだ。ぎりぎりまで苛《さいな》まれるんだな」

濡れた目で見上げるソーカー・シニアに背を向けると、ダンテは玄関に向かって歩きだした。

11

雨の中から黒塗りの車がぬっと現れた。後続車はなく、周囲に停まっている車もない。仁王頭はジャンパーの襟を立て、背中を丸めて車に近づいた。後部ドアが開き、前田が顔を見せる。

「早く乗れ」

濡れたまま前田の隣りに滑りこむと、仁王頭がドアを閉める間もなく車は発進した。前田が運転席の男に声をかける。

「とにかく首都高に上がれ。しばらくは走りつづけるんだ」

「はい」

運転席に一人いるだけで助手席には誰も座っていない。センターコンソールわきに取りつけられた無線機の赤いランプが目につく。

「無事だったか」

「はい。怪我はありません」

「とにかく何があったか話せ」

唇を嘗めた仁王頭は、警視庁から記憶喪失の男をつくば市にある人工知能研究所まで押送するよう命じられたところから話を始めた。間もなく研究所に到着するところでアンナ・リャームカニャに襲われ、芝山が殺されたこと、ソーカー、上平とともに仁王頭も拘束されたこと、男が記憶を取り戻し、野々山と名乗ったこと、順を追って話す間、前田はほとんど口を挟まなかった。

「廃屋は茨城県の西部で栃木県との県境付近でした。そこで正体不明の特殊部隊に襲われました。ですが、野々山とアンナ・リャームカニャが反撃しまして、彼らのほとんどを殺したんです。その間に廃屋は焼け落ちました」

前田が深い息を吐く。厳しい表情をしていた。

「お前の話が本当なら何人もの死体が発見されているはずだが、茨城、栃木どちらの県警からもそれらしい報告は上がってきていない。火事についても報告はない」

「上平主任は？　上平主任は見つかっていないのですか」

「確かにお前がいうように茨城県内で上平は保護された」

「じゃあ、無事なんですね」

「発見されたときには衰弱していたが、すぐに回復した。私も事情聴取を行ったが、特殊部隊に襲われたなんてひと言もいってなかったぞ」

「襲撃は上平主任が脱出したあとの出来事なんです。奴らは並みの犯罪組織じゃありません。実は、自分は奴らが使っていたノクトビジョンを着けてみたんですが、うちが使っているものよりはるかに高性能でした。あれだけの装備を整えられるのは、一部の国の軍隊か諜報機関に限られると思います」

「しかし、お前のいう現場がどこか特定できない以上、証拠品の回収も難しいだろう」

「事実なんですよ。おれがこの目で見て、体験したことなんです」

「それはわかってる。お前を疑っているわけじゃない。しかし、物証が出てこなければ、お前の話をそのまま信じるわけにはいかないだろう」

仁王頭の脳裏には特殊部隊の隊員たち——ナイトウォーカーズと野々山は呼んでいた——を一人ひとり殺していく野々山とアンナの姿が断片的に浮かんできた。その後、大型のワゴン車が突っこんできて、生き残りの隊員を救出していく。スピンターンするワゴン車の様子もはっきりと憶えていた。

「そうだ。新島さんです。新島さんが現場にいました」

「新島って、第一《イチ》特殊《トク》装備《ソウ》隊の？」

「そうです。隊長をしておられました。今は大手商社で要人警護ビジネスの事業に携《たずさ》わっています。おれは本社で新島さんにもお会いしています。新島さんを逮捕《パク》って話を聞けば、何かわかると思います。彼こそ、一連の事件の背後にいた人物ですから」

「新島は今日本にいないと聞いたが」

「本拠はロンドンに置いているといってましたが、〈アフリカの曙光〉が来日したときから日本に戻ってきているはずですよ。逮捕が無理なら任意同行《にんどう》でも」

「しかし、理由が、なぁ。お前のいうことを裏付ける物証が一つでも取れれば……」

シートの上で身じろぎし、仁王頭は前田に躰を向けた。

「おれが奴らにしたがって行動をともにしたのは、新摩天楼からスタジアムのミュージシャンを狙撃した犯人にたどり着けると思ったからです。そのためには独断専行をしましたし、多少規則の枠をはみ出しもしました。しかし、結果的に狙撃犯にたどり着くことができました」

天井を見上げた前田は、しばらくの間返事をしなかった。

車は首都高速道路に入り、左側の車線を流している。雨の中を走行しているためにタイヤが水を跳ね飛ばしていく音が車内に満ちていた。

ゆっくりと前田は仁王頭を見た。

「神奈川県警の夢野だがな、今朝ほど死んだよ。内臓の多機能不全だそうだ。癌が転移していたんで手の施しようがなかったらしい」

前田の声音には憐憫など感じられなかった。夢野は同じ警察官であっても第一特殊装備隊解散のきっかけを作った男であり、公安警察にとっては怨嗟《えんさ》の対象でしかない。

「それでは、ラストチャンスに賭けるしかありませんね。おれは奴らのところに戻ります」

「戻るって、戻ってどうする？」

「奴らは船で日本を脱出する用意をしています」

仁王頭は日時と埠頭《ふとう》の名前を告げた。

「船の名前はわかりませんが、その時間帯に出港する船であることは間違いありません。一緒に逃げる気なら来いといわれています」

「いったん逃げだしたお前を、連中は信用するか。下手すりゃ、殺されるぞ」

「そうかも知れません。ですが、ほかに方法はないと思います。今のままだって、警察はおれを連中の一味だと疑っているわけでしょう」

シートに背中をあずけた前田は腕組みをし、すぐには答えようとはしなかった。天井を見上げている。

仁王頭は唇を噛み、前田の横顔を凝視していた。

12

シャンパンゴールドのメルセデスクーペが停まり、ライトを消した。どうして黒木という男はこんなに目立つ車を買ったのだろうと思いながら仁王頭は車に近づき、助手席のドアを開けた。運転席の野々山は真っ直ぐ前を向いている。助手席に座りこむ。横浜港にほど近い倉庫の裏手にある空き地が集合地点となっていた。

意外に硬いシートに座った仁王頭の膝に野々山が拳銃を放った。ＳＩＧ　ＳＡＵＥＲ／Ｐ２２０。反射的に手に取った。弾倉に九発、薬室に一発装填されているのが掌に感じる重さだけでわかった。

もう一つ、わかったことがある。

「おれの拳銃だ」

「相方も同じ型の銃を使っていた」野々山がジャケットの前をはぐって、ベルトに挟んだP220を見せる。「どうしてそっちがお前のだとわかる？　何か調整をしているのか」

「いや。ただ何となくおれのだな、と思うだけだ。他人の拳銃ならもっとよそよそしい感じがする」

野々山がちらりと肩をすくめた。

「さて、警察の方だが、お前の予定通りに進んでいるか」

「たぶん」仁王頭は野々山の横顔を見た。「だが、もしやってくるのが警官なら……」

あとがつづかなかった。野々山が愉快そうな笑みを見せる。警官ならどうする、と訊いているようだ。仁王頭はシートに背をあずけ、話題を変えた。

「あんたとアンナ、それにレイジの話を聞いていたとき、おれは落ちつかない気分になった。あの格納庫でのことだ」

野々山は何もいわずに前方を見ていた。

「嫉妬《しっと》していたんだと、今になって思う」

「嫉妬？　なぜ」

「おれも狙撃屋の端くれだ。だけど、あんたたちには遠く及ばない」

「変わりはしない。お前だって、おれたちと一緒に来ればわかる。狙撃手というのは特殊技能を売ってる職人に過ぎないんだ。しかし、特殊技能ゆえに孤立もする」

その昔、仁王頭は戦争において自ら望んで敵兵を殺し、殺したことにストレスを感じないで済むのは、戦闘機のパイロットと狙撃兵だと書いてあった本を読んだことがあった。おのれの技量を発揮しているだけで、人を殺しているという意識がないためだという。一方、戦闘機パイロットと狙撃兵は捕虜になった時点で凄まじいリンチを受け、殺されるという点でも似ていると書かれていた。

「どうかな。おれは……」

「来た」

遮《さえぎ》るようにいった野々山はルームミラーを見上げていた。ふり返る。エンジン音を低くし、ライトを消したまま、暗色の大型ワゴン車が背後に忍びよっていた。それも二台。空き地は周囲をフェンスに囲まれ、ところどころに資材が積みあげられている。出入口はメルセデスが入ってきた場所しかない。ワゴン車が近づいたのも同じ経路だ。二台の間をすり抜け、黒塗りの四ドアセダンが入ってくると、メルセデスの前方に回りこんで停車した。

野々山と仁王頭はそろってメルセデスを降りた。黒塗りのセダンは後部座席の窓にシールが貼られ、中がのぞけないようになっている。生唾を嚥んだ仁王頭はセダンを注視していた。

腹の前でベルトにはさみ、ジャンパーの裾で隠したP220が重い。

背後でワゴン車のスライディングドアが開く音がし、数人が降りる気配がしたが、セダンに目を向けたまま、ふり返らなかった。かすかな金属音は自動小銃を動かしたときに発する。あるいは安全装置を外したのか。

セダンのドアが開く。知らず知らずのうちに仁王頭は奥歯を嚙みしめていた。セダンから新島が降り立った。溜めていた息をそっと吐く。同時にP220の重みがますます感じられた。新島が来たということは、背後に展開している連中は廃屋で襲ってきたナイトウォーカーズに違いないからだ。

命乞いの電話を前田に入れようと発案したのは、仁王頭自身だ。アンナにはカインと名乗り、そして仁王頭にとってはかつての上司である新島が一連の事件の鍵を握っている。くだんの新島を誘いだすには、直接連絡を入れるより前田を経由した方が確実だと考えた。仁王頭の脳裏にあったのは、御盾会と呼ばれる警察内部の組織である。ザ・シンジケートと称される国際的な犯罪組織と分かちがたく結びついているのが御盾会だとすると、警察を巻きこんでも解決は見えてこない。

解決?――思わず浮かんだ言葉に反問する――解決なんてどこにあるんだ?

もし、前田がやって来て、警官隊が周囲を固めたなら仁王頭は拳銃を捨て投降するつもりでいた。必要があれば、P220を野々山に向けようとさえ考えていた。だが、今回の密会を企てた時点から野々山は新島が来ることを一度も疑っていなかった。

警察内部、とくに公安部局において何かが起こっているのは感じる。同時に仁王頭には手が届きそうもないことも理解していた。

まるで警戒する様子もなく、新島は近づいてくる。仁王頭と野々山の顔を等分に見比べていた。あと数歩というところで足を止め、野々山をしげしげと眺める。

「ダンテか」

「カインか」

どちらも問いを発しただけだ。新島は首を振った。

「それにしてもこの間は往生した。手製テルミットとはな。おかげで優秀な隊員が随分とやられた。死ななかった者のなかには失明した者もいる」

「戦争に犠牲は付き物だろう」

「最近は戦争のやり方も変わってね。何よりもコスト計算が優先されるようになった。そのおかげで私はこんなところまで来なきゃならない羽目に陥った」

右手の人差し指と中指を立てて、新島は言葉を継いだ。

「私に下された命令は二つだ。二つに一つを選ぶようにいわれている」

新島に命令を下している者こそザ・シンジケートと呼ばれる組織だろう、と仁王頭は思った。そして今も新島は御盾会と何らかの関係があるに違いない。新島を逮捕したところで誰が真相を解明できるというのか。仁王頭はあらためて途方もない相手に腹の底が冷えてくるのを感じた。

新島は中指を折りたたみ、人差し指を一本にした。

「一つ。壊れた兵器を回収することだ。さっきもいったようにコスト計算が最優先される。たとえ再生不能なまでに故障したとしても、〈毒〉は多額の費用をかけて開発されている。そのなれの果てについて調べるのも決して無駄とはいえない。多少自由は束縛されるかも知れないが、ダンテ、お前は生きながらえることができる。もっとも聞いたところによると人格の崩壊が始まっているそうだな。自分が自分でなくなるというのは怖いが、そうなってしまえば案外本人は幸福なのかも知れない」

ふたたび中指を立て、Vサインにする。

「二つ目は我々がもっとも得意とするところだ。お前を抹殺して、何事もなかったことにする。あくまでも私の個人的な意見だが、どうせ〈毒〉プロジェクトはとっくに放棄されているんだ。今さら研究でもなかろう。それなら禍根は今のうちに断ちきってしまった方が手っ取り早い。コストも大幅に削減できる。新型の兵器は次々に開発されていることだしな」

三つ目の選択肢があるぞ——仁王頭は新島を睨みつけたまま、胸の内でつぶやいた。

野々山との待ち合わせ場所だとして倉庫裏手の空き地を前田に指定したのは仁王頭の方だ。周囲には倉庫やビルが点在しており、狙撃ポイントを取りやすい。アンナはライフルを構え、新島に狙いを付けているに違いなかった。第一弾の発射と同時に野々山と仁王頭が行動を起こす。

仁王頭の視線に気がつくと、新島はにっこり頬笑んだ。背後でふたたびワゴン車のスライディングドアが開き、新島が顎をしゃくった。ふり返る。二台目のワゴン車から何かが放りだされた。

地面に転がったのは、アンナだ。後ろ手に手錠をかけられ、右手の手袋もはぎ取られていた。義肢も外されている。ワゴン車の中から何かが放りだされ、アンナの傍らに飛びちる。叩き折られ、銃身を曲げられた自動ライフルの無惨な姿が月光にさらされた。


バックアップにまわっているはずのアンナが拘束され、背後を武装した特殊部隊員たちに囲まれているというのに野々山は落ちついていた。仁王頭はジャンパーのポケットから両手を出していたものの、身じろぎ一つできずにいる。ベルトに差したP220に手を伸ばそうとすれば、一瞬にしてずたずたにされるだろう。

「おい、ニオウ」新島が隊長時代のように仁王頭のコールサインを口にする。「目が泳いでいるぞ。どうした、お前らしくもない」

新島に目を向けられず、顔を背けた。だが、新島が薄ら笑いを浮かべているのは見なくともわかった。

「アンナはお前たちの車輛を襲ったあと、ライフルを隠したんだ。見つからないとでも思ったのかね。むしろ自分が隠したときのまま、手つかずにあったら罠を疑うべきだったんだ。違うかな、ニオウ」

仁王頭は舌を鳴らし、地面に唾を吐いた。新島が追い打ちをかけるようにいいつのる。

「お前、ふてくされてる場合じゃないぞ。自分の立場を考えろ」

ふてくされているのではなく、途方に暮れていた。うつむいて足下を見つめているよりほかにできることもない。

「ところで、ニオウ。お前もうすうす感じはじめていたんだろう？　だから本来的な命令系統である北海道警察の警備部や警視庁の警備課を通すことなく、古くさい暗号を使ってダイレクトに前田課長代理に連絡を取った。違うか」

何も反応しないことも肯定の返事となるだろう。仁王頭は傲然《ごうぜん》と顔を上げ、真っ直ぐに新島を見返した。

「自分は御盾会が背後にあると思いました」

仁王頭の返事に新島は満足そうにうなずいた。

「確かに御盾会という名前はある。だが、もう有名無実なんだ。というより必要なくなったんだよ。どうしてスタジアムで〈アフリカの曙光〉ではなく、コンサートを行ったミュージシャンの方が射殺されたか、わかるか」

「アメリカ合衆国大統領と〈アフリカの曙光〉のつなぎ役だったからじゃないんですか」

新島は首を振ったが、相変わらず嬉しそうな顔をしている。

「あの狙撃事件が新兵器の見本市だというのは聞いているだろう。ソーカー博士と一緒だったんだからな。だが、誰に見せるための見本市だったのか、そこまでは聞いてないだろうな。私もソーカーには話さなかった」

背後でかすかなうめき声が聞こえた。アンナが息を吹き返したようだ。少なくともアンナが生きていることにほっとした。

「ザ・シンジケートの勢力地図が塗り変わっている。大口のスポンサーが参入したことによって、だ。その大口のスポンサーこそ、ヘリコプターでスタジアムに向かっていた人物さ。ミュージシャン暗殺を聞いて、急遽《きゅうきょ》引き返した」

仁王頭は目をしばたたいた。

コンサートのスペシャルゲストとしてアメリカ合衆国大統領が登場することになっていたからこそ、仁王頭たち警備陣は鉄壁の守りを敷いたのだ。

「合衆国大統領は〈アフリカの曙光〉を切るつもりだった。なぜなら〈アフリカの曙光〉こそ本当の意味での人民主義者だったからだ。かつてヴェトナム戦争時代、ホー・チ・ミンがアメリカを駆逐するためだけにソ連や中国と手を結んだように、〈アフリカの曙光〉も民族自決を手に入れるために、宗教テロリストたちとも平気で交流したんだ。ホー小父さんにとって共産主義などどうでもよかったんだ。ＡＫを手に入れるためなら共産主義を取り入れるくらい何のこともなかった。同じことを二十一世紀になって〈アフリカの曙光〉はやろうとしていた。だから見本市の標的に〈アフリカの曙光〉が選ばれることに同意すらした。しかし、実際に殺されたのはアフリカの西海岸諸国と合衆国内を精神的に結びつけていたミュージシャンの方だった。合衆国大統領にとっては痛手であると同時に警告にもなったわけだ。何もかもあんたの思惑通りにはいかないぜ、と」

「あり得ない」仁王頭は首を振った。「何だってアメリカが犯罪組織に荷担しなきゃならない？」

「新秩序だよ、ニオウ。表も裏もないんだ。戦争をするにもコストが最優先課題とされる時代だ。もはやイデオロギーだけで戦争などやっていられないんだ。一九九一年の湾岸戦争と、二〇〇三年のイラク戦争に大きな違いがあるのがわかるか。最初の湾岸戦争は、まだ石油利権を守るための覇権《はけん》争いだった。だが、二度目のイラク侵攻は、透明人間《インビジブルマン》作戦だったんだよ。アメリカの狙いは、そこにあった」

「どういうことだ」

「姿の見えないテロリストたちが明確に敵と規定されたということさ。イラクに侵攻したのは石油が狙いでもなければ、世界的なテロリストのスポンサーと目されていた彼の国の大統領を抹殺することでもなかった。そもそもテロリストたちは、細胞ごとに独立して行動している。いくら頭を切り落としたところで、手で、足で、指で、あるいは細胞の一つひとつで勝手に動くことができる。無意味なんだよ。それでもあえて侵攻した。大量破壊兵器などという誰が見てもわかるインチキを理由にして。なぜか」

インビジブルマンといった新島の言葉を仁王頭は思い返していた。

「簡単だよ。相手が透明ならペンキをぶっかけて見えるようにすればいい。アメリカ国内を無制限発砲許可地域《フリー・ファイア・ゾーン》にするわけにはいかないが、他国であればまったくお構いなしだ。第二次湾岸戦争以降、世界中のテロリストがイラクに集結している。これでアメリカが早々と勝利宣言をした理由がわかるだろう。イラクが本当の敵ではないんだ。アメリカが高らかに勝利を宣言することによって、復讐《ふくしゅう》のために集まってくる連中を抹殺することが本当の目的だった。つまりはイラクでの勝利宣言のあとから本当の戦争が始まった」

熱弁をふるう新島を、仁王頭はじっと見つめていた。なぜ延々と喋りつづけるのか、理由がわからない。

「一方でコストの問題がある。ザ・シンジケートというのはマフィアが始めたマネーロンダリングシステムに端を発する。そこにドラッグがらみの大量の金が流れこんで、肥大していったんだ。動くのは金だけではなくなった。国々の特産品もある。金《きん》、ダイヤ、石油、何でもありだ。やがてテロマネーも動くようになった。当初、アメリカはシンジケートを探りだし、壊滅することに躍起になった。テロリストたちを兵糧攻めにするつもりだった。それが勝利の道だとも信じていた。だけど、結果はお前も見ての通りだ。ドラッグは一向になくならない。テロもまたしかりだ。アメリカはイラクでインビジブルマン作戦を行うと同時にザ・シンジケートの支配に乗りだした。金には金を、だ。最大、最高のスポンサーとなることで支配者になろうとした」

ちらりと野々山に目をやった。野々山は新島の話を聞いている様子もなく、空を見上げている。

ふたたび新島が口を開いた。

「考えてもみろ、ニオウ。アンナが訓練を受けた施設には世界最速のコンピュータが据えられていた。日本という国の後ろ盾なくして、さらにはアメリカの黙認なくして、最速コンピュータが使えると思うか。世界最速のコンピュータは今や核兵器と同等の威力を持っているんだ。そしてお前は前田課長代理に連絡を取れば、私につながると考えていた。さっきいったろう。御盾会などもう存在しないんだって。今では公安部局そのものが御盾会の実体だからさ。範囲は公安部局にとどまらないぞ。警察全体、ほかの官公庁、経済界にも影響力を広げている。何しろわが国は親方星条旗だからな。アメリカが動きはじめたんだ。忠犬としては飼い主と同じ方向に向かってまっしぐらに突き進むしかないだろう」

「どうして、そんな話をおれに？」

「無駄死にさせたくないからだ。お前が取り憑《つ》かれているのは古くさい価値観に過ぎない。

ニオウ、世界は変わったんだよ。お前の想像を絶するところで変わったんだ。お前は私の行動を正義に反すると見ているかも知れない。正義だって、確かに価値観の一つではある。だがな、正義はつねに勝者の側にしか存在しないんだ。死に急ぐなよ、ニオウ。私のいうことを聞いて、新しい秩序を担《にな》う一員になるんだ」

間の抜けた声を発して、野々山が欠伸をする。新島が眉を寄せ、野々山を睨みつけた。

「退屈そうだな、ダンテ」

「お話は終わりか」野々山は耳の穴に小指を入れ、掻きながらいった。「おれは政治向きの話が嫌いでね」

新島がうっすらと笑みを浮かべる。

「ダンテ、お前は釈迦《しゃか》の掌という寓話《ぐうわ》を知っているか」

「さあね」

「メキシコにいる間、お前はずっと監視されていた。お前がどこにいて、何をやっていたか、すべて把握されていたんだ。そうでもなければ、黒木がピンポイントでお前を捕まえられるはずがないだろう」

だが、野々山は新島を無視して、仁王頭に顔を向けた。にっこり頬笑む。

「潮の香りがしてきたぞ。さすがに海が近いだけのことはある」

仁王頭は首をかしげた。野々山はひと言だけ付けくわえた。

「凪」

いつの間にか凪が強くなっていた。

仁王頭は空を仰いだ。

青く月光が照らす空をちぎれ雲が流れていく。

13

たとえ皮肉に満ちた文脈であったにせよ、ダンテが師を創造主と呼び、その言葉に愛と憎しみが混沌としていなければ、自分はここにいないだろうとレイジは思った。

『おれにとっての創造主がどうにもならないと投げだしたんだ。諦めるしかない』

笑みすら浮かべて、ダンテはいった。

人はいつか死ぬ。遅いか早いか、時間的な差があるだけで必ず死はやってくる。ダンテの人格が崩壊し、もはや自分が誰なのかすらわからなくなるということは、死ぬことと同じ意味を持つだろう。

『せいぜい大事にしてやってくれ』

そういって背中を向けたダンテの肩に、レイジは思わず手をかけた。

ライフルはあった。建設途上の新摩天楼で狙撃を終えたあと、レイジはトゥルベロ二十ミリライフルを放棄することができなかった。とっさに二十キロを超えるライフルを抱えてジャンプしたが、持ちだせたのはライフル本体だけで予備銃身をはじめ、メンテナンス用のパーツは木箱に残してくるしかなかった。

開傘時の衝撃に耐えるため、銃身を太腿に巻いたハーネスにはさみ、Dリングを引いたあとは、両手両足をライフルにからめ、抱きついた。

凄まじい衝撃に襲われながらもライフルを放さなかったのは、トゥルベロライフルと別れたくないという執念の成せる業だ。

着地したあと、長大なライフルをどのようにして持ち歩くのか考えてもいなかった。

呆然と立ちすくんでいるとき、トラックがすぐそばに停まった。鳶職《とび》の棟梁が顎をしゃくり、後ろに乗れといった。おそらくはパラシュートで降下してくるレイジを目撃したのだろう。

直後、新摩天楼は大爆発を起こした。

十六倍の照準眼鏡《ライフルスコープ》の円い視野にシャンパンゴールドのメルセデスクーペをとらえている。すぐ後ろには黒塗りの大型ワゴン車が二台、メルセデスの前方をふさぐように同じく黒塗りのセダンが一台停まっている。

風が出てきた。

潮の匂いをたっぷり含んだ重い風だ。

重い風、軽い風、優しい風、厳しい風――、どの方角からどの強さで吹いてきても風はレイジの友達だ。

風のほかに友達はいない。

宮前というのは、二歳のレイジを保護した施設職員の姓だ。だが、レイジの名の方は、保護されたときに着ていた服に縫い取られていた。

どのような漢字を使っていたのか、今となってはわからない。ひょっとしたら母親は字が書けなかった人なのかも知れない。

レイジは去来する思いを断ちきった。

すでに夜の闇に景色が沈んでいる。風を読むための指標は見分けにくい。セダンがメルセデスの前に停まるまでレイジは、ダンテが渡してくれた暗視眼鏡《ノクトビジョン》と観的眼鏡《スポッティングスコープ》を交互にのぞき、周囲の観察をつづけていた。

そして今、トゥルベロ二十ミリライフルに取りつけたライフルスコープをのぞくレイジの躰は徐々に透明になっていき、風と一体になる。

たった一撃で人間の頭を撃ち抜けといわれたら夜間の超遠距離射撃はきわめて難しくなり、レイジにしたところで満足のいく成果が挙げられるか、自信はない。だが、今回の狙撃においての最大の目的は、状況を破壊し、混乱のるつぼに叩きこむことだ。

運がよければ、ダンテや仲間たちは生きながらえるだろう。もし、そこで命を落としたとしても、またしても同じ言葉に戻っていく。遅いか早いかの違いがあるだけで必ず死はやってくる、と。

レティクルをずらし、前後二台並んでいるワゴン車の後ろの一台に載せる。右手のすぐ前には十発の二十ミリ弾を装塡《そうてん》した箱形弾倉《マガジン》が四つ立ててあった。ライフルに装着してある分を含めて五個のマガジン、五十発の二十ミリ弾があるが、すべてを撃ちきれるとは思わなかった。

最初の十発さえ、すべて撃ちきれるか。

混乱を招くのに必要とされるのは、射撃の正確さだけでなく、速射性だ。ボルトアクション式のトゥルベロとはいえ、手慣れた射手であるレイジにしてみれば排莢《はいきょう》、装塡の時間はそれほど長くはない。肝心なのは、撃発による衝撃から回復し、次弾のためにどれだけ短時間で照準できるかの一点だ。

引き金に人差し指第一関節より先を置く。

息を止めた。

躰内に取りこまれている酸素が急激に燃焼していく。レティクルが揺れている。無理に止めようとはしない。脈拍と脈拍の間が無限にも感じられるほどに間延びする。

パラシュートを背負って飛行機から飛びおりる刹那と同じ感覚がレイジを包んでいる。

風は友達――。

おれは風――。

引き金を切った。

前進した撃針が雷管を貫き、二十ミリ弾の炸薬に点火する。ニトロセルロースが燃焼し、瞬時に膨れあがったガスが重い弾丸を圧しだし、銃身内を走りはじめる。銃身の先端に取りつけられたマズルブレーキから大量の発射炎が上方および左右に広がり、周囲が真っ白に輝いた。

速射を求められる代わり、レイジには風を知るもう一つの手がかりが与えられた。

音速を超えて飛翔する弾丸は、射手と標的の間に空気圧の差によって生じるトンネルを形成する。射手にしか感得できないトンネルのうねりがレイジに風を、大気密度の濃淡を教えてくれる。

第一弾がワゴン車の前に立っていた人影を吹き飛ばしながら窓を破壊した。凄まじい音と発射時の反動が襲いかかるなか、レイジは右手で槓桿《こうかん》を起こし、引いた。白っぽい硝煙を曳《ひ》いて空薬莢が弧を描く。

銃声が届く前に第二弾を叩きこめそうだった。

ボルトを押しこんで第二弾を薬室に塡《こ》めながらレイジの目は接眼部《アイ・ピース》に寄せられていた。さすがに訓練された連中らしく、着弾の衝撃に立ちすくんだり、射手を探すより先に地面に伏せ、転がり、遮蔽物《しゃへいぶつ》の陰に飛びこむ。

第二弾、発射。

衝撃に二十キロを超える巨体が浮きあがり、銃床のショックアブソーバーが縮む。ひと息で二発が限界だった。

大きく息を吸う。肺が灼けている。視界が滲む。

それでもレイジの躰は、次なる標的に向けて弾丸を送りこむため、自動的に一連の動作を行っていた。

ナイトウォーカーズの一人が警告の叫びを上げた。飛翔してくる弾丸の音を感じとったに違いなかったが、遅すぎる。

躰を低くしたダンテはベルトに差した拳銃を抜きながら反転、後ろに立っていたナイトウォーカーズに銃口を向けた。

直後、二十ミリ弾が大型ワゴン車の傍らに立っていた二人の男を吹き飛ばし、窓ガラスを粉々に砕いた。銃弾の勢いは止まらず車内に爆発を引き起こしつつ、反対側へ突き抜ける。

二発目の銃弾が手前のワゴン車を貫き、真っ白になった窓ガラスが砕け散る。さらに銃弾は車軸を貫通、ワゴン車が右に傾き、バンパーが地面に突っこむ。

最初の着弾と同時に地面に転がろうとしたナイトウォーカーズの一人を、ダンテは撃っていた。ヘルメットが飛び、両手で顔面を押さえた男が膝をつく。その後ろにいた一人が自動小銃を持ちあげ、銃弾をばらまき始めるのをダンテは距離を縮めることで躱《かわ》しつつ、突きだした拳銃から数発を叩きこんだ。

雷鳴のような銃声が天空を揺るがして響きわたってきたのは、そのときだった。

武装で圧倒的に上回るナイトウォーカーたちがたちまち形勢を逆転する。そこここで自動小銃の発射炎が明滅し、地面に伏せたダンテの上を銃弾が飛び抜けていく。とどまっていれば、間抜けな標的になるだけだが、動くに動けなかった。

さらにレイジの銃撃はつづく。二十ミリ弾を連続して撃ちこんでくる凄まじさは、銃撃というより砲撃に近い。

車軸を撃ち抜かれ、ついにへたり込んだ前方のワゴン車のガソリンタンクが破裂、引火と同時に爆発し、炎が広がった。燃えるガソリンを浴びたナイトウォーカーたちが地面を転げまわり、地表を明るく照らす。

拳銃を捨てたダンテは地面に転がっているアンナに駆けよると覆い被さった。

二台目のワゴン車も爆発、炎上し、レイジの矛先《ほこさき》はセダンに向けられた。

斜め前に倒れこみながら仁王頭はベルトのSIG　SAUER／P220を抜こうとしていた。新島が腰の後ろから短銃身の回転式拳銃を抜く。

新島の方がわずかに早い。

「クソッ」

罵りながらも銃を向けようとする。凄まじい攻撃にさらされながらも新島の表情は落ちついていた。

次々噴きあがる炎の照り返しに面のような顔をしている。メタルフレームのメガネがきらりと光った。

銃を向けた新島が二度ダブルアクションで引き金をひき、火花が散る。

胸元に衝撃を感じ、後ろに突き飛ばされながらも仁王頭は銃を向け、一発だけ発射した。スライドが後退し、空薬莢が飛ぶ。発射された九ミリ弾は、新島の眉間に突き刺さり、真っ二つになったメガネがゆっくりと左右に散った。

息ができなかった。

咽を搔きむしった。

シャツのボタンが弾け飛び、支給されたばかりの新型抗弾ベストの襟に触れる。弾丸は食い止められたが、衝撃をすべて吸収してくれるわけではない。

地面にはいつくばった仁王頭の背後で二度の爆発が起こり、周囲が赤々と照らし出される。

十発入りの弾倉二つを空にしたところで、レイジはトゥルベロから手を離した。炎上する二台のワゴン車のおかげでノクトビジョンは必要がなかった。

スポッティングスコープに目をあて、ダンテがアンナを抱き起こすのを確認したレイジはゆっくりと立ちあがった。

二十ミリ口径の長大なライフルに最後の一瞥をくれる。

師と出会い、狙撃手としての命を吹きこまれた。その師も今は亡《な》い。

今度こそトゥルベロと別れるときが来た。

師にサヨナラを告げるときが来た。

レイジはトゥルベロの下にC４火薬を置き、タイマーを三分にセットすると、闇の中へと駆けだした。

終章《エピローグ》　砂漠からの旅立ち

メキシコ。

白茶けた砂漠が地平線の彼方までつづいている。国道とはいっても名ばかりで、荒れ果てたアスファルトが波打っていた。わきに立てられた看板には、アメリカ国境まであと十五マイルとある。風雨にさらされたペンキはひび割れ、文字がかろうじて読みとれるに過ぎない。

道路を外れて停めた古いアメリカ製のオープンカーにもたれかかり、ダンテは腕を組み、にやにやしていた。視線の先では、唇を結んだレイジが両手でコルト社製自動拳銃M1911A1を保持している。

レイジが引き金を絞り、撃鉄が落ちた。

広大な砂漠の真ん中で発射すると、銃声は四散し、ひどく情けないものになる。銃が跳ね、金色の空薬莢が飛んだ。

七フィートほど先に立てられた空き缶のわきで砂が舞いあがる。

「拳銃となると、とたんに素人《しろうと》並みか」

ダンテがつぶやくと、オープンカーの助手席に座っていたアンナが生返事をする。膝の上にひろげた地図を眺め、難しい顔をしていた。

ふり返ったレイジがダンテを見た。眉間に皺《しわ》を刻み、今にも泣き出しそうな顔をしている。ダンテは首を振り、顎をしゃくって空き缶を示した。ため息をついたレイジはもう一度コルト自動拳銃を両手で構え、慎重に狙いを定めはじめた。

四五口径弾を発射するとはいえ、コルト自動拳銃は扱いやすい。炸薬に点火した際の衝撃を頑丈なフレームですべて受けとめる回転式拳銃と違って、自動拳銃は発射時にスライドが後退し、排莢、装塡といった過程があるため衝撃がある程度吸収されるからだ。レイジが使っている拳銃はティファナの街で十五ドルで仕入れた骨董品《こっとうひん》ともいうべき代物で銃身内部に切られたライフリングまでも摩滅している。新品の拳銃のような集弾性能など求めるべくもないが、それでもレイジの腕は悪すぎた。

ふたたび銃が跳ね、今度は空き缶の向こう側にささやかな砂の爆発が起こった。

短く唸ったアンナがダンテの背に声をかけてくる。

「ねえ、本気でアメリカに渡るつもりなの？」

「一緒に来ることはないっていってるだろ。おれ一人でやるよ」

「そんなことといったって、私だって、レイジだって、ここまで来てしまったんだ。今さら引き返すことなんかできないよ」

「メキシコはどこの国に向かっても開かれてる。色々な意味だがな。だからお前の故郷であるヨーロッパに戻ることも不可能じゃない」

「私にはもう故郷なんかないよ」

アンナの言葉を無視して、ダンテは言葉を継いだ。

「おれに付いてきたところで、いつまで今のままでいられるかわからないぜ」

「だからといって、ねえ……、とんでもないこと考えるよ」

「しようがない。おれには撃つ以外に表現方法がないんだからな」

「芸術家気取りはいけ好かないね」

ザ・シンジケートの新秩序を破壊する、とダンテはいい出した。

港近くの倉庫裏で凄絶《せいぜつ》な銃撃戦のあと、ボリビア船籍の貨物船で日本を脱出した。宣言したのは船中でのことだった。

手がかりは、黒木をダンテのもとへと連れてきたメキシコの麻薬捜査官ラウルしかなかった。どのようにしてダンテの居場所をラウルが摑んだのかを訊き出すことによって、次に探すべき相手の見当をつけられる。

カインこと新島は、ダンテがメキシコにいる間もアメリカ人たちの監視下にあったといっていた。

ザ・シンジケートにおける新秩序は、アメリカ合衆国がもたらした。おのれの牙がどこまで到達するか、ダンテにも予想はできなかった。だが、何もしなくとも

その前にほかの誰でもない、自分という人間が生きたことの爪痕《つめあと》を記《しる》しておきたい。

すぐにレイジは一緒に行くといい、アンナは途中まで、と答えた。

もう一つ、メキシコを選んだのは、黒木が来るまで生活をしていたので国内各所に土地勘があったのと、ヒットマンをして稼いだ金を隠してあるためだ。何をするにもまずは資金が必要になる。

そして、アメリカに密入国するのに都合がいい。

風が吹きはじめた。

砂塵が舞いあがる。

レイジは銃を下ろし、右手にだらりとぶら下げた。アンナが顔を上げ、レイジの背中に目をやる。ダンテは笑みを浮かべたまま、レイジを見ていた。

レイジの右腕が上がった。だが、腰辺りまでだ。ろくに狙いもつけないで引き金をひく。銃が跳ね、空き缶が垂直に飛ぶ。二度、三度と銃弾が発射され、そのたび空き缶が弾きあげられる。

ダンテが口笛を吹き、アンナが嬌声を上げた。

どちらにもレイジは気づかない。
タンブリングウィードが一つ、転がりながら国道を横切っていく。

解説

宮嶋茂樹《みやじましげき》
（報道カメラマン）

不肖・宮嶋、射撃ライフ早二十年、スナイパー小説の解説をおまかせくださるとは光栄至極である。しかも著者の鳴海章氏自らのご指名とあらば、なおさらである。

不肖・宮嶋、著者とは実は知らぬ間柄ではない。著者の警察小説『オマワリの掟』では私のポン友北海道新聞のカメラマン氏共々、モデルとして名前を使っていただいたこともあるのである。ただし、二人ともカメラマン役としてでなく、本筋とは関係のない暴走族のヘタレ・コンビ役としてである。

それだけやない。著者とは不思議なインネンで結ばれとるらしく本書の中に登場する、黒木の愛車がシャンパンゴールドのメルセデスなら私のかつての愛車も「黄金ベンツ」であった。ただし現在はフロントグリルのみ金メッキした黒のベンツであるが。また登場するさまざまなライフルの中にも私の愛銃も含まれとるわ、本書の中で黒木が訪れる神田の老舗《しにせ》の銃砲店が出てくるがそこには私も度々訪れたことがある。

そして本書ではメキシコで行った鹿狩りであるが、私の趣味である。ただし、私の場合は外国でなく、著者の故郷でもある北海道である。

さらに著者のお住まいの帯広では一日九頭倒したというレコードまで樹立という縁である。

しかし、不肖・宮嶋、作家とのつきあいや猟果を自慢するために、この解説を引き受けるほど悪シュミやない。

著者の自称友人として、世界の紛争地を渡り歩いた報道カメラマンとして、そして射撃を愛する者として、これからはしっかり解説させていただく。

本書を読み終えた読者のことである。タイトルの第四の射手が誰なのかは説明不要であろうが、本書には、第五の主役ともいえる道具が登場する。

黒木の愛銃の三三八ラプアマグナム仕様のサコーTRG—42、ダンテが手にするレミントンM40、仁王頭の六四式小銃改、アンナのドラグノフ、五番目が問題のトウルベロである。

ただし……私の知る限りトウルベロ社は十二・七ミリまでのライフルしか作っていないハズである。二十ミリ弾が撃てるのは同じ南アフリカならダネル社、フィンランドのラハティ社が作っているが、いずれも二十ミリともなれば、ロングレンヂ（長距離）、ピンポイント（精密）対人狙撃というより、対物（アンチ・マティリアル）や対車両（アンチ・ヴィークル）と名が付く。

これは私が知らないだけであろうが、気になって眠れんやないか。

ちなみに近代軍隊では口径二十ミリ以上は砲扱いである。本書にある通り、二十ミリ弾は通常、航空機やミサイルに対する対空砲、もしくは航空機から対地攻撃、そしてゼロ戦にも搭載されて以来、空対空機関砲弾である。

当然弾頭も巨大さを利点にし着弾時の衝撃増すように炸薬つめたいわゆる爆薬弾頭があたり前、それを銅被膜のフルメタルジャケット弾に加工したのであろう。どっちにしろ人間の身体のどこに当たっても致命傷である。しかも弾頭の長さだけで八十二ミリ。七・六二ミリ弾の薬きょうつきの全長より長くて太いのである。その全長たるや恐らく二十センチ弱という化け物である。

あの『ワイルド7』の飛葉《ひば》ちゃんも対戦車ライフルなるものをぶっぱなしていたが、そりゃあ、あくまで対戦車、対車両にである。こんなもん人間に当たったら、ミンチである。映画『プライベート・ライアン』のラストでも、ドイツ軍が二十ミリの対空機関砲で米兵を撃っていたが、的にされた米兵の身体が四散していた。

タマの大きさだけやない、長さ二メートル以上、バイポッド（二脚）、三十二倍スコープまで入れたら二十キロ以上、とても歩兵がかついで走り回れるシロモノではない。まだ対戦車ミサイルの方が確実である。だから戦後、軍民問わず、こんな大口径ライフルはすたれていったのである。

また弾頭が大きくなれば、当然薬きょうも、薬きょう内の装薬量も大きくなり、銃身も長くする必要がある。

しかしタマを大きくして、火薬量を大きくしても一律に命中精度が上がるともいえないのである。一般に弾頭は細い方が命中精度が高いのである。弾頭が太くなるほど空気抵抗も大きくなるからである。また細すぎ、軽くても風の影響を受けやすいのである。それで今でも各国、対人狙撃銃は前《さき》の大戦以来、七・六二ミリ弾が主流なのである。

さあ、ここからは実戦の話である。

二十ミリ口径対戦車ライフルなるものは地上戦において、前の大戦までは確かに対車両、対戦車に有効やったかも知れんが、近年では戦車の装甲もぶ厚くなり、とても歯がたたんハズであった。ところがどっこい。前のイラク戦争では、米軍はＭ１戦車の対戦車徹甲弾や本書にも出てきたＡＨ—１コブラやＡＨ—64アパッチヘリの三十ミリ、二十ミリ機関砲弾頭に劣化ウランを使ったのである。こうなると話はちがう。本書をひもといた諸君である。劣化ウランの名ぐらい聞いたことがあるやろ。その名もオドロオドロしいが、その名から放射能をまき散らす準核兵器とかんちがいしたらアカンで。劣化ウランとは核分裂の過程の副産物としてできる、ウラン同様比重が極めて重く、かつむちゃくちゃ固い金属なのである。しかも副産物のため安価。この重くて固い性質が戦車やＡＰＣ（装甲車）に対する徹甲弾にぴったり具合がエエと気がついたのである。しかしそれを実戦に使うとこがアメリカさんである。

広島、長崎への原爆投下をいまだ正当化しとる国である。劣化ウラン弾ごとき使うのに悩みもしないのである。

それが戦車の装甲にブチ当たると、おもろいように串刺しになったというのである。ウソやない。

かくいう不肖・宮嶋も実戦でこの劣化ウラン弾が使われたとこを見たのである。

二〇〇三年四月七日、バグダッド中心部に迫りつつあった米軍のM1戦車が、官庁街に潜む民兵のRPG—7ロケット砲攻撃に手を焼いていると、対地支援のため飛んできた空軍の「悪魔の十字架」A—10サンダーボルトが、ピンポイントで、イラク政府の国土計画省に三十ミリ機関砲弾を連続掃射していったのである。でっかい官庁の建物が一瞬で白煙と火花に包まれるのをしっかりこの目で見たのである。目だけやないで。A—10の三十ミリ機関砲の一掃射はまるで雷《いかずち》である。あの姿、爆音で、敵はビビリまくるのである。

かくして、そこに人間が生存できるわけもなく、米軍はその二日後、バグダッドを陥れるが、さらにその後、活動家の皆サマが、国土計画省にガイガーカウンターをもちこみ針が振り切ったのも確認されている。

劣化ウラン弾は核兵器やないにしても、それが戦車の装甲や固い建物に当たると、一部は破片となってとび散る。それがチリやホコリとなって密閉された空中に漂い、人間が吸いこむと……そりゃあワシはいやや、かくしてイラク戦争終結直後、国土計画省に足を運んだ私も建物の中には足を踏みいれんかった……というのに、すでに暴徒と化していたバグダッド市民は、そこで嬉々として、略奪にはげんでいたのであった。

本解説は何も劣化ウランの被害を訴えるのが目的やない。かように弾丸とは装薬量と、弾頭の種類、重さの組み合わせによって使い方が異なると説明したかっただけである。

さてとレイジでさえ一人で運べなかったこのトウルベロやが、現在の歩兵が持ち運ぶ最大の対物ライフルはキャリバー50（十二・七ミリ）である。『ネイビー・シールズ』『極大射程』と映画にもたびたび登場するバレットがその代表格である。我々射撃を愛する者としては、一度は撃ちたい、所有してみたい一物であるが、残念ながら、日本の法律では口径十・五ミリ以上の銃は民間人は所持できない。どうしても十二・七ミリ弾が撃ちたければ、自衛隊に入隊するしかない。ほしたら、バレットといわずキャリバー50重機関銃がバリバリ撃てるがその自衛隊にすらバレットどころかつい最近まで対人狙撃銃すら採用されてなかったのである。

そのバレットですら十二・七ミリ弾である。もとは重機関銃弾なのである。アメリカでは米軍どころかコーストガード（沿岸警備隊）にまでこのバレットが配備され、不審船への直接射撃に用いられている。私は現在ジブチに、海賊退治の取材に来ているが、当然米海軍艦船、艦載ヘリ、それに乗り込むネイビー・シールズもバレットは用意してあるハズである。それを揺れる甲板から、空中のヘリから、ピンポイントで不審船に向けてぶっぱなすのは選ばれた狙撃手だけなのはいうまでもない。

この十二・七ミリ弾で撃たれたら……どうなるか……これを不幸にも見てしもうたのである。これまたバグダッドで。BMWに飛び乗って、大統領宮殿から飛び出したイラク政府高官とおぼしきおっさん。これがハチの巣にされたが、致命傷は、胸部の一発十二・七ミリ重機関銃弾やったのである。もう背後には直径二十センチはあったであろうでっかい穴が無気味に広がっていた。そして私は幸いにも見なかったが、同業者のカメラマンがENG（大型テレビカメラ）をかついで米軍のストライカー装甲車にレンズを向けているところを、RPGかついだ敵残党とまちがわれ、ストライカー車載の十二・七ミリ機関銃で撃たれたのである。彼はイギリス製の防弾チョッキを着用していたが、それは十二・七ミリ弾に対してはダンボール紙程度の役にしか立たなかったのである。

さてさてタマや鉄砲だけやないで。二千メートル、いや他の三人が担った狙撃の六百メートルという距離でさえ、それがどれほどむずかしいこと、分かってまっか？

日本で我々が使用できる民間の射撃場ですら、三百メートルまで。有名なところは埼玉県と北海道にある。うち北海道はオープンレンヂ（屋外）である。陸上自衛隊朝霞《あさか》駐屯地には五百メートルの屋内射撃場があるらしいが、それ以上は屋外、射撃場というより演習場、射爆場である。各都道府県警察も屋内の拳銃射撃場はあってもさすがにそんなロングレンヂの射撃場はもっておらず、ごくまれに民間の射場で訓練中の機動隊の出動服姿の警察官は見られるが、ほとんどは自衛隊の射場を借りているのである。

民間の射場の三百メートル先の標的の十点（満点）圏がにぎりこぶし程度である。そこに直径八ミリ弱の弾痕なんかスポッティングスコープをのぞいても識別はむずかしいので、射場によっては標的をリモコンカメラとモニターで見るところもある。その三百メートルでさえ（標的はりかえるのに）射座から標的まで自転車で移動するくらいである。アメリカでは三三八ラプアマグナムや十二・七ミリ弾も使う千ヤード（九百メートル）や1マイル（千六百メートル）の競技があるらしいが、オーバー千メートルともなれば、正確な距離計算、風や気温、気圧、果ては地球の自転まで影響してくるのである。これで標的が動くものやったら……もうわけ分からん。ちなみに千ヤードの十点圏はすいか大、つまり人間の頭程度である。

もひとつちなみに佐世保の猟銃乱射事件で自殺した犯人が銃につけていた、レーザーサイト。あんなん意味ないぞ。レーザー光線は光学的に一直線に進むが、銃口から放たれた弾丸は放物線を描いて進む。レミントンM７００の七・六二ミリ弾ですら百メートルから三百メートルまでに三十センチ近く弾道が落ちるのである。

道具については最後にカメラマンとしてどうしても述べておかざるをえんことがある。本書ではスコープについてはユナートル社製のことが触れられているだけやが、スコープもロングレンヂ狙撃には銃同様大事なのである。

我々射撃愛好家の間では銃の値段と同じぐらいのスコープを付けろと言われるぐらいスコープの善し悪しでこの精度は変わってくるのである。

本書に登場したユナートトルは光学性能よりもそのヘビーデューティさに定評がある。雨、ドロに対するタフさはもとより「ユナートトルのスコープで釘が打てる」、しかもその後でもレティクル（交差点）が狂わんという伝説があるぐらいである。

海兵隊はその後、スコープをドイツのシュミットアンドベンダー社に鞍替えしたようで、かくいう私も今はこのシュミット社の十六倍スコープを愛用している。そしてほとんどのスコープ・メーカーは他に光学機器を作り、その技術をスコープに転用しているが、このシュミット社はスコープ一本で食っているガンコなメーカーである。

さらに、スワロフスキー、カール・ツァイスというブランド光学メーカーのスコープの評価は高く、私はドイツ系のスコープどれもが気にいっている。特にカール・ツァイス社はレーザーレンヂファインダー付きの機種がある。スコープのぞくと、標的までの距離がデジタル表示され、その数字に合わせ、レティクルを上下できるというスコープの理想型である。長距離射撃には正確な距離の計測がどれだけ重要かは……もう分かっとるな。

もちろん我が国は今や世界最大、唯一のカメラ王国である。名だたるメーカーが優秀なレンズを製造し、世界で愛されているが、しっかりスコープを作っとるとこもある。武器輸出にあたるからかどうか知らんが、あれほど世界一の優秀な光学技術がありながら、各メーカーのカタログにはスコープが全く載っていない。何でやろ？

さて本書では、国籍問わず、正規軍所属もしくは出身の狙撃手、観測手（スポッター）は一人もいない。

そこで、諸君も興味あるところの各国の軍、警察、民間と、どの組織の狙撃手が一番のスゴ腕か、この不肖・宮嶋が独断と偏見に満ち満ちて検証してみたい。

シロート衆はそもそも合法的に銃にふれる機会が極めて少ない。

まだスナイパーの素質が自覚できない者も軍、警察に入り、そこではじめて銃にふれ、訓練を受けるため、必ず、そのどれかの組織の現役もしくは出身となる。本書の登場人物のほとんども「POISON」というシンジケートとはいえ、最初はSOCOM《ソーコム》（アメリカ特殊作戦群）が作りあげた一組織である。

さらに軍と警察の狙撃手では警察の方が条件が厳しい。軍事作戦では狙撃に失敗しても、何とか逃げて帰れば、作戦自体は失敗で終わるだけやが、警察の狙撃手が出張る場合、人質事件が多い。つまり狙撃失敗は犯人の急所をはずしても人質に当たっても、それは人質の死を招くからである。

アメリカはその点、警察のSWATの狙撃手が出動する機会が多いが、私がブラウン管でのニュース映像で見た中で、距離は不明やが人質に拳銃をつきつける犯人の拳銃だけを撃ちとばしたこともある。

日本の警察の狙撃事案としてはあのお天気おにいさん石原良純《いしはらよしずみ》が主演した映画のモデルにもなった「ぷりんす号シージャック事件」であろう。距離は百メートル前後やったというが、ライフル銃ふりかざし人質おどす犯人をライフルで胸部一発、時々戦後重大事件などのTV映像で諸君も見たことあるやろ。人質は無事救出されたものの狙撃手が人権団体弁護士から殺人罪で訴えられるというとんでもないオマケがついたほど、当時も日本は平和ボケしまくっていた。その当時の警察の狙撃手は猟銃とほぼ同じ仕様の国産（メーカー）の豊和のゴールデンベアなどを使っていたが、現在はSAT（特殊急襲部隊）、SIT（捜査一課特殊班）等には本書の黒木同様レミントンM700が配備されている。

さらにと……軍隊の狙撃手ともなったら、解説どころか本が実際何冊も出とるぐらい千差万別であるが、やはり、映画『山猫は眠らない』『ジャーヘッド』、小説『極大射程』にも描かれたアメリカ海兵隊の狙撃手が有名である。本書にもあるとおり、米陸軍狙撃手の道具はナイツのオートマチックに対し海兵隊はレミントンM40、海兵隊狙撃手は五百メートル以内は一発必中の技術を求められる。海兵隊だけでも実戦経験はむちゃくちゃ豊富、というか、ずうっと戦争やっとる自他共に認める史上最強である。かくいう不肖・宮嶋も、イラク戦争終結日、二〇〇三年四月九日に目の前でデザートイエローカモフラージュされた、レミントンM40とユナートルのスコープで狙いをさだめる海兵隊フォース・リコーン（強襲偵察チーム）の狙撃手をバチバチフィルムに収めたことがある。

海兵隊出身者の犯罪者としては、本書どおりのレミントンM700でテキサス大学二十六階の塔の上から最大四百メートル以上の距離で十一人を射殺したチャールズ・ホイットマンがいる。彼は海兵隊の一級射撃手資格者であるし、ＪＦＫ狙撃実行犯とされるリー・ハーベイ・オズワルドも元海兵隊員であった。ただし……こいつの道具のイタリア製のライフル「カルカノ」はくさい。

それでもって我が自衛隊である。何とつい最近までは自衛隊には対人狙撃銃はなかった。知っておどろいた諸君もおることであろう。それまでは一般の小銃と同じ六四式小銃にちっちゃいスコープ付けとったのである。仁王頭の愛銃はこの六四式小銃からフルオート機構のない、銃身性能が優れた六四式小銃改である。口径はレミントンＭ７００と同じく、七・六二ミリ。そもそも六四式小銃はフルオート機構まで付いた歩兵用のライフルである。一発必中を求められる狙撃ライフルにフルオート機構は必要ないし、第一重くて、パーツも多く、掃除（クリーニング）も大変である。その点ではアンナのドラグノフははじめからセミオートだけ。にもかかわらずパーツも少なく掃除も簡単である。

しかし、自動銃は、薬きょうの排出、次弾の装てんを自動でスムーズに行うため、薬室内部がボルトアクションの単発式と比べ、やや余裕があり大きいと言われ、それがボルトアクションと比べ命中精度が劣る原因とも言われていたのである。

そこで二〇〇二年になってやっとこれまたレミントンＭ７００をベースとしたＭ24が配備制式化されたのである。現在は陸上自衛隊の特殊作戦群などの特殊部隊のみならず、毎年富士のすそ野でくり広げられる総合火力演習でもこのＭ24は一般人の目にふれることが出来る。その上、海賊や不審船のテロリスト共に対するピンポイント狙撃用に海上自衛隊のSBU（特別警備隊）や海上保安庁のSST特殊警備隊にもこのM24が配備されるという噂である。

ところがこのM24、レミントンM700をベースとしているのにもかかわらず、むちゃくちゃ高価なのである。諸君も情報公開法にもとづき、防衛省まで足を運び所定の手続きをふめば、その一丁あたりの調達費ちゃあんと教えてくれるが何と百万円以上である。民間のM700が確か二十万円台やったことを考えると、これはリュホールド製のスコープ、バイポッド、クリーニング・キッド、ショック対策の専用ケースまで含めたSWS（スナイパー・ウエポン・システム）のプライス……というより、また、アメリカさんからボラレとると疑うのはワシだけやろうか。

さてと、その自衛隊の狙撃手の実力やが、それが未知なのである。警察と違って、自衛隊はその創設以来、幸いにも、一度も有事にあってないどころか国内外問わず、極左暴力集団であろうが、北朝鮮の工作船やろうが、イラクのテロリストであろうが、戦闘で一人の人間も殺傷していないのである。

自衛隊員がその特殊技能を発揮しようもんなら、それを即戦争にむすびつけ、中国、朝鮮半島あたりにご注進する国会のセンセイ方や、毎日お宅に届ける新聞社がまだ我が国には存在するのである。

というわけで国、組織単位で、狙撃手の優劣をつけることが無意味やとお分かりであろう。

そもそも本書のとおり狙撃手は単独もしくは観測手と二人で行動するのである。これは個人の技能である。もちろん先述したとおり、その装備訓練のためには場所、社会、政治的環境が必要なだけである。

著者の愛読者の皆様は何ら臆することはない。古今東西優秀なスナイパーに対するあこがれ、畏敬の念は老若男女が抱いていたのである。だから『ジャッカルの日』（著者フォーサイス）、ボブ・リー・スワガー（『極大射程』）、ゴルゴ13……テロリストやろうが、人殺しとさげすまされても、映画や小説ではヒーローでありつづけるのである。

そもそも人類はより遠くの標的に、より早く、より正確に、ものを当てることができる人間を尊敬してきたのである。

それが「那須与一」の弓道やろうが、洋弓ではウイリアム・テルからアーチェリーの銀メダリストの高校の先生でもみな英雄になれたのである。

一五〇キロを超えるボールをキャッチャーのリード通り投げるピッチャーと、五百メートル先の標的に情況とタイミングと風を読み、正確に七・六二ミリ弾をブチ込むスナイパーは特殊技能としては同じなのである。

だから近代五輪競技から飛行標的のクレイ射撃と静止標的のライフル射撃は正式種目からはずれたことがないのである。

我々狩猟愛好家は小動物を殺りくすることで悦びを覚えているのではない。遠い動く標的に正確に命中し、それにより自然の恵みを与えられたことに悦び、その道具と技量を誇りに思うのである。殺りくに悦びを感じるのはごく少数の犯罪者と「ＰＯＩＳＯＮ」に洗脳された狙撃手だけである。

ごく一部の国はのぞくが自衛隊員や警察の狙撃手たちも人殺しの技術を学んでいるのではない。

家族や隣人を、市民を国民の生命・財産を守るため、そしてオノレらも、サバイバルできる技術やその練度を訓練で維持しているのである。

日本が銃アレルギー社会で平和ボケ国家なのはアジアの国で知らぬ者はいないであろう。東京・八王子市でサバイバルゲーム施設ができるだけで、プロ市民が集まり、住民オルグして、反対運動まきおこる国なのである。そういった連中の決まり文句は「子供が怖がる」である。

ガキは素直で、たいがいの子供は銃に興味を覚える。子供のうちから銃の扱い覚えたら、日本でエアガン使って強盗できんようになるし、第一、いざという時、自分や人様のガキ守るため銃を手にしても、使い方が分らんかったら、守れんやないか。今でも日本近海に、いや国内にも人を殺す特殊訓練を受けた外国勢力の工作員がすぐそばにおるかもしれんのである。

次に本書に出てきた「シンジケート」なる組織について推察してみたい。恐らくＰＭＣ

（民間軍事会社）の過激小グループを多数傘下に持つ非合法法人であろう。

このPMC、祖先はトゥル・ベロ社と同じく、南アフリカのエグゼクティブ・アウトカムズ社と言われている。このエグゼクティブ社、折口某が率いたようなただの人材派遣会社ではない。兵士はもちろん武器弾薬、ヘリ、航空機、装甲車までそろえた軍隊と変わり映えしないが、忠誠を誓う先が自分たちの国家でなく、ゼニ払うやつという点がちがうだけである。その先たるや、反政府ゲリラから独裁国家まで、クーデター発生させるわ、内戦を政府軍にかわって戦うわ、おまけにその内戦に勝ってしまうわである。

ビジネス概要は、一応人材派遣に警備コンサルタントとなっとるやろうが、ようは傭兵の手配と武器輸出。その傭兵ビジネスの近代化した法人である。

傭兵ビジネスはアフリカ内で内戦が続いた'50年代から'90年代までブリュッセルやロンドンで、食い詰め傭兵かきあつめて、きょうはコンゴに明日はアンゴラとやりたい放題、もうけ放題。当然、ゼニ目当ての主義・主張もない、ましてや民族の独立や自治なんぞ、文字通り、よその大陸の話やとばかりにけっこうえぐいことをやってきたのである。そしてそんなゼニのために血を見る彼らにつけられた別称が「ワイルド・ギース」（野生の雁）である。そして現代のPMCの重役たちは必殺仕事人ならぬ、戦争請負人と呼ばれている。

そんなPMCが第二のバブルを謳歌しとんのが現在である。

近代戦にはゼニがかかる国の総力戦である。ましてや勝とうと思うたらゼニに糸目をつけとったらアカンのである。前のイラク戦争以後、米軍は最大時で十八万人の正規軍を果ては州兵まで投入したが、それでも足らんかったのである。兵站《へいたん》に物資輸送に要人、民間人警護などなど……プロの兵隊をいくらでも必要としたのである。それを正規軍を投入するより簡単に、安価で提供し重宝されているのがPMCなのである。

諸君らもTVで、イラクやアフガン訪れたチェイニー（前米国国防長官）やライス（前米国国務長官）のまわりで、タクティカルベストにカーゴパンツ、ショートブーツ、ヘルメットの代わりにヘッドセットにグラサンを身につけて、M4（M―16カービン）胸の前につりさげた一団見たことあるやろ。あいつらがPMCの社員である。

現在は、米海軍のネイビー・シールズ（特殊偵察チーム）、陸軍のデルタ・フォース、グリーンベレー、海兵隊のフォース・リーコン、イギリスのSAS（イギリス陸軍特殊空挺部隊）等、その国、部隊によって天下りPMCがあるほど、雨後のタケノコ状態である。

まあ上は日本政府も雇ったイギリスのコントロール・リスク（CR）社や、ファルージャで火を付けられてから橋げたにつるされた四人が社員だったブラック・ウォーター社。もう名前からしてすごい。ファルージャで四人つるされてからというものの、その報復かどうか知らんが民間人撃ちまくり、あげく社長がアメリカ議会に呼びつけられたあのブラック・ウオーターである。

かくいう私もイラクのサマワでブラック・ウォーターが警備するCPA（イラク暫定統治

機構）の建物にレンズを向け、とっつかまり隊長のチリ人社員から釈放を条件に画像消去に応じざるをえんかったうらみもある。

イラクのアメリカ軍だけやない。陸上自衛隊のサマワ宿営地にも外務省サマワ事務所が置かれていたが、その警備もＣＲ社が担っていたぐらいである。自衛隊の最新警備システムで守られ、ただでさえ安全な宿営地でＣＲ社を飼っているだけやなく、クウェートから宿営地に毎週陸路で生鮮食料満載でやってくるコンボイ、これもＰＭＣの社員の護衛付きである。もちろん丸腰のわけはない。拳銃、小銃、サブマシンガン、車載機関銃付きである。

私は何もそんなビビリ姿勢を批判しとるのではない。かくいう我々もイラクではゼニ払って警備を雇っていたのである。ピンは皆様のＮＨＫのＣＲ社からキリの不肖・宮嶋のアルバイト警官まで、みーんなオノレが武装するか武装した赤の他人に守ってもらっていたのである。

当然ビビリの日本政府や外務省が直接ＰＭＣと契約し、傭兵を飼っていたわけではない。間に商社が入っとったハズである。日本の総合商社がそんなおいしい警備ビジネスに手を出さんわけがない。とはいってもしょせん商人である。そこで、本書のように新島を、破格の待遇でむかえいれられる土壌ができるのである。

警察官僚であったカインこと新島が「親方日の丸」ならぬ「親方星条旗」と開き直ったのはそんな世界を牛耳る産軍共同体の新秩序の現実を知ってしまったからなのである。それに失望するか開き直るかなら、開き直った方が楽である。おいしいハズである。

ただし親方星条旗でも、アメリカさんが命を賭してまで顧客（日本人）を守ってくれると少なくとも不肖・宮嶋は信じてはおらぬ。

平和ボケの東京ですら私はPMCならぬ民間警備会社と契約して拙宅「新つつみ荘」の周囲の警戒に怠りない。そんな警備会社のガードマンが命をかけて私の財産・生命を守ってくれると信じとるほど甘ちゃんやない。

しかし自らの命でも愛する家族を守るためなら、諸君らも投げ出すやろ。

本書では人を殺すことへの一切の罪悪感を抱かないスーパーソルジャーを作り出す「POISON」システムなるものが悪のシンジケートとなっているが、現実はもっと単純ではなかろうか。

アンナの出身地であるサラエボでは、目のさめるような美女が他民族を殺すと平気で口にした。きのうまで虫も殺せぬオヤジがためらうことなく銃をとってきたのである。

ルワンダでは、ラジオ放送をきっかけに、国中が隣人のドタマをなたでかちわりはじめたのである。

それは憎悪の連鎖からである。愛する家族を友人を、恋人殺されても、罪を憎んで人を憎まずなんてこけるのはごく一部の真の博愛宗教家か、オノレは安全な場所から高みの見物する偽善者である。

本書で殺人マシーンに覚醒前の野々山の手にレミントンM40があっても、一頭もしとめられなかったが、私とて、鹿狩り始めて、最初の獲物のエゾジカをレティクルの中心に捉えた瞬間、引き金を引くのをためらったのである。

それでも愛する女房ガキはおらんけど、友人殺した相手なら、恋人拉致され、テロリストの教育係にした独裁者を捉えたら、私はバンビほどの哀れみを感じないまま引き金引けるであろう。それをためらわせるのは人が人を殺すタブーを犯すことでも、良心の呵責《かしやく》に悩まされる心配でもなく、殺人罪に問われる恐れである。

だから警察や、軍の狙撃手なら、いったん命令が下れば、それが作戦とあらばその狙撃に成功したのなら、殺人者の汚名でなく、高い名誉を与えられるべきなのである。

ほしたら、トラウマにも良心の呵責にも悩まされることないのやが……その命令を出す政治家がいっつもまともやないから困るのである。

どこの国の誰やとあえて指摘せん。第一、我が国の政治家かて、「親方日の丸」から「同志五紅星旗」までまともなの何人おったことか。だから「POISON」のようなシステムが必要とする考えがおこるのである。

さてと……本書を最後まで読まれた方……四人の射手のうち一人、仁王頭巡査長のその後である。気になるか。レイジ、ダンテ、アンナがメキシコでちちくりあってるとこで物語は終わるが、そこに仁王頭の笑顔はない。どないなったんかいなと……。

仁王頭はたしかに三人を「サツに売ろう」としたが、よう考えたら、仁王頭その者が最初から「サツの人間」なのである。だから「サツに売った」のではなく、彼は良心に従い警察官の本来の職務通り、三人の逮捕を目指しただけである。

そして仁王頭は松永、柴山を目の前でアンナやその仲間に撃たれただけやなく、かつての上司のカインにも同僚をむちゃくちゃ殺されたのである。

対して「POISON」で洗脳された三人である。

アンナの姉と姪をブチ殺したのが、ダンテであり、アンナを殺そうとしたのがダンテのスポッターだった黒木である。この黒木を逆にブチ殺したのがアンナである。

そのアンナとダンテの仕事をブチこわしたのがレイジであり、すべてを仕切っていたのがカインこと新島とモロバレになった後に、何で、三人仲良くメキシコでちちくりあえるのであろう。「POISON」の潰滅という新たな共通の目的ができたからというて、アンナは赤ん坊の姪から家族からダンテにブチ殺されたのである。ダンテも「教官」でもあった黒木をアンナにブチ殺され、三つ巴でごっつい憎悪を抱いて当然である。たとえその殺りくを実行したダンテやアンナという人格がソーカー博士によって作られたものであったとしてもである。三人はそう納得できたからお互い許せたのであろう。

しかし仁王頭はそうはいかんかったのであろう。ただしカインを生んだ日本の警察組織、いや日本という国家そのものに大いに失望したハズである。

それでも「シンジケート」なる者の支配による新秩序に開き直って身を投じる気にどうしてもなれんかったのである。しかし、それでも古巣の警察へ戻るしかなかったのであろう。それを三人にどう丸め込んだのか、それとも単独で横浜港での銃撃戦を生き残り、脱出したか、そして警察組織に戻ったハズである。どうやら日本の警察に三人の逮捕なんかできんのである。

そんなことしたら、事件への公安部局や政府の関与がモロバレである。

警察組織に戻れた仁王頭に与えられるのは御盾会の刺客となって三人を追いつめるか、北海道へ戻って帯広駅前の交番で親切なおまわりさんとして、警察人生まっとうするか……もちろん後者と私は思う。

著者はスナイパー・シリーズとともに、『おまわりの掟』『ニューナンブ』等警察小説の中で警察官の人間関係を詳細に描くと定評がある。

日本の公安警察組織には昔から「さくら」「ちよだ」という名で盗聴、脅迫、潜入、侵入等非合法捜査を辞さない秘密組織の存在の噂が絶えない。「さくら銃殺隊」や「御盾会」が本書の中だけに存在すると信じたい。

海賊退治の基地、ジブチにて

●二〇〇五年十月　実業之日本社（ジョイ・ノベルス）刊

光文社文庫

長編ハード・サスペンス
第《だい》四《よん》の射《しや》手《しゆ》
著者　鳴《なる》海《み》章《しよう》

2009年7月20日　初版1刷発行

発行者　駒井稔
印刷　堀内印刷
製本　榎本製本

発行所　株式会社　光文社
〒112-8011　東京都文京区音羽1-16-6
電話（03）5395-8149　編集部
8113　書籍販売部
8125　業務部

ISBN978-4-334-74615-5　Printed in Japan

組版　萩原印刷

お願い　光文社文庫をお読みになって、いかがでございましたか。「読後の感想」を編集部あてに、ぜひお送りください。

このほか光文社文庫では、どんな本をお読みになりましたか。これから、どういう本をご希望ですか。

どの本も、誤植がないようつとめていますが、もしお気づきの点がございましたら、お教えください。ご職業、ご年齢などもお書きそえいただければ幸いです。当社の規定により本来の目的以外に使用せず、大切に扱わせていただきます。

光文社文庫編集部